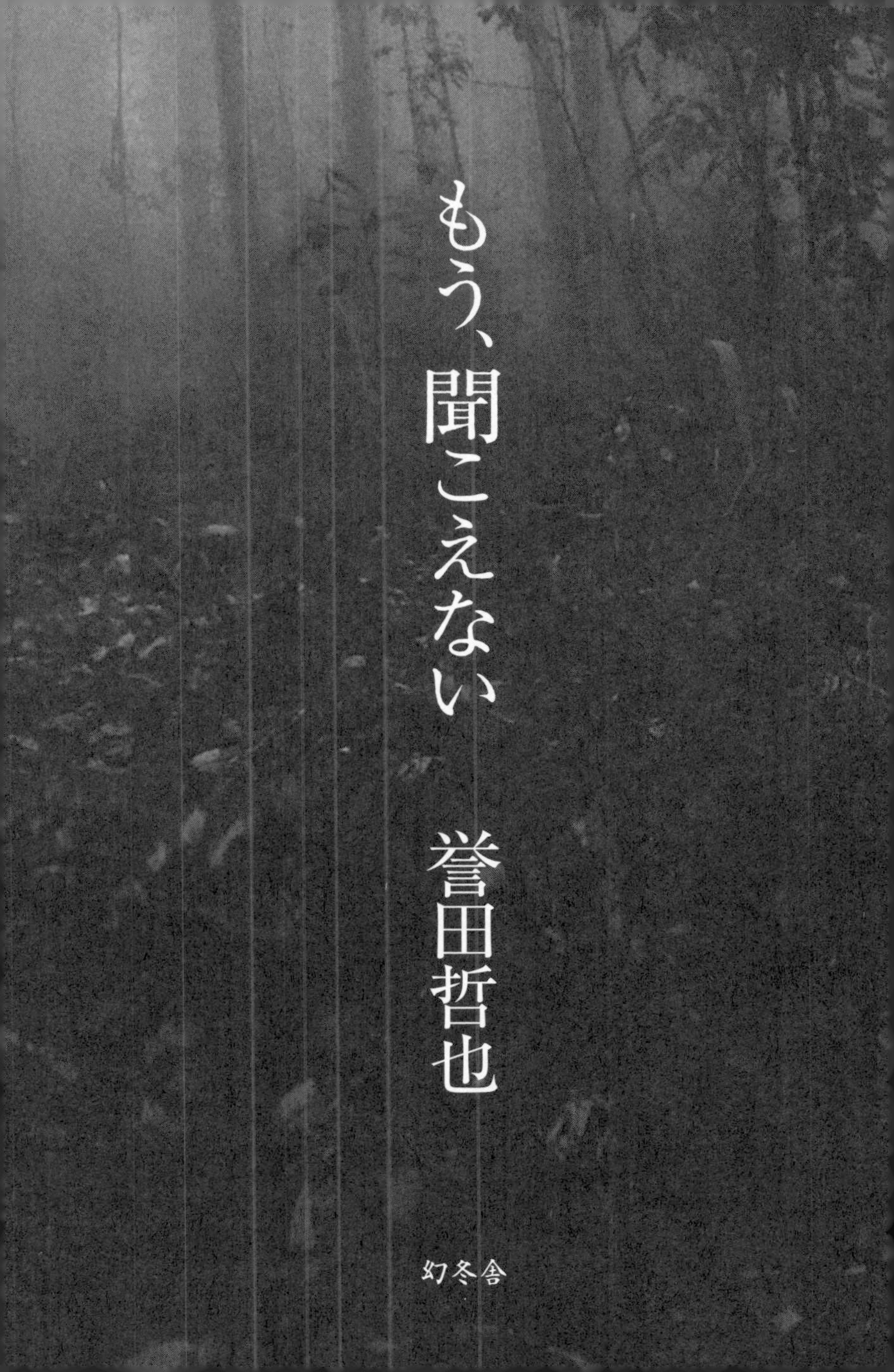

もう、聞こえない

誉田哲也

幻冬舎

もう、聞こえない

デザイン　bookwall
写真　gettyimages Mauricio Thomsen / EyeEm

もう、聞こえない　目次

第一章

1

ノンアルコールビールを飲んで、あるいは「酔わない梅酒」を飲んで自動車を運転したら、それは「飲酒運転」になるのか。いいや、ならない。それらにアルコール成分は含まれていないのだから、飲酒運転とは見なされない。

では、葉っぱを燃やすわけでも煙を出すわけでもない電子タバコ、あるいは加熱式タバコを吸ったら、それは「喫煙」になるのか。これが信じられないことに「なる」とされている。

飲食店の禁煙席で加熱式タバコを吸うのは「不可」、新幹線の禁煙車両で吸うのも、もちろん「不可」だ。昨今は喫煙できる車両自体がないので、どうしても吸いたければ加熱式タバコだろうが従来の着火式タバコだろうが喫煙ルームへどうぞ、というわけだ。

これじゃ、なんのために加熱式に替えたのか分かんないよな——。

そんなことを考えながら武脇元《たけわきはじめ》は、いわゆる「吸い殻」をスタンド灰皿に捩《ね》じ込んだ。署の裏手、白黒だの覆面《ふくめん》だのの警察車両が駐《と》まっている駐車場、その一角にある喫煙所。昔は庁舎の中で、いつでもどこでも好きに吸えた。あれは、いつ頃までだったのだろう。定かな記憶はない。十五年前、いや、もう二十年近く前か。さて、どうだったろう。

昼飯後の一服を済ませたら、三階の刑事《デカ》部屋に戻る。

武脇はここ、高井戸警察署の署員ではない。所属は警視庁本部の刑事部捜査第一課なので、高井戸署の刑事部屋に戻っても同じ部署の仲間はいない。要するに、ここでの武脇は「他所者《よそもの》」なわけだが、それでも戻るとしたら刑事部屋、正確に言ったら刑事組織犯罪対策課の執務室しかない。だがこれには、少々イレギュラーな事情がある。

今月、三月の十七日金曜日、二十三時四十二分。警視庁通信司令本部は『男の人に怪我をさせてしまった』との通報を受け、現場を所管する高井戸署の当番係員を現地に向かわせた。この時点では事件とも事故とも判断がつかなかったので、東京消防庁に同報を入れ、救急車も現地に向かっている。しかし刑組課（刑事組織犯罪対策課）の当番係員が現着してみると、被害男性はすでに死亡しており、通報した女性自身が傷害した旨の説明をしたため、同課係員は女性に任意同行を求め、高井戸署にて事情を聴いた。

加害女性が本署でも同じ説明をしたため、明けて十八日十時三十分、高井戸署刑組課は女性を傷害致死容疑で通常逮捕した。

一般的に、殺人等の事件が起こった場合は警視庁本部から十名超の殺人犯捜査係員が所轄署に派遣され、捜査に当たる。しかし、その多くは犯人が逮捕されていない場合であり、今回のように、加害者が自ら一一〇番通報をし、逃走することもなく「私がやりました」と半ば自首に近い形で逮捕されたのなら、これは捜査一課の出る幕ではない。実際武脇も、一度は「高井戸に特捜を設置するかも」と耳にしたが、すぐに「あれはなくなった」と取り消され、自分たちは次に起こる事件の捜査本部に入るものと思っていた。

ところが、だ。

被疑者逮捕から三日が経った、三月二十一日。武脇は、上司である捜査一課殺人犯捜査第四係長、村内《むらうち》警部から突如命じられた。

「あの、ほら、この前の高井戸なんだけどよ」

「ええ、傷害致死の」

「そうそう。あれの調べ、お前行って、ちょっとやってきてくれないか」

いろんな意味で、納得がいかなかった。

「ちょっと行ってやってこいって、なんですか」

「ご指名なんだよ、向こうの。武脇に調べをやってもらいたいって」

捜査一課員は美容師でもキャバクラ嬢でもない。呼ばれたら「ご指名ありがとうございます」と馳せ参じる、そういう仕事ではない。

「……係長それ、はい分かりましたって、引き受けたんですか」

「仕方ないだろう。高井戸の刑組課長のご要望なんだから」

なんだそれは。高井戸の署長が言っている、というのならまだ分かるが、刑組課長が要望したからといって、なぜ警視庁本部の捜査一課が取調官を派遣しなければならないのだ。捜査一課長は警視正、高井戸署長の階級はその一つ下の警視、この村内係長は警部、高井戸の刑組課長も同じ警部だ。捜査一課が高井戸署の無理を聞き入れてやる道理もなければ、そんなパワーバランスにもなっていない。それを、どこの誰にどう相談したら「刑組課長のご要望」なんて話が通るのだ。ちなみに武脇は、警部の一つ下の警部補だ。

武脇が納得していないことは、村内も感じたのだろう。老眼鏡の上端から、からかうような視線を向けてくる。

「……お前、高井戸の刑組課長が誰だか、知らないんだろ」

そんなことを一々知る必要があるのか。

「ええ、知りませんけど」

「今、あそこの刑事部屋仕切ってんのは、ツチドウだぞ」

ツチドウ――。

「えっ、土堂さん……ですか」

あの、前大和会《やまとかい》会長の浜口征二《はまぐちせいじ》と殴り合いの喧嘩をし、周りを囲んでいた直参組長たちに東和会《とうわかい》との手打ちを「命じた」という伝説の持ち主、土堂稔貴《つちどうとしき》。あの男が今、高井戸署刑組課の課長だというのか。

それだけではない。武脇は、ほんの数ヶ月ではあるが土堂と同じ部署にいたことがある。渋谷署の刑事課で、聞き込みにも一緒に回ったりしていた。

そうか。その「縁」で、自分に声がかかったわけか。

「ちっとは、事情が呑み込めてきたようだな」

「ええ、まあ。土堂さん……じゃ、しょうがない、ですかね」

武脇自身は信じていないが、土堂には「背中に大日如来を背負っている」という噂も、一部にはある。

やはり、相変わらず土堂は怖かった。いや、歳のせいか髪と眉が薄くなり、さらに凄みが増しているようにすら見える。

「久し振りだな、武脇」

この声。空きっ腹に棍棒《こんぼう》を捩じ込まれるような、この響き。よく覚えている。

「……はい。ご無沙汰、しております」

鰐の目をしている。片時も視線を外さないのに、なぜか目と目が合っていないように感じる。それでいて、眼球の奥の方に突き刺さってくる何かがある。そんな視線だ。

「まあ、よろしく頼むよ」

「はい……しかしまた、なんで私なんかに」

初めて土堂が視線を外す。妙にほっとする。

「見ろよ。俺がさ、顔で選んでたら、この刑事部屋、こんな面子《メンツ》になっちまったんだよ」

見ろと言われたから見たのだが、瞬時に後悔した。ヤクザ、殺し屋、詐欺師、そんな顔つきの男ばっかりだ。その中に一人だけ、まあまあ器量良しの、若い女性がいる。

土堂も彼女に目を向けている。

「こりゃヤベーってなって、慌てて一人、女入れたんだけどさ、まだ部長（巡査部長）なんだよ。殺しの調べとかやったことねえっツーしよ。そこにきて、このヤマだろ。マル被（被疑者）、女だしさ。最初、あそこにいる担当係長にやらしたんだけど、マル被がビビッて泣いちゃうんだよ。てんで調べになんねえんだ。そんで、お前のこと思い出してさ。いま捜査一課だってのは、誰かから聞いて知ってたし。お前って、なんか優しそうだからさ」

誰だ、そんな余計な情報を土堂の耳に入れたのは。

「なるほど。そういう、事情でしたか」

「そうなんだよ、そういう事情なんだよ。あの娘《こ》、立会いに付けるからさ、なんとか上手いことやって、チャチャッと送っちゃってくれよ。一応最初から、自分で殺《や》ったたっツッてんだからさ。泣かせさえしなけりゃ、普通に喋ると思うんだ。な」

その、鰐の目でこっちを見ないでくれ。

「分かりました、やってみます」

「やってみますじゃねえよ。必ず落とすんだよ、お前が」

「はい……では、そのように」

なんでこんな人を、課長の椅子に座らせたりするかな。


立会いに付くという菊田梓《きくたあずさ》巡査部長を紹介され、その後は彼女から説明を受ける形で事件の詳細について頭に入れていった。

「マル被、ちょうど私と同い年なんですよ」

中西雪実《なかにしゆきみ》、三十歳、独身。武脇は今年四十五歳だから、ひと回り以上年下ということになる。

「菊田さんは、独身なの」

「いえ、結婚してます。旦那も警察官です」

「へえ、そうなんだ」

被害男性は浜辺《はまべ》友介《ゆうすけ》、三十六歳とされているが、死亡時に身元を示すものを所持していなかったので、これに関する確認はまだとれていない。

「マル被とマル害（被害者）の関係は？」

「まだよく分かりません。何しろ、すぐ泣いちゃうんで」

まずそこだ。

「それさ、嘘泣きじゃないの？」

「いえ、本気で泣いてたと思いますよ。だって無理ないですよ、あんな……悪役レスラーみたいなのに凄まれたら、そりゃ普通の女の子は泣いちゃいますって」

三十歳が「女の子」かどうかは、今はあえて問わない。

「じゃあ、痴情の縺《もつ》れかどうかも、現時点では分からないと」

「ええ。分かってるのは、現場がマル被の部屋だということと、凶器と、彼女自身がやったということだけです」

凶器の写真は、これか。

「……何これ」

「元は、ガラス製の白鳥の置き物ですね。この、残ってる金属部分は首と羽で、胴体がガラスでできてたみたいなんですが、割れて砕けてしまったと」

なるほど。

「殺意はなかったのかな」

「どうなんでしょうね。でも、男の息があるうちに通報してきてますし、普通に考えれば傷害致死、だと思うんですよね。ただ、何しろ本人が喋ってくれないので、詳しいことは何も」

そこでちょうど十二時になったので、本格的な取調べは午後から、ということになった。

昼飯後の一服を終えて刑事部屋に戻ると、菊田が慌てた顔でデスクの椅子から立ち上がった。

「ちょうどよかったです。マル被、まもなく到着します」

「はい、じゃあ行きましょう」

現在、東京二十三区内に女性用留置場は三ヶ所しかない。原宿署、東京湾岸署、と西が丘分室。それだけ女性による犯罪が少ないというべきか、あるいは男性の起こす犯罪が多過ぎるというべきか。その是非はさて措《お》くとして、本件を例にとれば、高井戸署警務課留置係は取調べの都度、原宿署から被疑者を移送してこなければならない。当然、終わったら原宿署に送り届けなければならない。面倒といえば面倒な話ではある。

菊田と二人、取調室に移動して待っていると、五分ほどで声がかかった。

「失礼いたします」

「はい、どうぞ」

女性と男性の留置係員に付き添われて入ってきたマル被、中西雪実は、第一印象だけで言えば、ごく普通の社会人女性に見えた。今は涙も涸れ、精も根も尽き果て、抜け殻のようになってはいるが、事件前まではそれなりに元気で、仕事もそつなくこなしていたのではないか。そんな想像をさせる程度には「普通の女の子」だ。

留置係員が彼女を奥の席に座らせ、腰縄をパイプ椅子に結び付け、手錠を外す。係員二人が退室すると、一礼しながら菊田がドアを閉める。その間、中西雪実は正面にいる武脇を見ることも、出入り口に目を向けることもしなかった。ただ机の下、小さく寄せた両手の辺りに視線を落としている。今も、武脇の顔なんぞ見もしない。

まずは、彼女のこの精神状態から、どうにかしていかなければならない。

「おはようございます……いや、もう『こんにちは』だな」

このひと声で取調官が交代したことを悟ってくれればよかったのだが、それもないようだった。

武脇はポケットから名刺入れを出し、一枚抜いて、何もない机に置いた。

それを、中西雪実に向けて押し出す。

「今日から、取調べを担当することになりました、武脇です。ここの署ではなくて、捜査一課という、霞が関にある、警視庁本部から参りました。今まで伺ったことを、また改めてお訊きすることもあるかと思いますが、ご承知ください」

ようやく自分の正面にいるのが、菊田の言うところの「悪役レスラー」ではないことに気づいたのだろう。中西雪実はぎこちなく視線を上げ、武脇の顔を確認した。

誤解を恐れずに言えば、中西雪実は、なかなか可愛らしい顔をしたお嬢さんだ。耳が少し見えるくらいのショートカットが、つるりとした丸顔とよくマッチしている。今現在の着衣はオフホワイトのフリース、黒色のTシャツ、薄紫のジャージ下。原宿署の貸出用ジャージではないので、おそらく彼女の私服なのだろう。

「留置場は、まあ慣れないとは思いますが、少しは眠れていますか」

視線が、机の名刺と武脇の顔とを忙《せわ》しなく行き来している。その間に、ほんの数センチだが顔も上下した。一応頷いた、ということにしておこうか。

「それはよかった。何しろね……最初に、あなた自身が、男性に怪我をさせてしまったと一一〇番通報をし、その後、本署でも同様の供述をされているので、それが法的にどういう行為に当たるかはこれから吟味していくとして、しかし、男性が一人亡くなっているというのは、間違いないわけですから。そうですよね、中西さん」

やはり、さっきのは「頷き」だったようだ。今も、彼女はほぼ同じ動作で肯定を示した。

「そうですよね。はい、けっこうです……じゃあ次に、亡くなった浜辺友介さん。あなたは彼とどういう関係だったのか、そこのところを伺いたいんですが、どうでしょう」

数秒待ったが、反応は見られなかった。

「……どうでしょう。彼はあなたの部屋で亡くなった。つまり、彼はあなたの恋人だった、ということでは、ないんですか」

眉をひそめ、雪実は微かに顔を、横に揺らした。

「恋人とか、交際していたとか、何かそのような約束をしていたとか、そういう関係では、ないんですか」

今度は、微妙に顔を傾ける。これは「首を傾げた」と判断してよいものだろうか。

「どうなのかな。そういう関係、だったのですか。それとも、単なる友人、知人、そういうことですか」

傾斜が反対向きにはなったものの、それ以上の反応はない。

これか、と思った。

武脇ですら、今のこの状態には苛つきを覚える。

相手がまったく反応しない、死んでも喋らねえぞ、と肚《はら》を括った悪党ならば、それなりの対処方法がある。そういう相手ならば、むしろ武脇より「悪役レスラー」の方が向いているかもしれない。

また、ペラペラとよく喋る被疑者もいる。あるいは、のらりくらりと刑事の尋問をかわすタイプ。

そういう手合いだったら、武脇はさほど苦労しない。喋らせるだけ喋らせて、あとから矛盾点を細かく突いていけば、その手の被疑者はいずれ落ちる。俺は頭がいいんだ、刑事なんて煙に巻いてやる、という思い上がりを、駄目だ、こいつにゃ敵わねえ、というところまで引きずり降ろしてやればいい。時間はかかるが、根比べになったら負ける気はしないし、将棋でいうところの「手」も多く持っている。なんにせよ「時間の問題」ということだ。

しかし、この中西雪実という被疑者は、その手の犯罪者とは根本的に違う。

一応、反応は示そうとしている。だがその反応が、一々定規で測らなければ分からないくらい微細なのが苛立ちを誘う。おそらくこれを繰り返され、「悪役レスラー」は「ハッキリしろや」みたいに怒鳴りつけてしまったのではないだろうか。むろん武脇は怒鳴りつけなどしないが、なんとなく理解はできた。

「……友人でも知人でもない、ましてや恋人でもない男性を、普通、女性は自分の部屋に上げたりしますかね」

普通、というところを、もう少し掘り下げてみようか。

「別にあなたが、そういう商売をしてたんじゃないか、なんて疑ってるわけじゃないですよ。疑うわけじゃないですけど、変な話、見も知らぬ男性を部屋に引っ張り込んでね、肉体関係を持ってお金を取っていたとか、そういうんなら、逆に分かるんです。見知らぬ男が部屋を訪れ、しかし何らかのトラブルに発展し、傷害し、死に至らしめるという、そういうケースなら、むしろ想像しやすい」

疑っているわけではない、とは言ったものの、その可能性はない、とも武脇は思っていない。こんな可愛らしい顔をしていても、やるときはやる。それが女という生き物だ。

雪実はゆっくりと顔を上げ、眉間《みけん》に力を込め、顔を震わせた。

「……そんな……」

ようやくだ。ようやくひと言、喋ってくれた。長らく黙っていたからだろう、少し声が掠れている。

「そんな、なんですか」

しかし、それだけでまた黙り込む。続けてふた言目を聞かせてくれるほど、安くはないと。

「……そんなことはしていない、私はそんな女じゃない。そういうことですか」

二センチくらいの頷き。それでも、肯定は肯定。いや否定か。

「では、浜辺氏とはどういう関係だったんですかね。友人でも知人でもない、見知らぬ他人が部屋にいたということは……あれですか、浜辺さんは空き巣か何かで、そこに帰宅したあなたと鉢合わせして争った結果、あなたが殺害するに至った、とか……そういうことですか」

これには、かなり分かりやすく首を振ってくれた。

ついでに、ふた言目も吐き出されてきた。

「ち……知人、ということに、なるのだと、思います。でも、まだ知り合って、間もないので、よくは……」

それでも、部屋に上げることはした。その程度には浜辺友介に気を許していた。そういうことではないのか。

少し話題を変えてみよう。

「中西さんのご職業は……出版社勤務、となっていますね……協文舎《きょうぶんしゃ》。けっこうな大手じゃないですか。『SPLASH』編集部……これって写真週刊誌でしょ。私もたまに読みますよ。ひょっとして、浜辺氏とは仕事関係で知り合ったとか、そういうことですか」

そんなに難しい質問ではないはずだが、また無反応だ。触れられたくない話題だったのか。

「編集部勤務ってことは、どうなんですか。ご自身も、取材とか張込みとか、そういう、記者みたいなこともされてたんですか。だとしたら、意外と、刑事とは似た仕事だったのかもしれませんね。どうですか、そういった点に関しては」

むろん例外はあるが、基本的に被疑者は、取調官を「同じ人間」と認めたときに喋り始めるものだ。少なくとも、武脇はそう考えている。話せば分かる、分かってもらえる、分かってもらいたい。そういう気持ちにまで持ってこられれば、苦しい心の内をも明かしてくれる。それは粗暴犯だろうと知能犯だろうと変わらない。

その取っ掛かりとして、記者も刑事も似たようなもの、というのはちょうどいい話題ではないかと、武脇は考えていた。張込みの苦労話などを披露し合ううちに打ち解け、事件についても喋り始める。そんな展開を、可能性として決して高くはないのかもしれないが、でもゼロではない、その程度には期待していた。

しかし中西雪実の、三度目の発言は、あまりにも予想外で、理解不能と言わざるを得ないものだった。

「あの……ちょっと前から、ですけど……声が、聞こえるんです」

そりゃ聞こえるだろう。こうやって、面と向かって取調べをしているのだから。

「最初は、聞こえづらかったですか、私の声」

「いえ、そういうことでは、なくて……女の人の、声が」

菊田は、今日は初めに挨拶をしただけで、その後はまったくといっていいほど発言していない。取調室の壁は非常に薄いので、外の声もまあまあ聞こえてはくるが、土堂の話だと、この刑組課に女性警察官は菊田一人のはずなので、外から女性の声が聞こえてくるというのは考えづらい。少なくとも武脇は、この取調べを始めてからは聞いていない。

「女の人の声……は、特にしませんけどね」

「今は、私も、聞こえませんけど、でも……聞こえるんです」

今の話じゃねえのかよ、と言いたい気持ちをぐっと堪える。

「ごめんなさい、それ、なんの話ですか」

また、雪実は黙り込んでしまった。ただ、最初の沈黙とは種類が違う。怖くて喋れないとか、言いたくないから黙っているとか、そういうことではない。どう説明しようか迷っている、そういう種類の沈黙だろうと、武脇は察した。

雪実の視線は、名刺が一枚置かれただけの、灰色の机上を彷徨《さまよ》っている。そこで、何かを探している。なんだ。どんな説明、どんな言葉だ。

どんな女の声だ。

「あの……誰かは、分からないんですけど、女の人の声が、ふいに、聞こえるときが、あるんです……部屋で、一人のときでも、電車に乗ってても、道を歩いてても……同じ、女の人の声が、聞こえることが、あるんです」

おい、ちょっと待ってくれ。

要精神鑑定案件か、これは。

2

私はたぶん、そこそこ裕福な家庭に育った、そこそこ恵まれた子供だったのだと思う。

それが一番最初の記憶かどうかは分からないけれど、小さな頃の思い出としてまず頭に浮かぶのは、明るい朝の、食卓の風景だ。まだ弟が生まれる前、だから三歳とか四歳、それくらいの頃の記憶だ。

自分用にひと部屋与えられてはいたものの、まだ一人で寝るのが怖かった私は、両親の寝室の大きなベッドで寝ていた。夜は母に寝かしつけられ、父はたぶんその後に帰宅し、やがて二人もベッドに入り、川の字になって眠る。

でも朝目を覚ますと、私はいつも一人だった。

今すぐ起きれば父の顔が見られるかもしれない。パパーッ、と駆け寄っていって抱きつけば、そのまま抱き上げて「いってきます」のキスをしてくれるかもしれない。そう期待してベッドから飛び下りるのだが、たいていの場合すでに父はおらず、キッチンに立つ母に「おはよう、もうパパお出かけしちゃったよ」と残念そうに言われるのが常だった――ように、記憶している。

それでも、いつまでも父の不在を残念に思うことはなかった。料理上手な母が作ってくれる朝食は目にも楽しく、今でいう「キャラ弁」みたいに、目玉焼きをライオンにしてくれたり、サラダに入っているハムをチューリップにしてくれたりした。一番のお気に入りはパンダのお握り。いや、それは幼稚園に持っていくお弁当の方だったか。そう、あれはお弁当の方だった。

まだ一人っ子だった頃の私に、母はよく絵本を読んでくれた。一番好きだったのは、定番中の定番だが『ぐりとぐら』。大きなフライパンでカステラを焼き、友達の動物たちと一緒に食べるという、あのお話だ。

私はネズミの「ぐり」と「ぐら」を自分でも描いてみたくて、かなりの量の画用紙とクレヨンを消費したはずだ。でも、どうしても自分で可愛いと思える出来栄えにはならなかった。母は絵も上手だったので、描いてみて、とお願いすると、こんな感じ？　と事もなげに描いてみせてくれた。それが悔しかったわけではないし、傷ついたのとも違うけれど、子供ながらに「私には無理だ」という感覚はあった。だからだろう。私は絵を写すのは諦めて、字の方を真似て書くようになった。

するとビックリするくらい、今風に言ったら「引く」くらい褒められた。

「すごい、すごいすごーい、ちゃんと『ぐりとぐら』って読めるよ、書けてるよ。えらーい」

単純に嬉しかった。絵と字の違いを明確に認識していたわけではないはずだが、母がいつも同じ言葉で、同じ物語を話してくれるのは、絵のないところに並んでいる、あの小さなゴチャゴチャが関係しているのだろうことは、なんとなく分かっていた。読み聞かせをするときに母が文字を指でなぞっていたから、ああ、ママのお話はここから出てくるんだな、くらいには理解していた。

文字と言葉、言葉と物語。その関係性が分かってくると、当然自分で読みたい、という欲求が芽生えてくる。あれはわざわざ買ってきたのか、雑誌の付録か何かだったのか、母はすぐに「あいうえお表」を壁に貼ってくれ、私はそれを手掛かりに、自力で絵本を読むようになった。

だからもう、私は幼稚園入園の時点で、ひらがな・カタカナ・数字は完璧に読めるようになっていた。漢字もいくつかは知っていた。お陰で私は、天才はさすがに大袈裟だが、でも圧倒的な優等生として扱われ、同じ組の友達からは、半ば「お姉さん」の如く頼られる存在となっていった。

それはそうだろう。他の子は粘土の箱に自分の名前が書いてあっても、それが自分のものであるのかどうかの確信が持てない。あるいは、他の子のなのに自分のだと言い張る。

そんなときは、私の出番だった。

「喧嘩はダメ……これ、ケンちゃんのじゃないよ。これはハルちゃんの。ここ、『よしだはるみ』って書いてあるでしょ。ケンちゃんのは……ほら、ここにあるじゃん。こっちがケンちゃんの。『やぎけんたろう』って、ちゃんと書いてあるでしょ」

この、幼稚園でのお姉さんキャラが下地としてあったからだろう。私は弟が生まれても、パパとママを赤ちゃんにとられちゃうとか、おっきくなっちゃった私なんて可愛くないんだ、みたいな嫉妬を覚えることはまるでなく——いや、多少はあったのかもしれないが、ほぼほぼないまま、むしろ率先して「お姉ちゃん」の役割を演じるようになっていった。

それと、同学年の中では比較的背が高かったというのも、影響していたと思う。

同い年の子と遊んでいても、周りからは常に年上に見られる。何歳かと訊かれて正直に答えると、いつも「大きいのね」と驚かれる。百回訊かれて百回答え、百回とも同じ反応をされれば、こっちだってもういい加減うんざりしてくる。

はいはい、他の子より大きいですよ、聞いて驚かないでくださいね、まだ六歳なんです、これでも就学前なんですよ、ごめんなさいね、おほほ——さすがにそこまで言えはしなかったが、でも気分はそんな感じだった。

背が高くて、しっかりしていて、頭もいい優等生。

そういう目で見られ続けると、子供は自然と、それに沿うような態度をとるようになる。ただでさえ体が大きいのだから、カッとなって相手を叩いたりしたら、小さな子がやるよりは大事《おおごと》になりやすい。なので、滅多なことでは怒らなくなる。自分で自分の感情をコントロールするようになる。代わりに、心の内で毒づく。チビ、バカ、チビバカ、チビバカバカ、もうあんたとなんか遊んでやらない。そう思ってはいても、次の日には遊んであげることになる。いつまでもヘソを曲げているような、子供じみた真似はできない性格だったのだ。

そんな私は母にとって、誠に都合のいい娘だったはずだ。

わざわざ教えずとも読み書きを覚え、弟の面倒を積極的に見、幼稚園や学校で怒られることも、問題を起こすこともなく、滅多に風邪をひくこともない健康優良児。強いて難点を挙げるとすれば、服がすぐに小さくなってしまうこと、だったろうか。

実際、母はよく言っていた。

「あなたは、ほんとに手の掛からない子だった。それで私がどれほど助けられたか」

さほど深刻に溜め込んでいたわけではないが、本当のことを言ったら、私だって誰かに甘えたかった。ヤだよー、知らないよー、アッカンベー、とすべてを投げ出して逃げ出したいときもあった。でもできなかった。私はどこにいても「お姉ちゃん」だったのだ。冗談でなく、幼稚園でのあだ名が「お姉ちゃん」だった。

だが小学校に入ると、状況はがらりと変わった。同じくらい背の高い子は何人かいたし、私より勉強のできる子もいた。英語が話せる子も、野球やサッカー、ダンスが得意な子もいた。

自分一人が突出した存在ではない。そのことの心地好さを、私は初めて味わった。心が、軽くなった。

私を「お姉ちゃん」扱いしない友達もできた。足立美波《あだちみなみ》。背は低い方だが足が速く、スポーツが得意な子だった。口数が少なく、普段はちょっと怒ったような顔をしているけれど、でも笑ったときのほっぺたが可愛かった。

彼女から「名前で呼んで」と言われたので、私は普通に「美波」と呼んでみた。

なのに、いきなり大笑いされた。

「……『みんみ』じゃないよ」

以後、少しずつ自覚していくのだが、私には少々滑舌が悪いところがあるらしく、何度「美波」と呼んでも「だから『みんみ』じゃないってば」と訂正された。でも、そういうときの美波の笑顔が可愛くて、また彼女もそれ自体を不快に思っているわけではなさそうだったので、私はあえて彼女のことを「みんみ」と呼び、倣《なら》うように彼女は、私のことを「ゆったん」と呼ぶようになった。

「お姉ちゃん」ではない初めてのあだ名、「ゆったん」。

嬉しかった。

私はますます、美波が好きになっていった。

幼稚園までは、短距離走といってもいわゆる「かけっこ」で、タイムを計ったりすることはなかった。でも小学校になると、体育の授業で普通に計るようになる。

私は、身長があるお陰で中の上くらいの順位だったが、美波は完全に、実力で一位だった。あるいは身体能力と言うべきか。

「……は、速え……」

周りの男子も溜め息を漏らすほど、美波は速かった。ただ速いだけでなく、走る姿そのものが美しかった。足が回転している、というのだろうか。走り方が本格的というか、大人っぽいというか、とにかくカッコよかった。

「みんみ、なんでそんなに走るの速いの？」

美波は考えるとき、そのサクランボみたいな唇を、さらに小さくすぼめる癖がある。

「えっ……分かんない」

「走るの、習ってたの？」

「習ってないよ、そんなの」

「体操教室にいってるとか」

私は当時ピアノの教室に通っており、何か特技を持っている子は、どこかでそれを習っているもの、という認識があった。

しかし、そういうことではなさそうだった。

「なに教室？　えー、知らなーい」

ただいろいろ聞いていくうちに、美波にはお兄さんが二人いて、小さい頃から彼らとよく外遊びをしていたことが分かってきた。お兄さんたちは、何か面白そうなことがあると急に走り出し、美波はそれに置いていかれまいと、ついていくのに必死だったという。たぶんそれだ、と私は子供ながらに分析し、納得し、分かった気になっていた。

私にはそういうこと、全然なかった。

私はいつも弟の手を引き、彼の歩幅に合わせて歩いていた。弟を置き去りにして走り出すことなど、一度としてなかった。そういう発想自体、私にはなかった。そんなことをして、弟が転んだらどうするの、迷子になったらどうするの。そう考えたら、弟の手を離すことなどできるわけがなかった。

だから逆に、羨ましく思う部分もあった。

当時の私はその気持ちを表わす言葉を持ち合わせていなかったが、要は「ワイルドさ」だ。その野蛮《やばん》、乱暴《らんぼう》、粗雑《そざつ》さを否定的に感じる半面、自分にはないダイナミックな発想には憧れすら抱いた。

二人のお兄さんと、小さな美波。原っぱを駆け回って遊んでいるうちに、美波はいつのまにか知らない場所に迷い込んでしまう。まるで絵本の世界ではないか。冒険の始まりだ。暗くなる前に帰らなきゃ、とか、ピアノのレッスンに間に合わない、なんて小さい小さい。そんなことを言っている場合じゃない。無事家に帰りつけるかどうか分からないんだから、本物の冒険なんだから――。

「……ゆったん、ぼーけんってなに？」

「だから、そういうさ……森に迷い込んだり、危ないことがあったりして、それでもがんばってお家《うち》に帰ることだよ」

「私、森なんていってないよ。ウチ団地だから、車とかも走ってないから、危なくないよ」

まあ、たまに私の想像の方が暴走してしまうことも、あるにはあった。過剰な幻想というか。

思えば、美波のお兄さんたちに対してもそうだった。

美波がわりと可愛い顔をしているので、お兄さんたちも美少年というか、アニメに出てくる「カッコいい先輩」的なイメージを勝手に抱いていた。

だが、悪いけど全然違った。

「美波ィ、これ持って帰っといてな」

「なッ」

私たちが一年生のとき、二人は四年生と三年生。美波にランドセルと校帽を押しつけ、家とは反対方向に走り去っていく。彼らは学校が終わったその時点でかなり薄汚れており、そこからさらにひと暴れというか、もうひと汚しして夕方、家に帰り着くのだろうことは容易に想像できた。

二人分のランドセルと校帽を押しつけられた美波は、とても悲しそうな顔をしていた。

「みんみ、一個持ってあげる」

「……うん。ありがと」

校帽は脇からランドセルに捩じ込んで。背中には自分たちのランドセルがあるから、お兄さんたちのは反対向き、胸に抱えるようにして持った。珍妙な恰好ではあったが、でも二人でやれば、それもなんとなく楽しかった。

美波は、そうでもなさそうだったが。

「意地悪ばっかだよ、お兄ちゃんなんか」

「でも、足速かったね。さすがみんみのお兄さん、って思った」

「足速いだけで、バカだもん、あんなの。たぶん、ゆったんの方が頭いいよ。私さ……お姉ちゃんか、弟か妹がほしかった。いらないよ、お兄ちゃんなんか。大っ嫌い」

ここでうっかり「私がみんみのお姉ちゃんになってあげる」などと言ってはいけない、というのは幼いながらも分かっていた。

「うち弟いるけど、別によくないよ、そんなに。私は、お兄さんかお姉さんがほしかった……じゃなかったら、妹。女の子用のゲームとか一緒にできるし、お菓子作ったりさ。絵描いても、妹とだったら、もっと楽しいと思うんだ。弟じゃさ……なんか車とか、電車とか怪獣とか、そんなんばっかだもん。グチャグチャで汚いし。あの怪獣のオモチャもさ、尖ってるから痛いんだ。どわー、とかいってぶつけてくるの……でも、怒れないからさ。あーあ、って思いながら、ううーって、やられてあげるんだけど」

そんな話を、美波は怖いくらい眉をひそめて聞いていた。

「そっか、弟って、そうなんだ……」

かと思うと、急に私の好きな笑顔になる。

「じゃあさ、私がゆったんの妹になるのはどう？　いい考えじゃない？」

なに。結局、また私が「お姉ちゃん」なの。

三、四年生のときはクラスが別々になったが、登下校はいつも一緒だったし、放課後に遊んだり、休みの日に互いの家を行き来したりもしていたので、友達という意味では、やはり美波が一番だった。美波も、同じように私のことを思ってくれていたと思う。

だが、五年生でまた同じクラスになって、私は大いに驚いた。

「ヘイ、ゆったんパスッ」

体育の授業のバスケットで、

「……ウッシャッ」

あの美波が、味方からボールをもらってはロングシュートを決め、相手チームからボールを奪っては走り、ドリブルから見事なランニングシュートを決め、もうほとんど一人で得点を重ねまくるのだ。

「縦横無尽《じゅうおうむじん》」とは、ああいうことを言うのだろう。

四年生から始まったクラブ活動で、美波がバスケを始めたことは知っていた。ただ、私が選んだのはパソコンクラブだったので、美波がどんな感じでバスケをやるのか、それまでは見る機会がなかった。

これは凄い、と思った。

相変わらず背は低い方だったが、それを補って余りある跳躍力が美波にはあった。あと瞬発力か。ボールをキャッチして次の動作に移る早さ、スムーズさ。さらに、自分の前にいる敵をかわす変幻自在の動き。私はプロバスケットボールの試合など一度も観たことがなかったが、これはプロ級だ、と勝手に思った。

周りも、完全に美波を特別視していた。

クラスでチーム分けをしたら、そう上手く五人ずつになどできはしない。どうしても、一つや二つは四人のチームができてしまう。そんなとき、美波は必ず四人のチームに入れられる。それでも圧倒的に強いのだから、誰もが美波のいるチームに入りたがる。

そればかりか、男女混成でチーム分けをしても、男子が美波を欲しがる。美波獲得に失敗したチームは、

「あー、ダメだ、もう終わった」

その時点で優勝を諦める。それくらい、美波はずば抜けていた。

六時間目が終わり、下校するときになっても、私の興奮はまだ冷めていなかった。

「団地のゴールでシュートするのは見せてもらったことあったけどさ、あんなにみんみが凄いとは思

わなかった。ちょービックリした」

この日、美波は珍しく自慢げな笑みを浮かべてみせた。

「けっこう強いんだよ、私。クラブで男子とワンオンワンやっても、全然負けないし。体育で女子だったら、全然楽勝だよ。今日、もっとスリーポイント決められると思ったんだけどな。けっこうはずしちゃった。調子イマイチだった」

「スリーポイント」は分かったが、その前のが分からなかった。

「ワオンワン、ってなに？」

美波が、ぷっと吹き出す真似をする。

「逆になに。犬じゃないんだから……ワン、オン、ワンね。一対一でやるやつ」

「一対一って、相手と自分だけ？」

「そうだよ」

「じゃ、パスできないじゃん」

「できないよ。だからドリブルとフットワークだけで戦うんだよ。タクミとよくやるからさ、けっこう慣れてんだ、私は」

タクミというのは、二番目のお兄さんの名前だ。

お兄さん二人はすでに中学に上がり、もう美波は、前みたいにランドセルを持ち帰らされることも、クラスメイトのいる前でからかわれたりすることもなくなっていた。むしろ互いにほどよく距離ができ、一緒にバスケをして遊んだり、勉強を教えてもらったりもしているようだった。

この頃の美波が妙に活き活きしていたのには、それもあったように思う。

やっぱり、年上のきょうだいがいるって、いい。

それは、間違いないと思った。

3

中学受験をするような家柄でも土地柄でもなかったので、私たちはそのまま地元の公立中学校に進学した。

小学校高学年であれだけの実力だったのだから、美波は当然、中学でも部活はバスケ部、いわゆる「女バス」。ちょっとあの子、一年のくせに生意気じゃない？　みたいに言われることを私は心配したけれど、実際にちょっとはあったらしいけど、でもすぐ試合にも出させてもらってたし、まあまあ大丈夫だったようだ。とりあえずはひと安心だった。

私は文芸部に入った。詩集とか小説を読んで、みんなで論評したり、実際に自分で作品を書いてみたり、それをまとめた部誌を制作したりする部活——だと思っていたのだが、いや、それも決して間違いではないのだが、二年生、三年生の先輩も、同学年の部員も、本当に興味があるのは漫画とかイラストの方で、私みたいに早々に絵を諦め、活字をメインに考えている人は非常に稀《まれ》だった。というか、私と三年生の織田《おだ》先輩だけだった。ちなみに部員は全員女子。顧問の上野《うえの》先生も女性、けっこうなお婆ちゃん先生だった。

文芸部の部活は毎日あるわけではない。基本的には火曜日と金曜日。それも、週二回とも必ず出なければいけないわけではない。

「すみません、まだ書けてないので、家で書きます」

そんなふうに顧問か先輩に断れば、帰っちゃってもまったく問題なし。校内でも一番ユルい部活と言われていた。

一方、バスケ部の練習は当たり前のように毎日ある。陸上部と間違えられるほどよく校庭をランニングしているし、終わったかな、と思って体育館を覗いてみても、美波を含む一年生部員はまだボール磨きをしていたりする。

なので、小学校の頃みたいに毎日一緒に帰ることはできなくなった。予定が合うのは、せいぜい一週間か二週間に一回。そういう日は、たいてい美波から誘いにくる。一年のときはクラスが違ったので、昼休みに私のいる教室を訪ねてくる。

「ゆったん、今日文芸出る？」

「うん、出るよ」

「終わったら一緒に帰ろ」

「いいよ。じゃ玄関の、いつものとこで待ってるね」

ちなみに、同級生の三分の一は同じ小学校の出身なので、私のニックネームが「ゆったん」であることはクラスでもすぐに定着し、いつのまにやら文芸部でもそう呼ばれるようになっていた。

「ゆったん、新作の『兎のムラ』、すっごい面白かったよ」

「松田《まつだ》先輩、ちょっと違います。『兎の群《むれ》』です」

「うんうん『兎の群』、分かってるよ。あれさ、私に挿し絵描かせてよ。そんでさ、主人公のノーマって、ほんとはジルと両想いなんでしょ？　その線だったら私、ばんばんイメージ湧くわぁ」

申し訳ないけど、私は松田先輩が描くようなラノベ風のイラストは、あまり好きではなかった。しかも、ノーマとジルが両想いって。『兎の群』はそういう、いわゆる「百合系」の作品ではない。

「あー、まあ……まだあれ、未完成っていうか、もうちょっと書き込みたいんで。ストーリーも、変わるかもしれないし……」

「じゃあ、ノーマとジルの関係をもっと濃密に。うん、いいよ、思いっきりそっち系にいこう」

嫌です、とも言えず、こういうのは適当に、苦笑いで受け流すのが私なりの処世術だった。

そして、部活終了後。

「……ゆったんごめん、待った？」

「んーん、全然大丈夫」

小学校のときの倍くらい長くなった通学路を、美波と喋りながら、ぶらぶらと歩いて帰る。

「マジで大木《おおき》先輩ウザい。めっちゃ下手クソなのに、足立、もうちょっとハンドリング練習真面目にやれ、とかさ……あんたなんか、ちらちらボール見ながらやってんじゃん、こっちは完全に前見てやってんだよ、っていうかあんたより早く終わってただけだよ、サボってたわけじゃないッツーの」

半分以上はこんな感じで、私が美波の愚痴《ぐち》を聞くことになる。

「大木先輩って、二年生だっけ」

「うん、背ぇデカいからさ、ってかそれだけで、やたら『ディフェンスしてます』みたいな顔すんだけど、全然余裕で抜けますからそんなの、って感じ。そもそも不器用なんだろうな……不器用なのはしょうがないかもしんないけど、じゃあ努力でカバーしようとかしてんの、って話で。マジウザいわ」

でも、美波は途中で気づく。

「……ごめん。また私の愚痴ばっかりになっちゃった」

「んん、いいよ。文芸、そういうバチバチしたところ、全然ないからさ。ユルユルのダラダラだから……新鮮って言ったら、みんみには悪いかもしんないけど、でも勉強になるっていうか。参考になる」

「なに、小説書くときの？」

「んー……小説、ってほどのもんでもないけどね。なんか、物語のなりかけ、みたいな。まだよく分かんない」

途中のコンビニで、パンとか中華まんを買って食べたりもする。たまには遠回りして、街道沿いのハンバーガーショップに寄ることもある。美波はチキンナゲットが好き。私はホットアップルパイとか、甘いのを買う方が多い。

もぐもぐしてるときの美波のほっぺたって、やっぱり可愛い。

「なんかさ……女バスと男バスの先輩って、やたら付き合ってんの多いんだ」

「へー、そうなんだ」

これもまた、女子しかいない文芸部にはあり得ない話だ。

「別にさ……まあ確かに、同じバスケだから話が合うとかさ、あるのかもしんないけど……別に、バスケ部同士で付き合う必要なんてなくない？　私はさ、こうやってゆったんと話して帰りたいとか思うけど、女バスの子って、ずっと女バスで固まってるしさ、付き合うッツったら男バスでさ。何それ、って感じだよ」

美波にしては、非常に珍しい話題だった。

ちょっと、怪しかった。

「みんみ、なんかあった？」

「……えっ」

しかも顔に出過ぎ。明らかに怪しい。

「ほらぁ、なんかあったんでしょ」

「ちょっと、なにいきなり」

「逆に私がなに、だよ。男バスだの付き合うだの、今までみんみ、そんなこと一度も言ったことなかったじゃん」

「いや、あったよ、あった……っていうか、先輩の話だから」

「みんみ慌て過ぎ。ほら、ケチャップこぼすよ」

せっかく注意してあげたのに、逆にナゲットを落としてしまうという狼狽《うろた》え振り。

「あー、チクショ……ゆったんが変なこと言うから」

「私、変なことなんて言ってないよ。何かあったの？　って訊いただけじゃん」

このとき私の中に、ちょっとした野次馬根性が芽生えていたことは否定できない。小一からの付き合いなんだから、私に隠し事なんてできるわけないでしょ、とか、みんみはすぐ顔に出るんだから、とか、脇腹をつつくように繰り返し刺激したのも事実だ。

でもまさか、本当に白状するとは思っていなかった。

「……阿倍《あべ》先輩に、コクられた」

このとき私は知らなかったが、のちに確かめてみたところ、その男子バスケ部の阿倍先輩というのは、毬栗《いがぐり》頭の、コロコロっとした体形の、要するにスラッとしたイケメンとは言い難い——まあ、そういう感じの先輩だった。

「……阿倍先輩って、何年生？」

「二年」

「なんて言って、コクられたの」

「今度の休み、映画いかないか、って」

「それって、ただ映画に誘われた、ってだけじゃないの」

「そう、思ったから……なんでですかって、私も訊いちゃって」

「そしたら？」

「お前のこと、好きかも、って」

ウヒャー、と思いきり冷やかしたい気持ちを、ぐっと抑える。

「……好き、かも、って言うのも、どうなんだかね」

「でしょ。ないでしょ、普通」

「で、みんみはなんて答えたの」

「今度の休みは、友達と約束があるし、そういうの、いま考えてないんで、すんませんって」

それがいい断わり方なのかどうかも、私には分からなかったが、

「みんみ的には、どうなの、その阿倍先輩は」

「全っ然タイプじゃない。バスケで言ったらダブルドリブル」

その喩《たと》えもよく分からなかった。まあ、反則級に好みではない、と解釈しておいた。

「ちなみに、他に好きな人はいるの？」

「男バスで？」

「うん」

「いない。私、バスケって競技はもちろん好きだし、選手として好きな先輩もいるけど、付き合うとかはあり得ない。絶対パス」

美波の口から出ると、その「パス」のひと言も「男子を正面から両手で突き飛ばす」的な、強烈な拒否の表現に聞こえた。

「へー、男バスの人はないんだ……じゃあ、別の部活だったら？」

特に疑っていたわけではない。むしろ美波の口から、うっ、というか、んっ、みたいな、声にならない声が漏れたのを聞いて、疑念を抱いた。

うそ。そうなの？

「男バス以外なら、好きな人いるの？」

「いない、よ……っていうか、ゆったんはどうなの」

「私のことは今いいでしょ。みんみ、誰かいるの？」

「ゆったんはどうなんだよ」

「私はいないよ。みんみは？」

正直な話をすれば、私にだって気になる男子の一人や二人はいた。サッカー部の沢木《さわき》先輩とか、美術部の古川《ふるかわ》くんとか、いつもギター背負ってる軽音楽部の、名前は知らないけど前髪を長くしてるあの人とか、見かければカッコいいな、くらいには思っていた。

でも美波みたいに、その人を思い浮かべただけで頬が赤くなるような人は、一人もいなかった。

こういうの、どうなんだろう。良く言ったら美波は純粋で、悪く言ったら単純で。私は、ある程度は自分の感情をコントロールすることもできるし、相手の表情から心理を読み取ることも、少なくとも美波よりはできていたと思う。

たぶん、この時点では。

しばらく、私があえて沈黙を作ると、美波はその空白を埋めようとするかのように、でもとても小さな声で、心の内を吐き出した。

「……まあ、たとえば、だけど……B組の、古川くんとか」

つまり、美術部の古川くんだ。マジか。

「あ、ああ、そうなんだ……古川くん、へえ」

意外だった。

古川くんは、もう見るからにスポーツとかやらなそうな、やったらできるのかもしれないけど雰囲気的には駄目そうな、線の細い、でも知的な感じの子だった。背が高いのもあるんだろうけど、いつも遠くを見ていて、周りの子とは違うものが見えてるんじゃないか、と思わせる何かがある、そんな男子だ。本当は、ただぼーっとしてるだけなのかもしれないけど。それもあって、友達と喋ってケラケラ笑ったりしているのを見ると、妙に安心するというか。ああ、古川くんもお腹押さえて笑ったりするんだ、みたいな。だから、なんだろう、母性本能をくすぐるというか、そういう要素もあったのかもしれない。

「……どう、思う？　ゆったんは」

どう思うって。そりゃ、美波が体当たりしたら古川くんが負けるでしょ。吹っ飛ぶだけじゃ済まなくて、たぶん骨も二、三本折れちゃうでしょ。

「……ああ、いいと、思うよ」

「うそ。全然いいとか思ってないくせに」

「いや、そういう意味じゃなくて、そりゃ、私も古川くんのことそんなに知らないから、よくは分かんないけど、でもみんみが好きになるのは、いいと思う、って意味で」

もう、美波は私の顔を見もしない。

「……ゆったん、応援できる？」

「う、うん……できる、よ」

「どうやって？」

「えっ、だから……がんばれぇ、みたいな」

「もっと具体的に、何をどうするの。私はどうしたらいいの」

分かんないよそんなの、私にだって。

結論から言うと、美波と古川くんのそれは一ミリも進展することなく、かといって私が首を突っ込むこともなく、ただ静かに月日は流れ、私たちは中学を卒業した。
《卒業証書、授与……》
正直、美波と一緒にいられるのは中学までだと思っていた。

私は、自慢するわけじゃないけど成績はいつも学年上位に入っていたし、県内で最難関と言われる進学校にも余裕でいけるくらいの偏差値は常にキープしていた。

一方美波は、バスケで全国大会に出場するという輝かしい実績を残しはしたものの、勉強の方は正直「大丈夫？」と、肩に手をやって顔を覗き込みたくなるくらい、悲惨だった。

「ねえ……日本の大統領って、天皇？」

「違います」

「芥川龍之介って、本当に猫だったの？」

「なわけないでしょ……っていうかそれ、夏目漱石だから」

でも学校って、ただ勉強するためだけの場所じゃないから。スポーツで優秀な成績を残すのって、勉強のそれと同じか、ひょっとしたらそれ以上に価値のあることだから。

「ではでは、また三年間、よろしくお願いします」

「こちらこそ、よろしくお願いします。みんみ、リボン斜めってる」

美波はスポーツ推薦で、私は一般受験で合格し、晴れて同じ高校に通えることになった。

当然、美波に部活選択の自由はなく、三年間バスケをやり続けなければならないわけだが、私の場合それはないので、何か新しいことを始めようと思い、いくつか部を見て回った。

憧れ半分で最初に覗いたのは、吹奏楽部。ピアノなら少しできるけど、でも今から新しい楽器は、やっぱり難しそうなので、パス。

次は華道部。なんかイメージと違う。パス。

続いてパソコン部、雰囲気暗いからパス。ダンス部、無理。演劇部、もっと無理。写真部はちょっといいかも。キープ。

一応、文芸部も見にいった。別個に漫画研究会もアニメ研究会もあるからだろう、中学より活動が本格的なのは好印象だった。先輩も優しかった。ここもキープ。

あとは美術部くらいか。根本的にパス。

けっこうグダグダと悩み続け、最終的には帰宅部か、と半ば諦めていたところ、たまたまクラスで仲良くなった飯森《いいもり》さんが演劇部で、「だったら脚本とかやってみなよ」と強烈に誘われ、急転直下、私は演劇部に入ることになった。

「あの、ほんと、演技とかは絶対無理なんで、衣装とかの、裏方のお手伝いとか、お役に立てるなら脚本とか、そういう方向で……そういう方向限定で、すみません……よろしくお願いいたします」

報告すると、美波にはだいぶ笑われた。

「だからって……演劇部はないわ」

「分かんないじゃない。意外と、隠れた演技の才能とか、開花しちゃうかもしんないじゃない」

「ゆったんの場合、才能以前の問題だから……滑舌。か、つ、ぜ、つ。『ロミオとジュリエット』って言ってみ」

そんな、いつまでも小学校時代の黒歴史を。

「……やだ」

「どミオと、ジュじエット」

「そんなに言えなくない」

「じゃ言ってみ」

「やだ。言えるけどやだ」

これだから幼馴染みはな、と思うことも、たまにはある。

美波は高校でも選手としては一流で、たった一人、一年生ながらレギュラーに抜擢され、試合でも活躍していた。

だから、そういう点ではまったく心配はなかった。

むしろ私が心配したのは、友達関係だ。

うちの高校は、一年時からそれとなく成績でクラスが分けられていて、AとBは上位クラス、CとDは中間、Eは下位、Fは下位とスポ薦の生徒、となっていた。三年になるとAは「特選」に、Bは「特進」になり、大学を受験する生徒としない生徒とでは明確に区別されていくことになる。

私はギリギリでB組、美波はもちろんF組だ。

美波くらい選手として優秀ならば、そのままバスケで大学までいける可能性はある。だから、F組にいること自体はいい。美波自身はそれでいいのだけど、はっきり言って、その他のクラスメイトには大いに問題ありだった。

一年だとまだそうでもないけど、三年にもなると、もうE組、F組の先輩なんて、見ただけでそれと分かるようになる。髪は茶色いしピアスはしてるし、もちろん女子はお化粧してるし、制服は着崩してるし。

自分でも「お姉さん根性」を出すのは嫌だったけど、美波がそんな人たちと同じになってしまうのはもっと嫌だったから、そこは厳しめに、事あるごとに美波には言った。

「みんみ、ちょっと最近、スカート短くしてない？」

「ん？　してないよ、別に」

短くしているかどうかは、ちょっとベストを捲《めく》ってみれば分かる。

「ほらぁ、やっぱり折ってるじゃん……あ、二回も」

「いやいや、これくらい折んないと、私の場合長いから、逆に」

「じゃあ折るの一回にしなよ。これじゃ短いよ、さすがに」

「うん、分かった」

私が言えば、一応美波は聞き入れてくれた。部活があるから、髪を茶色くしたりはもちろんしなかったけど、不良っぽい子たちに誘われて部活をサボるんじゃないかとか、ピアスの穴くらいは密かに開けたりするんじゃないかとか、けっこう私は気が気でなかった。

でも、私が思っているほど、美波も子供ではないようだった。

「私、ゆったんが嫌がるようなこと、しないから。ゆったんに嫌われるようなこと、わざわざしたりしないから、安心して……今は、部活でそれどころじゃないしさ。ゆったんも結局、イモムシの役、引き受けたんでしょ。頑張ろう、お互い」

まさか、演劇のことで美波に励まされることになろうとは、私は思ってもいなかった。

4

人生の歯車なんて、ほんと、いつどこで狂い始めるか分からないんだな、と思った。

美波の場合は、高三の春。関東大会予選の第一回戦。その試合は私も応援にいって観ていた。序盤はいつも通り、うちのチームがバンバンゴールを決めていた。美波もいい調子で動けていた。でも途中から、なぜか急に流れが悪くなり、そうしたら、越智《おち》さんという主力選手が交代して、ベンチに引っ込んでしまった。

観客席から見ているだけでは、何が起こったのかまったく分からなかった。ただ、チームメイトや監督が心配そうに彼女を取り囲み、肩をアイシングしているのは見えた。選手同士で接触でもあったのか、自分でどこかにぶつけてしまったのか、原因は分からなかったが、その試合で越智さんがコートに戻ることは結局、最後までなかった。

それを理由にしてはいけないのだろうけど、結果として、越智さんを欠いた我が校女子バスケットボール部は、七年ぶりに関東大会への出場を逃がすことになった。

しかも、越智さんの怪我は当初の予想よりかなり重かったらしく、以後も試合には一切出られなくなり、たぶん美波とはパートナーというか、コンビのような関係だったのだろう、その後は美波の動きまで、まるで止まったかのようになってしまった。

当然、インターハイ予選でも芳しい結果は残せず、美波の高校バスケは、夏を迎える前に突如として終わってしまった。

たとえばこれが一年前、二年生のときだったら、まだ立て直しもできたんじゃないかと思う。越智さんがいないなりの戦い方、チーム作りも可能だったのではないだろうか。でもそんな時間は、実際にはなかった。

肝心の三年目に、美波は結果を残せなかった。一年目、二年目がよかっただけに、彼女はそのことが悔しくてならないようだった。

「……結局さ、オッチーがいなくたって、成立するようなコンビネーションとか、個人技をもっと、磨くべきだったんだよな……もうさ、オッチーとは、目が合えば分かる、みたいな、合わせなくても分かるレベルのさ、ナントカ呼吸だよね……それがさ、スパパパッて決まれば、気持ちいいじゃん。気持ちよかったのよ、実際。自分の思った通りにオッチーがボールくれて、シュートして入って……オッチーに渡したら、ちゃんと欲しいとき、欲しいところに持ってきてくれてさ。ほんと、タップとかアリウープとか、オッチーいないとあり得ないからさ、私の場合。まあ、アリウープはかなり怪しいもんだったけど……なんかさ、そういうのに酔ってたっていうか、甘えてたんだなっていうのを、思い知らされた、みたいな……ま、分かってはいたんだけどね」

「タップとかアリウープ」は分からなかったが、「ナントカ呼吸」は「阿吽の呼吸」だろうとは思った。

スポーツ推薦による大学進学について、当時の私はほとんど何も知らなかったけど、さすがにインターハイの県予選を突破できなかったんじゃ難しいだろう、と思っていたら、案の定そうなってしまった。

美波にはどこの大学からも声がかからず、かといって一般受験でいける大学は、美波の学力では非常に限られてくる。仮にそこに合格したとして、じゃあその大学のバスケ部で戦いたいかというと、それは「ない」と美波は言う。

つまりそれが、彼女の出した結論だった。

「……マジ、いろんな意味で、人生終わったわ」

そんな早まったこと言わないでよ、とは思ったものの、私にできることはごく限られていた。とにかく時間がなかった。

都内の予備校に通いながら現役での大学合格を目指し、文化祭がまだだったから演劇部の手伝いもし、といっても役者はできないから衣装作りとか脚本作りの手伝いをしつつ、でもせめて美波の気晴らしになればと思い、稽古に顔を出すときは強引に連れていったりもした。

そうすれば、美波はもともと顔も可愛いから、ちょっと出てみなよ、くらいの声はかかったりする。

「えー、無理無理、ぜーったい無理」

演出の袴田《はかまだ》くん、けっこう美波のことが好きだったんじゃないだろうか。勧誘にかなり積極的だった。

「大丈夫だって。上手《かみて》から出てきて、普通に歩いていって、下手《しもて》にハケる寸前に、ちょっと振り返るだけだから」

「分かんないよ……っていうか、上手ってどっち」

「客席から見て、舞台の右側」

「右ってどっち」

「……え？」

でもそれしきのことで、美波のどん底まで沈み込んだ気持ちを引き上げることなど、できるはずもなく、

「じゃ、みんみ、私、電車こっちだから」

「うん……ゆったんも、あんま無理しないでいいよ。私なら大丈夫だから」

「全然、そんなんじゃないから。じゃ、また明日」

「うん。勉強、がんばってね」

以前は最寄駅まで一緒に乗って帰ったのに、私は予備校にいくため東京方面の電車に乗らなければならず、美波とは駅の通路みたいなところで別れることが多くなっていた。

どの時点で、何をどうしていたら、美波は、ああならずに済んだのだろう。

もっと私にできることはあったはずなのに、私がやり過ごしてしまったこと、見過ごしてしまったこと、見て見ぬ振りをしてしまったこととは、なんだったのだろう。

そんなことを私は、取り留めもなく自身に問い続けている。


第一志望は逃したものの、第二志望に合格した私は、翌年の春から東京の大学に通うことになった。

個人的には、希望に溢れた春だった。新しい友人、数えきれないほどのサークル、どうやって自分で組んだらいいのかも分からない時間割——じゃなくて履修、シラバス？　あとキャンパス内の学食、文房具屋さんに本屋さん、コンビニ、夕方からはお酒も飲めるカフェ、などなどなど。見るもの聞くもの、触れるもの、ぶつかるもの、すべてが私には新鮮で、何もかもが目新しかった。

一人暮らしをしている地方出身の学生もたくさんいた。

中には、

「え、一時間半もかけて通ってんの？　大変でしょ、そんなの。学校の近くに部屋借りて、一人暮らしすればいいのに」

そんなふうに言う人もいたが、私には無理だと思った。高校までとは全然違う環境、しかも東京という大都会にある大学に通いながら、掃除も洗濯も食事も、さらに言ったら朝起きることまで、すべてを自分一人でこなすなど不可能に違いなかった。

あと、愚痴とか相談とか。そういうのって、やっぱり安心できる相手じゃないと言えないしできないから、必然的に、私にはまだ家族が必要だってことになる。

「もうさ、凄過ぎてわけ分かんない。私いつのまにか、ミステリー研究会にも落語研究会にも、サッカー部にも仮入部してることになってて。シラバスのこととか、なんか、やけに先輩たちが親切に相談乗ってくれるな、とは思ってたんだけど、そういうことだったのか、って今日分かって……マズいよ、全部断わんなきゃ。私、マスコミ研究会に入ろうと思って、そう返事もしちゃってるんだから」

特に母。父は仕事で忙しいし、弟は馬鹿なんだか天才なんだかオタクなんだか分からないけど、カビとコケの研究で常に頭が一杯だから、私の話なんて全然聞く耳を持たない。

だから、話し相手はいつも母。

「そこはさ……私なんかの時代もそうだったけど、誘う側はもう、部員増やすのに必死で、とにかく手当たり次第だから。えー、仮入部になってるのにィ、なんてのは脅し文句でもなんでもないよ。どこそこに入部決めちゃいました、ごめんなさい、って言えば、ああそうなんだ、ざーんねん、で向こうも終わりだと思うよ」

私は食卓の中央に置かれている、ガラスの白鳥に手を伸ばした。背中がお皿みたいに窪んでいて、そこにはいつもひと口サイズのお菓子が入っている。チョコレートとか、キャンディとかクッキーとか。

「でも……ミス研の先輩に、入れないかもって言ったら、泣かれた」

「それって男？　女？」

「女の先輩」

「じゃあ、そんなの嘘泣きだよ」

「そんなことない。ほんとに涙流れてた。私、見たもん」

「じゃなかったら芝居。女は、泣こうと思ったら泣けるから」

「えー、私、泣こうと思ったって泣けないよ」

「それはまだ、あなたが女じゃないからよ」

なにそれ。どういう意味。

「……じゃあお母さんは、泣こうと思ったら泣けるの？」

「さあ、どうかしら」

「ちょっと、なんでそこ誤魔化すのよ」

「そりゃさ、泣けるよ、って言っちゃったら、涙の価値が下がっちゃうじゃない。本当か嘘か分からないから、女の涙には価値があるんじゃない」

そんな話をしていて、どうして思い出したのかは分からないが、母は急に「あ、そうだ」と話題を替えた。

「そういえば、あなた最近、美波ちゃんに会った？」

「んーん、会ってないよ、全然」

「電話とか、メールとかしてる？」

「ここんとこは……私も、忙しかったから。しばらく、連絡してないかな」

するとの母は眉をひそめ、小さく頷いた。

しかし、それ以上のことは言わない。

「なに。みんみがどうかしたの」

「いや、ちょっとね」

「ちょっと、なに」

「うん、まあ……人違い、かもしれないし」

こんな言い方をされたら、追究するなという方が無理だ。

「何よ、ちゃんと言ってよ」

「んん、まあ……前もって知ってた方が、直接見たときに、ビックリしなくて済むかもしれないしね」

「待ってちょっと、なんの話？」

母の顔つきが、どんどん難しくなっていく。

「なんかさ……髪、ほとんど金髪みたいにして、お化粧も濃いめでさ……広岡《ひろおか》さんって分かる？　あなたが二年生のとき、私がクラスの役員で一緒になった」

ってていうか、金髪って。

「うん……野球部の広岡くんの、お母さんね」

「そう、その広岡さん。彼女からも、ちょっと聞いてて……F組の、ササモトさんって分かる？」

分かるも何も、同学年女子でササモトといったら、あの笹本しかいない。要するに、不良グループのリーダー的な、階段の上の方に彼女が脚を組んで座っていたら、男女問わず普通の生徒は怖くて上れない、みたいな、そういう感じの人だ。私は会話は疎《おろ》か、挨拶すら一度もしたことがないけど、知ってる。そういう存在だ。

彼女が、笹本圭子《けいこ》が、なんだというのだ。

「分かるけど……なに、みんみの金髪と、笹本さん、何か関係でもあるの」

「それが、大ありらしいよ。最近、あの辺のグループと美波ちゃん、ツルんでるらしくて。中学は違ったけど、笹本さんの家って団地の向こうで、そんな遠くの子じゃないらしいじゃない。だからじゃないの？　駅の辺りで座り込んで……別に、何するってわけでもないらしいけど、ずっと、いるんだって」

それは漠然と、昔から私の頭の片隅にあった危惧というか、悪い想像というか、私が美波に対してお節介を焼くときの、根拠のようなものだった。

美波は、基本的には性格も素直だし、熱いところのある、才能だってある、好きなことに関しては人一倍の努力だってできる、私の幼馴染みにして大の親友であることは間違いないのだけど、少し——こんなことは言いたくないけど、でもほんの少し、不良っぽい人に好かれるというか、誤解を恐れずに言えば、若干不良っぽい目をしているところは、あったと思う。

ある種の、攻撃性を秘めた目。それがバスケに向いているときは、よかった。強い敵に勝つ、そのためには如何《いか》なる努力も惜しまない。美波の持つ、いわば「闘志」がスポーツで消費されているうちは問題なかった。でも、美波からバスケがなくなってしまったら、どうなる。あの湧き上がる闘志はどこに向かっていく。どうやって消費したらいい。

それを感じていたからこそ、私は事あるごと、美波に忠告してきたのだし、バスケをやらなくなったあとも、できるだけ一緒にいる時間を持とうとしてきたのだ。あの危惧が、悪い想像が、認め難い現実になろうとしている。美波が、学年「最恐」と言われた笹本圭子と、ツルんでいる。これは、なんとしてでも止めなければならない。

美波に連絡はしてみたけれど、なかなか電話には出てもらえず、メール等を送っても、ごく短い、元気だよ、大丈夫、みたいな応えしか返ってこなかった。

ずっと心配はしていた。美波のことを忘れた日なんて一日もなかった。でも、私だって忙しかった。サークル活動、同じ学部や学科の友達との付き合い、もちろん勉強だってあった。私は他の子たちみたいに、特に理由もなく講義をサボることができなかった。親元から通っていて、普通に毎日親と顔を合わせるから、というのは大きかったと思う。父が一所懸命働いて、決して安くはない学費を払ってくれているのだから、それをドブに捨てるような真似はできない。そう考えていた。

「あんたって、ほんと、見た目以上に真面目なんだね」

私がどういうふうに見られていたのかは分からないが、真面目か不真面目かといわれたら、間違いなく真面目な方だったと思う。

だから、美波のことも気にし続けていた。母から、駅の辺りで座り込んでいる、と聞いてからは、コンビニ前とか、通り沿いにあるファミレスとか、人が集まりそうなところを通るときは、その中に美波がいるんじゃないかと、目で捜すのが癖になってしまった。

偶然美波を見かけたのは、七月に入ってからだった。

夜八時頃だったと思う。レンタルビデオ店の前に、車が二台停まっていて、その周りに何人か、私と同年代の男女がいた。

その中の一人が、美波だった。

母の言った通り、完全に金髪だった。化粧も、確かに濃いめだ。美波自身はタバコを吸っていなかったが、周りにいる男性の一人か二人は吸っていた。その輪の中には、あの笹本圭子もいた。それと田部亜里沙《たべありさ》、新村順《にいむらじゅん》。二人とも昔から笹本とツルんでいた、いわゆる不良仲間だ。

とてもではないが、声をかけられる状況ではなかった。その夜は、母の言っていたことは本当だったのだと、そう受け入れるのに精一杯で、すごすごと逃げ帰ってきてしまった。

次に見かけたのは、十月に入ってからだった。

その夜は雨が降っており、美波はビニール傘を差して、銀行の駐車場前に一人で立っていた。周りは暗かったし、場所が場所だったので、一瞬人違いかとも思ったけど、背恰好と、少し上の方が黒く戻った金髪と、街灯に照らし出された横顔の、あの丸みのある頬を確認して、間違いない、美波だと思った。

「……みんみ？」

そう私が声をかけると、美波は跳ね上がるように背筋を伸ばし、その反動で、傘に溜まっていた雨水が周囲に飛び散った。

私は濃い紺色の傘を差していたので、美波には私の顔が見えなかったのだと思う。思いきり眉をひそめ、覗き込んできた。

「えっ……ゆったん？」

「うん、久し振り」

できるだけ明るく言ったつもりだったが、そうできていたかどうかは分からない。美波は、驚いた顔のまま固まっている。化粧は、以前見かけたときほどは濃くない。

しかし、妙な時間と場所だ。

「みんみ、何してるの、こんなとこで」

「あ、ああ……バイト、この、近くだから……」

美波がアルバイトをしているとは知らなかったが、でも、だから化粧が薄めなのか、と納得はできた。

「へえ、バイトって、なんの？」

「別に……そんな、大したことじゃないよ。ゆったんこそ、どうしたの、こんなとこで」

「私は、そこのスーパー。あそこ、無添加食材とか置いてるでしょ。お母さんに、帰りに明太子買ってきてって、頼まれちゃったから」

「ああ……そう、なんだ」

小中高と一緒だった幼馴染みと数ヶ月振りに会って、この空気、この距離感って、どうなのだろう。これが普通なのか。それとも、私たちは大切な何かから、すでに手を放してしまっていたのだろうか。

ボツボツと、傘を叩く雨音が、沈黙の邪魔をする。

私は、何を話すべき？　何を訊くべき？　美波は？　私に何か話したいこととか、ないの？

ふいに美波の、サクランボの唇が動いた。

「……つた」

ごめん、よく聞こえなかった。

「え、なに？」

「いや……感じ、変わったなって……ゆったん、思ってんだろうなって、思って」

それは、確かにそう思うけど。

「うん、金髪は、ちょっと……正直、驚いた」

「似合わないなって、思ってんでしょ」

本音を言ったら、そのときの美波は「私の大好きな美波」ではなかった。でも金髪が似合わないかというと、実はそうとも思わなかった。

「それが、さ……意外と似合うな、って……それにも、びっくりしてる」

美波が小さくかぶりを振る。

「いいよ、無理して褒めなくて」

「無理なんてしてないよ。そんな必要ないもん」

美波は、頬を苦笑いの形にし、「そっか」と短く漏らした。

そして、黙った。

やっぱり、私からもっと、何か言わなきゃ。話さなきゃ。

「……でも、ずいぶん思いきったね。何かあった？　ひょっとして、失恋でもした？」

冗談のつもりだった。わざと核心を外して、できることなら、美波から笑いを引き出したかった。

でも、明後日《あさって》の方に投げたボールは、ブロック塀にぶつかって、電信柱で跳ね返って、さらに大きくバウンドして、美波の後頭部に、命中――。

そんなことになろうとは、私自身、思ってもいなかった。

美波の顔が、真っ白になる。

「……なんかさ、やっぱそういう、負け犬っぽく見えるんだね、ゆったんには」

「えっ……」

「スポ薦狙って、そのくせ箸にも棒にもかからないで、気晴らしに金髪にしたら、もう碌《ろく》にバイトにも雇ってもらえないで……で、幼馴染みに会ったら、失恋したの、か」

違う、そんなつもりじゃ――。

「ゆったんはいいよね。頭いいしさ、親だってちゃんとしてるし、現役で東京の大学にも合格してさ……私なんて、唯一の取り柄だったバスケも、終わってみれば他力本願で……もしかして今、私にしちゃ難しい言葉使ったな、って思った？　言われたんだよ、監督とコーチに。結局、他力本願じゃ駄目だってことだよ、大学じゃ通用しない、ってさ。ああそうですか、すいませんでしたね……結局、こんなもんだから、私なんて。もうさ……ゆったんも連絡とか、してこなくていいよ。面倒臭いっしょ。頭悪いし、見てくれ田舎ヤンキーだし、もうバスケなんて、なんの興味もないし。馬鹿過ぎて使えな過ぎて、バイトも雇ってもらえないし。挙句に『失恋』ってさ……そりゃモテないよね、モテるわけないよね、こんな見てくれじゃ」

そういう意味じゃない、私はそんなことを言いたかったんじゃない、ごめん、違うの、違うんだってば、ごめん、ごめん、ごめんなさい。

そう思いはしたけれど、言葉は上手く出てこず、ただ想いだけが喉に詰まり、勝手に涙が溢れ始め――でもそうなってみると、まるで自分が涙を武器にする女のように思えてきて、それが恥ずかしくて、悔しくて。

たぶん、美波も同じように思ったのだと思う。

「なんか、ごめんね、私が泣かしたみたいになっちゃって……嫌いになっていいからね、私のことなんか。ゆったんはゆったんで、正しくやってって。私みたいに、ならない方がいいよ」

今は無理だけど、でもまた機会は必ずある。次に会うときは、私がもっと気持ちをしっかり持って、謝るべきところは謝って、その上で、もっと美波の話を聞こう。今は、ちょっと距離ができちゃって、美波も素直になれなくなってるところ、あるんだと思う。それでも、美波は美波なんだから、話せば分かる、分かってもらえる、そうに違いない。だって、美波は美波なんだから——。

そんなふうに考えてしまったのは、私が甘かったからだと思う。

でも、そのときはまだ知らなかったのだ。分からなかったのだ。

このわずか三ヶ月後に、美波が、殺されることになるなんて。

第二章

1

武脇は警察官になって二十二年、刑事になって十八年が経つ。途中、地域課や生活安全課、警備課に配属された時期もあったが、延べで言えば刑事課及び刑事部が最も長い。当然、様々な種類の犯罪者と相対してきた。殺人犯、窃盗犯、性犯罪者、詐欺師、暴力団構成員、元暴走族、などなどなど。直接扱ったことがないのは、放火犯くらいではないだろうか。

大なり小なり、犯罪者はみな嘘つきだった。自分が受けるであろう刑罰を少しでも軽くしようと、最後の最後まで悪足掻《わるあが》きする輩の方が、割合としては圧倒的に多かった。酔っていた、覚えていない、相手が自分を怒らせた、嵌《は》められた、騙された。中には本当にそうだった例もあるが、ごく稀だった。たいていは、酔ってはいたが判断力を失うほどではなかった、実に細かいことまでよく覚えていた、最初に挑発的な態度をとったのは自分の方だった、嵌められたのでも騙されたのでもなく、私利私欲に走った結果だった。

しかし幸か不幸か、心神喪失、もしくは心神耗弱状態を疑われるような被疑者には、これまで武脇は当たったことがなかった。しかも、誰だか分からないけど女の声が聞こえる、部屋にいても電車に乗っていても、道を歩いていても聞こえてくる。そんなことを言い出した被疑者は、今まで一人としていなかった。

それでも、決して驚いてはいけない。いや、もう驚いてしまったのは事実なので取り消しようがないが、少なくともこの驚きを顔に出してはいけない。それならば、まだ間に合う。

「ほう、女の人の声……ですか」

さらに面倒なのは、この中西雪実という被疑者が、これまでほとんど供述らしい供述をしてこなかった、という点だ。前任の取調官の是非はこの際さて措き、武脇は武脇なりに工夫し、中西雪実が喋りやすい環境、雰囲気みたいなものを作ろうと努力してきた。

その結果が、これか。この「女の人の声が聞こえる」発言か。

あんた頭でもおかしいのか、と突っ撥ねることは容易《たやす》い。だがそれはしたくない。せっかく、ようやく喋るようになってきたのだから、また貝の如く口を閉ざされたくはない。

「具体的に、その方は、どんなことを言うんですか」

なぜ警察官であり、取調官である自分が、妄想だか空想だかも分からない声の主に「その方」などと、敬意を払った言葉遣いをしなければならないのか。馬鹿馬鹿しいのを通り越して、気を抜いたら笑いが込み上げてきそうだ。

雪実が、わずかに首を傾げる。

「……気をつけて、とか」

「何に？」

「……車、とか」

母親と子供の会話か。

「はあ。じゃあ、車以外だと」

「……電車、とか」

電車も車も乗り物という意味では一緒だ。

「電車。踏切で、ということですか」

「いえ、そうでは、なくて……痴漢、とか」

なるほど。そういった面では、電車と車は確かに別物だ。

「ほう。じゃあ基本的に、その声は、あなたの味方なんですね？」

武脇も少しずつ慣れてきているので、いま雪実が眉をひそめたのは、ちゃんと肉眼で視認できた。

「味方、かどうかは……私もその人に、会ったことがあるわけでは、ないので、分からないです」

だったらこっちはもっと分かんねえよ、と言えたらどんなに楽だろう。

「しかし、交通事故や、痴漢被害に遭わないように、忠告してくれたわけでしょう。お母さんみたいで、優しいじゃないですか。とても、あなたのことを思ってくれているように、聞こえますがね。私には」

自分でも、なんの話をしているのかよく分からなくなってきたが、ここは我慢だ。今は、雪実に「喋り癖」をつけさせることが先決だ。

雪実は、首を傾げたままでいる。

「でも……」

取調室の外で電話が鳴り、誰かが受話器を上げ、少しお待ちくださいと保留にする。アイコンタクトで事足りたのか、はいお電話代わりました、とすぐに別の声が応える。

「ええ、でも？」

「でも……いま私が、ここに、こうしているのは……」

おいおい、冗談じゃねえぞ。

「ここに、というのは、警察署に、ということですか」

「はい……その、聞こえてくる声と、決して無関係では、ないと思うんです」

出た。心神喪失及び心神耗弱。あれか、雪実は弁護士と一度接見しているというから、そこで知恵でもつけられたか。犯行自体に疑いの余地はなく、自首に近い形で逮捕されているのだから捜査の不当性も何もない。公判で争えるポイントがあるとしたら刑事責任能力くらい、というわけだ。

いいだろう。もう少しだけ付き合ってやる。

「もしかして、その声があなたに、浜辺さんを殺せと命じたとか、そういう話ですか」

「いえ、そうでは、なくて……」

違うのか。

「そうではなくて？」

「ただ、その……すみません、もう、いいです。どうせ、言っても信じてもらえませんから」

それじゃ困るんだよ、こっちは。

「でもね、中西さん。浜辺友介という男があなたの部屋に入り、そこで彼が死に至ったというのは事実ですし、それにあなたが関与したというのは、あなた自身も認めているところでしょう。ですから、そこから少し、話を進めましょうよ。浜辺さんとあなたはどういう関係だったのか。なぜ彼を部屋に入れ、そこで何があり、なぜ彼が死亡する結果となったのか……これね、あなたがあなた自身の言葉で、あなたの心情であるとか、彼との関係とか、交わした会話の解釈であるとかね、そういうことを説明しないと、場合によっては、あなたにとって望ましくない結果になってしまうことだって、あり得るんですよ」

武脇の言っている意味が、分かっているのやら、いないのやら。

雪実は、また固まってしまった。

「……じゃあね、具体的に言いましょうか。人が一人ね、致命傷になるような傷を負わされて亡くなって、その傷を負わせたのがあなただというね、その結果からだけでも、できる推測はいくつかあるんです。一番罪として重いのは、もちろん殺人です。あなたが殺意を以て、浜辺友介氏の命を奪った、という解釈です。極めて利己的で、同情の余地なし、という判断です」

雪実の眉に、クッと力が入る。いい反応だ。

間を空けずに続ける。

「これの少し軽いのは、傷害致死。殺意まではなかったけれど、負わせた傷が思いのほか深く、死に至らしめてしまった、という場合。殺すつもりはなかったけど、傷つけたのは自分の意思、故意であったという解釈」

こういう話をすること自体、被疑者に知恵をつけさせ、言い訳を助長する結果になると、嫌う取調官もいるだろう。だが武脇は、一概にそうとは考えない。したければ、言い訳でもなんでもすればいい。弁解でも釈明でも吐かせるだけ吐かせれば、それが「材料」になる。その材料を篩《ふるい》に掛けて、矛盾点を見つけ出す。自分自身が吐いた言葉だ。それに矛盾があると指摘されれば、被疑者は動揺する。その結果、また別の嘘をつくかもしれないが、武脇はそれで一向にかまわない。その発言もまた篩に掛け、矛盾点を指摘してやるだけの話だ。堂々巡りでけっこう。根比べなら負ける気はしない。とことん付き合ってやる。

そして必ず、最後には何一つ、篩に引っ掛からなくなる。

被疑者が「完落ち」するというのは、そういうことだ。

「その次は、過剰防衛かな。浜辺氏が、あなたに何か危害を加えようとした。あなたはそれに抵抗しようとし、ガラス製の鶴を手に取り、振り回し……」

菊田が「主任、白鳥です」と、斜め後ろで囁く。

「ああ……ガラスの白鳥で彼を殴り、しかしそこでは手を止めず、ついやり過ぎてしまい、彼を死に至らしめてしまった。この『やり過ぎ』は解釈が微妙でね。決してやり過ぎとは言えない、と裁判で判断されれば、正当防衛ってことにもなり得る……ね。決して、あなたの発言だけが裁判での判断材料ではないし、もちろん我々の捜査だって、重要視はされるんだけれども、何をさて措いても、これはあなたの問題なんだから。言っても信じてもらえないって、ここで諦めちゃったら、のちのち大変なことになると思うよ。いま言ったみたいに、殺人罪から正当防衛まで、今の段階では……罪種というか、その解釈や定義にかなりの幅があるわけだから、ここは自分自身の言葉で、事件当夜何があったのか、なぜそんなことになってしまったのか、明らかにしておく必要が……明らかにする価値が、あると思うんですよ」

雪実が、少し尖らせるように口を結ぶ。しかしこれは、黙るためではない。むしろ、喋るための予備動作だ。口を開くための助走だ。

「……でも、刑事さんだって……女の人の声が聞こえるとか……私のこと、頭がおかしいって、思ってるんじゃないですか」

警部補は刑事ではない、刑事は、厳密にいったら巡査と巡査部長だ、と思ったし、それ以前に、目の前に名刺を出してるんだから俺の名前くらい分かるだろ、とも思ったが、まあいい。

頭がおかしいと思うか？　もちろん、そう思っている。

「それは、もう少し聞かせてもらわないと、なんとも言えないかな。内なる声なんて、誰の中にだってあるものだし、それが、もし誰か別の人の声に聞こえたとしても、元を糺《ただ》せば、それもつまりは自分の思考の一部であって、見方を変えれば、自分自身を客観視している、ということの表われなのかも、しれないしね」

「そんな」

いい調子だ。会話らしくなってきたじゃないか。

「分かるよ。あなたは、別人の声だと思ったんでしょう。じゃあそれについて、もう少し聞かせてください よ。まだ、車と電車の話しか聞いてないですしね、私は。その声が、今回のこの件に、どう関わっているのか。どうせ信じてもらえない、じゃなくて、私にだけでいいから、分かるように話してみてくださいよ」

フリースの裾でも弄《いじ》っているのか、机の下から衣擦れが聞こえてくる。

「……浜辺さんに関しては、自分でも、よく、分からなくて」

よしよし。その調子で、できれば本題について聞かせてくれ。

夕食の時間に間に合うよう、早めに中西雪実を原宿署に戻し、その後は菊田と二人で供述調書を作成した。

場所はそのまま取調室。武脇にはデスクがないので致し方ない。

「武脇さん。だから凶器になったアレ、鶴じゃないですから」

「あ、白鳥か。ごめんごめん」

十九時過ぎまでかかったが、なんとか仕上げ、課長デスクで待っている土堂に見せにいく。

「……課長。遅くなりましたが、今日の分です」

「ん、ご苦労さん」

土堂が目を通す間は、デスクの横で気をつけ。そこまでする必要はないのかもしれないが、なんとなく、そうなってしまう。

改めて土堂の脳天を見て、ずいぶん薄くなったな、とか、それでも整髪料は変えてないんだ、昔と同じ匂いだもんな、などと、どうでもいいことを考える。

「……やりゃできんじゃねえか、武脇。なあ」

これは褒められたのか、貶《けな》されたのか。

「なんとか、喋り癖《くだり》はつけられたかな、とは思いますが、気になる点は多々あります」

「この、女の声の行か」

「はい」

「でも、犯行をその声のせいにするつもりは、ねえんだろ？」

「現状は、そうです。しかし、弁護側が公判で刑事責任能力の有無を争点にしてくるのは、もう目に見えています。それとは切り離した動機なり、物証なりを揃えないと、厄介なことになりかねません」

「ちょっと、そっちいくか」

さすがの土堂も立たせたままでは悪いと思ったのだろう。課長席の横にある、小さめの応接セットに武脇たちをいざなう。

「失礼します」

武脇は土堂の正面に座った。菊田は武脇の隣にくる。

土堂が、改めて供述調書に視線を落とす。

「……この、マル害との関係ってのも、初めて出てきた話だな」

「はい。何しろ、ひと言ひと言の間が長いんで、聞き出すのにえらく手間取りましたが、それが今日の、一番の収穫でしょう」

出会いのきっかけは、浜辺友介からかかってきた電話だった、と中西雪実は語った。

浜辺友介は二ヶ月ほど前、協文舎「ＳＰＬＡＳＨ」編集部に電話をかけてきた。最初に出たのは雪実ではない、別の編集者だったが、どうやら、すでに退職した先輩編集者が担当していた案件に関することのようだったので、それなら後任の者に、と雪実に話が回ってきた。

ところが、浜辺はなかなか用件を話そうとしない。それよりも、雪実自身に関する質問をしてくる。気味悪く思わなくもなかったが、相手にしてみれば、私が新しい担当者です、なんでも話してください、と言ったところで、いきなりは信用しづらいかもしれない。そう考えた雪実は、根気よく浜辺から話を聞き出した。

土堂が深く息をつく。

「……週刊誌の編集部員ってのは、こういうもんなのかね」

「と、仰《おっしゃ》いますと」

「いきなり電話してきた奴の話なんか、いちいち聞いてやる必要あんのかな」

「さあ、どうなんでしょう。ただ、情報提供って可能性もあるでしょうから、そこを考えたら、できるだけ丁寧に話は聞く、という対応も、まあ、不自然ではないように思います」

曖昧に頷きつつ、土堂は調書に目を戻した。

当時、雪実は「SPLASH」編集部に異動してきて、まだ一ヶ月半。個人で持っているネタなど一つもなく、そういった意味では「飢えて」いた。それもあり、ダメモトで浜辺友介に会ってみようと考えた。数日後、新宿駅近くの喫茶店で、午後二時。

「……この日付は」

「二月の、一日か二日だそうです。本人は、携帯電話か手帳を見れば分かる、と言ってますが」

「分かった。じゃあそれは、こっちでやっておく……で、今日のところはここまでと」

「はい。あまり、ガンガンやれる相手でもないもので」

渋々、といったふうに土堂が頷く。

「……ま、取調べ時間の制約もあるしな。お前にとっちゃ初回なわけだし、上出来だろう」

部署を跨《また》いで面倒を押しつけておいて、そんな言い草があるか。

「ありがとうございます。それと、今後なんですが、協文舎内の聴取ですとか、マル被の実家、浜辺の身元に関することも、ぼちぼち出てくると思うんですが、そっち関係には、何人くらい回せますか」

通常の殺人事件特捜本部であれば、少なくとも四十名は揃えて初動捜査に当たる。むろん、そこまでの人数は期待していないが、しかし十名くらいは、いつでも動ける人数を確保しておきたい。

土堂が、まさに「土」のような無表情を武脇に向ける。

「何人でもいいよ」

「……と、仰いますと、具体的には」

「四人でも五人でも、お前の好きなように使えよ」

「ちなみに、そこに菊田巡査部長は」

「菊田を入れてだよ。決まってんだろ」

実質四人、か。


お近づきの証《しるし》に、というのでもないが、荻窪駅まで出て、焼き鳥でも軽く摘んでから帰ろう、という話になった。

むろん土堂とではない。菊田巡査部長とだ。

「じゃ、菊田さん。明日もまた、よろしくお願いします」

「こちらこそ、よろしくお願いいたします。乾杯」

小さな店のカウンター席なので、捜査に関する詳しい話はできない。それでも、いくつか訊いておきたいことはある。

「今日の中西、どう思いました」

生ビールの泡を気にするように、菊田が口元に手をやる。

「はい……もう、昨日までとは全然、表情からして違いました。さすがだな、って思いました。勉強になります」

「いやいや、そんな、大そうなアレじゃ、ないんだけどさ」

褒められれば、武脇も悪い気はしない。

「それよりも……アレだよ、問題は」

「ええ、女の声、ですよね」

「菊田さん、ある？　そういうの」

「そういうのって、たとえば、霊感とかですか」

「んん……中西のあれが、そっち系の声と決まったわけではないけども、でもまあ、その類《たぐい》」

「私は、ないです」

普通はない、だろう。

「だよね。しかし課長、意外なほどスルーだったよな、アレに関しては」

「あんまり、興味ないんじゃないですか。霊感とか、そんなの全然なさそうだし。そもそも、幽霊見ても怖がりそうにないし」

「確かに」

お通しはキュウリとタコの酢の物。個人的にはもっと酢を利かせてくれた方が嬉しいが、まあまあ好きな味ではある。

「……武脇さんは、あるんですか」

「霊感？　ないよ、そんなの」

「持ってる知り合いとか、います？」

「知り合いも、いないな。菊田さんは」

「あ、私のこと、呼び捨てにしていただいて、全然大丈夫ですから」

「ああ、そう……うん。じゃあ、明日からね」

「なんですかそれ」

なかなか、チャーミングな笑い方をする娘だと思った。

「……はいィ、串盛り二つ、お待たせいたしましたァ」

「ありがとうございます」

カウンター越しに出された皿を、菊田が二つとも受け取る。その一つを武脇の手元に置き、七味唐辛子、串入れの筒と、立て続けに配置していく。

「武脇さん、お飲み物は」

「じゃあ……生を、もう一つ」

「すみませーん、生二つ、お願いします」

こういうのを「女子力高め」と言うのだろう。果たして、彼女の夫とはどんな男なのだろうか。警察官だと聞いてはいるが、けっこう、この娘の尻に敷かれたりしているのではないか、などと余計な想像をしてみる。

菊田が、箸を使って焼き鳥から串を引き抜く。その手際も非常にいい。

「……私、知り合いにならいるんですよ。霊感持ってる人」

そう、その話をしていたのだった。

「へえ。それって、どんな」

「まあ、見えるらしいですよ、普通に」

「普通に、ってことは……つまり、脚はある？」

「同じこと、私も訊きました。あるみたいです、ちゃんと下まで、爪先まで。靴履いてる人もいるし……人って言うかは、ちょっと微妙ですけど、サンダルの人もいるし、裸足の人もいるらしいです」

そういうものか。

「喋るのかな、そういう人たちは」

「喋ると思いますよ。言葉は、聞こえるみたいです」

言葉は、と区切ったことに意味はあるのか。

「それ、どういうこと。言葉は聞こえるのに、口は動いてないってこと？」

「いや、そこまでは私も、詳しく訊きませんでしたけど……訊いてみましょうか、連絡先も、分かる人なんで」

どうしよう。訊いてもらった方がいいのだろうか。

2

母から聞き、私は初めてそのことを知った。

「落ち着いて、気を確かに持って、聞いてね……足立美波ちゃんが、昨日、亡くなったって」

まず頭に浮かんだのは、自殺。その次は交通事故。三ヶ月前はそうと分からなかったけれど、あのときすでに、美波は何かの病に侵されていた、そういう可能性もある。肺か胃かは分からないが、若いと進行が早い癌があるのは知っている。そういうことかも、とも思った。

でも、何をどう母に訊いていいかも、私には分からなかった。

「……うそ」

母はそれを、肯定も否定もしなかった。

「みんみ……うそ」

母は、ただ黙って、私を抱き締めてくれた。

「うそ……みんみ、うそ……だって……この前、会ったの……なんで……みんみ」

母も迷ったに違いない。幼馴染みが亡くなったと伝えただけで、十九歳の娘はこの通り、測り知れない衝撃を受けている。その上、死因について告げるなんて、あまりに残酷過ぎる。でも、だったらいつ告げたらいい。とりあえず、気持ちが落ち着いてからか。せっかく落ち着いたのに、またどん底まで突き落とすのか。それならば今、いっぺんに済ませてしまった方がいいのではないか。いやいや、これはさすがに、一度に受け止められる衝撃の限界値を遥かに超える。今はマズい。機を見ていずれ、それとなく――。

だが、その答えを知らない私は、母にしつこく訊いてしまった。

「なんでよ、なんで、なんでみんみは、死んじゃったの……」

母は私をリビングのソファに座らせ、自身も隣に腰掛け、膝枕をするように、私の頭を抱え込んだ。

「……いい。これは私が、広岡さんから聞いただけだから、詳しいことは、まだ分からない。でも、分かってることだけなら、あなたにも伝えることができる。ちょっと……っていうか、かなり、ショックが大きいと思うから、それだけは、覚悟してちょうだい。どんなに泣いても、叫んでもいいから、暴れてもいいから……そういう覚悟をして、聞いてちょうだい」

ただならぬ事であるのは、母の口調から痛いほど感じ取れた。これは、少なくとも病気とか、交通事故の類ではない。そこまでは私にも予想できた。

私は、母の腰にしがみついた。

どこにも飛ばされないように。

誰にも、何も奪われないように。

「……分かった。ちゃんと聞く。みんみが、どうして、死んじゃったのか……聞く」

母の、私を抱き締める手に、一層の力がこもった。

「うん……じゃあ、言うね。美波ちゃんはね、誰かに、殺されたらしいの。犯人は、まだ捕まってないって。私に分かるのは、そこまで。それしか、まだ分からない」

その後のことは、自分でもよく覚えていない。大泣きしたかどうかも、分からない。でも、少なくとも暴れたりはしなかったと思う。それよりも、ただ茫然としてしまったのではないだろうか。幼馴染みが、自分と同い年の女の子が、おそらくこの地域かその周辺で殺されたという恐怖感があった。

一方、いま自分は母親と家にいる、そういう安心感もあった。

穏やかな私の「日常」を、凶悪な「非日常」が取り囲んでいる。

いや、穏やかだった私の「現実」を、残酷な「真実」が侵食し始めていた。

美波の通夜は、事件が起こったとされる日から十日も経って、ようやく執り行われた。理由はたぶん、それが「事件」だったからだ。

その十日の間に分かったことは、決して多くなかった。

事件現場は、美波の家から七キロほど西に離れた河川敷であると、新聞で読んで知った。「新川」という河川沿いに造られた、総合運動公園の、テニスコート裏の河川敷らしい。犯行時刻は夜の十一時前後だという。

美波はなぜそんな遅い時間に、おそらく人気《ひとけ》もない、暗い場所にいたのか。自分の意思で行ったのか、あるいは連れ込まれたのか。そこまでは新聞に載っていなかった。ただ、首を絞められて殺されたらしい、金品は奪われていなかったので、物盗りというよりは顔見知りによる犯行と警察は見ている、とは書いてあった。

美波を殺した、顔見知り――。

美波の、高校卒業後の交友関係は、私には分からない。結局、アルバイトはしていたのか、いなかったのか、それも分からない。新聞には【無職】と書かれていたが、どうなのだろう。フリーターは無職に入るのか、入らないのか。もう、何もかも分からなかった。

通夜は、父方の曽祖母と母方の祖母が亡くなったときに経験していたので、私にとっては、美波のそれが三回目だった。

「お数珠、すぐ出る？」

「……うん、ここ……すぐ出せる」

母に付き添ってもらい、葬儀場に入った。曽祖母や祖母のときと比べると会場がかなり小さいように感じたが、美波の年齢を考えたら当たり前かもしれない。あと、社会的立場とか。学生でもなく、社会人でもない。そんな美波の通夜や葬儀に訪れる人数はそう多くないと、美波の両親は考えたのだろう。

それでも、いくらなんでもこの会場は小さ過ぎたと思う。弔問客の列が会館の入り口、受付の前まで延びてきている。

高校卒業から一年も経っていないので、同級生の多くはまだ地元にいる。後輩も二学年、在学している。弔問客の大半はそんな、私たち世代の十代の子たちだった。知った顔も少なからずあり、互いに声はかけ合うものの、でもこういう場で何を話すべきか、あるいは話すべきではないのか――そんなことすら分からず、結局「じゃあ」とすれ違うだけになってしまった。

事件はテレビでも報道されていたので、報道関係者が取材にくることもあるだろうと思っていたが、私が見た限りでは、それはなかった。いたけど私が気づかなかっただけ、なのかもしれないが。

意外だったのは、弔問客の列にあの笹本圭子がいたことだ。美波と違って黒髪のままなので、それっぽく黒い上下を着ていれば、決して悪い人には見えない。後ろには田部亜里沙が、その隣には新村順もいた。

美波を殺した、顔見知り――。

そんな言葉が頭に浮かんだ。彼女たちを疑う根拠は何一つない。ただ、最近の美波と仲良くしていたのは、おそらく間違いない。彼女たちが美波を殺したのでなくても、それについて心当たりがある可能性はあると思った。

訊いてみようか。そう考え、でも私なんかが訊いたところで教えてくれるわけがない、と思ったし、私なんかが訊くより前に警察が訊いてるだろう、とも思った。だから、このときは三人をただ見たというだけで、挨拶すらしなかった。

列が進み、やがてホール内が見えるようになった。

白い花で飾られた祭壇の上に、美波の遺影が置かれていた。まだ黒髪だった、おそらく高校時代の写真が使われていた。丸いほっぺた、サクランボみたいな唇。私が好きだった笑顔の美波が、そこにはいた。

みんみ――。

歯を喰い縛っても、数珠を持つ手をつねっても、爪を立ててみても涙を抑えることはできず、ハンカチが手放せなくなった。

焼香の順番がくるまでの時間が、ひどく長く感じられた。できればその間に泣き止みたかったけれど、難しかった。

ホールに入ると用意された席に座ることができ、そこでまた順番を待つことになる。焼香のマナーはよく分からなかったけど、前の人のを見ていて、抹香を香炉に入れるのは一回、というのだけは分かった。

ようやく順番がきて、ご遺族の顔が見えるところまで進んで、また私は驚かされた。遺族席に、美波のお母さんの姿がないのだ。喪主はお父さん、その隣にお兄さん二人と、お父さんと同じ年配の女性が一人いた。

三ヶ月前の、美波の言葉を思い出した。

「ゆったんはいいよね。頭いいしさ、親だってちゃんとしてるし」

あのときはうっかり聞き流してしまったが、こういう意味だったのか、と合点がいった。たぶん、美波のお父さんとお母さんは離婚したのだ。三人の子供は足立家に残り、お母さん一人が家を出た。今日はどうしたのだろう。まさか、連絡がつかなかったのか。そういうこともあるのかもしれないが、もしかしたら、一般の弔問客に交じって、焼香はされたのかもしれない。それでも、遺族席に座らない、座れない、座らせてもらえない――実情がどうだったのかは知りようもないが、かなり関係が拗《こじ》れているのは間違いなさそうだった。

美波は死んじゃったのに、こんなの、悲し過ぎる。

あのときの美波の「心」が、急に見えた気がした。傷だらけの、ボロボロになった、みんみ――ごめん、本当につらいとき、そばにいてあげられなくて、話も聞いてあげられなくて、ごめんなさい。

私たちの番がきて、遺族席に一礼すると、二番目のお兄さんと目が合った。ご遺族全員がするお辞儀とは別に、私に向かってだけ、頷いてくれたように見えた。

焼香は、ぎこちなかったかもしれないが、一応は形通りにやり遂げられたと思う。最後に合掌、拝礼したとき、思わず頭の中で「みんみ」と呼びかけてしまい、また涙が止まらなくなった。

通夜振《ぶ》る舞いの席では、何人かの同級生に声をかけられたが、私一人が大泣きしてしまい、また、誰ともまともに話をすることはできなかった。途中、一度だけ母に「もう帰る?」と訊かれたが、もう少しだけ、と言って一緒に待ってもらった。かんぴょう巻きを一つか二つ摘み、ウーロン茶をひと口飲んだだけで、それ以上何をするでもなかったけれど、とにかくじっと、テーブルに掛かった白いクロスを見つめ、通夜が終わっていくのを待っていた。

一時間くらい、そんなふうにしていただろうか。

ふいに、男の人から声をかけられた。

「あの……ゆったん?」

振り返ると、美波の二番目のお兄さん、拓海《たくみ》さんが立っていた。

私も慌てて立ち上がった。

「あ、あの、この度は、ご愁傷さま、です……お悔やみ、申し上げます……ごめんなさい……ご無沙汰して、おります……」

泣きながらなので、あまり上手くも言えなかったが、でも意味は通じたと思う。

「こちらこそ、ご無沙汰してます。今日は、どうもありがとうございました。お母さまも、わざわざお運びいただき、ありがとうございます……焼香が、ひと通り終わったんで、よかったら、美波の顔、見てやってくれないかな」

拓海さんも、泣いていた。

「はい……ありがとうございます」

通夜振る舞いの部屋に上がってくる人の流れに逆らうように、三人で、階段を下りていった。焼香が終わり、受付も締め切ったのか、ホールはさっきと打って変わってがらんとしており、ご遺族と、何人かの関係者が残るだけになっていた。

祭壇の前。お棺の、顔のところの扉は開けられており、私は、母と拓海さんに支えられるようにして、美波のすぐそばまで進んでいった。

「……みんみ」

三ヶ月前、少し黒く戻りかけていた髪は、また全体が綺麗な金髪になっていた。目は閉じられており、薄く化粧も施されていて、一見すると安らかな印象を受けたが、首回りには白い布が巻いてあり、やはり痛々しさは否めなかった。鼻には綿も詰められていた。

白くて丸いほっぺた、サクランボの唇。その形自体は確かに、美波のそれに違いないのだが、でもまったくの別物であるように、私には見えた。表情がないから、というだけの理由ではないと思う。作り物というよりは、美波によく似た何か。そんな感じがした。

命が尽きる、魂が抜けるとは、こういうことなのだ。

いま、美波の魂はどこにあるのだろう。

美波の死はそれまでの、私の十九年の人生で最大の痛みであったことは間違いないが、そこで立ち止まることもまた、私には許されなかった。

一月後半には大学の後期試験がある。その勉強はしなければならない。特に一年時は語学も専門も一般教養も科目数が多く、集中して打ち込むというよりは、広く満遍なく頭に入れていかなければならないので大変だった。

試験期間中も、美波のことを思い出すたびに涙が出た。それを拭いながら勉強をしていたら目の周りが赤く負けてしまい、大学では各科目の教室に入るたび、友達に「どうしたの」と驚かれた。幸か不幸か視力はある方だったので眼鏡を持っておらず、隠すに隠せないのは困りものだった。

美波の事件が報道されたのは、最初のほんの一週間か十日くらいで、その後は犯人が逮捕されたともされていないとも、メディアを通しての情報はまったく入ってこなくなった。かといって、地元情報があるわけでもない。唯一あったとすれば、試験期間中に二人組の刑事が我が家を訪れた、ということだろうか。むろん、同級生であり幼馴染みである私に話を聞くためだ。

母が「娘は大学に行っています」と答えると、「では夜にでも」と言われたので、「今は大学の試験中なので、それが終わってからにしてください」と母は頼んだという。刑事たちは「分かりました」

と帰っていったらしいが、次に訪れたのは試験最終日前日の夕方。早めに帰宅した私は、そのとき二階で勉強をしていた。

チャイムの音と話し声が聞こえたので、たぶん警察だな、と思って下りていくと、案の定、スーツにハーフコートという出で立ちの男性二人が玄関にいた。

母は、明日までは遠慮してくれ、と言いたかったに違いない。でも私にしてみれば、美波を殺した犯人は一日でも早く逮捕して死刑にしてほしかった。だから、一時間くらいなら話せると言い、二人には家に上がってもらった。

美波について、知っていることはすべて話した。

小学一年からずっと一緒だったこと。バスケットボールを頑張っていたこと。しかし高三で挫折し、大学進学も諦め、深く傷ついていたこと。卒業後、笹本圭子たちと一緒にいるのを見かけたこと。事件の三ヶ月前に一度話をしたが、卒業前よりかなり荒れていたこと。バイトをしているような口振りだったが、実際にはしていないだろうと察したこと。交際相手はいなかっただろうこと。あと、両親が離婚したらしい、と私が気づいたのは通夜の会場だったこと。

笹本圭子について、もっと突っ込んで訊かれるかと思っていた。だが、それはなかった。警察は警察なりに美波の交友関係を把握し、調べを進めているのだと私は解釈した。

最後に、私から訊いてみた。

「犯人は、まだ分からないんですか」

それには、うちの父と同年配くらいの、上司っぽい方の刑事が答えた。

「……必ず、逮捕します」

まったく答えになっていなかったが、まだ学生だった私には、その意気込みを信じる以外になかった。

後期試験が終わって、高校よりもだいぶ長い春休みの、後半に入った頃のことだ。

マスコミ研究会の飲み会を終え、地元の駅まで帰ってきて、でも急に焼き芋が食べたくなり、私はそれを売っているコンビニに立ち寄ろうとした。

すると偶然、その店の前に、笹本圭子と新村順がいた。田部亜里沙はおらず、二人だけだった。

どうしようか、迷ったのはほんの一瞬だった。高校時代だったら、絶対に声などかけられない相手だ。でも、このときはイケると思った。ひと言でいったら、それは自分が大学生になっていたから、ということになるが、この違いは非常に大きい。

同じ制服を着て、同じ校舎に閉じ込められた状況で、凶暴な同級生と関わり合いを持つのは、正直怖い。でももう大学生なのだから、少なくとも同じ学校の生徒ではないのだから、明日も校舎で顔を合わせる、みたいな可能性は完全にゼロだ。また大学生になったことによって、世の中には逃げ場なんていくらでもあるのだ、と感覚的に理解できるようにもなっていた。これは、イジメから逃げられない、いや逃げられる、むしろ逃げていいんだ、という発想の転換にも通ずるものがある。

おそらく、取っ組み合いの喧嘩になったら敵わないのは高校時代と同じだろうが、少なくとも今は校舎ではない、コンビニ前という公共の場にいる。中にいる店員だって、店の前で暴力沙汰が起これば見て見ぬ振りはしないだろう。警察に通報するだろう。笹本たちだって、それくらいの常識はあるだろうから、下手な暴力には訴えてこないだろう。そういう大人の——というほどではないにしても、少なくとも高校生レベル以上の判断力は、働くようになっていた。

私は、自ら歩み寄って声をかけた。

「……笹本さん、だよね？」

一瞬、彼女は「誰？」という顔をしたが、店の照明が漏れて当たっていたので、暗くて私の顔が見えない、ということはないはずだった。本当に、私の顔に見覚えがなかったのだと思う。

だが、新村順が彼女に耳打ちをした。

「ほら、ゆったんだよ」

すると「ああ」と漏らし、頷いてみせた。

笹本が、改めて私の顔を見る。

「よく、美波が言ってたよ。小っちゃい頃からの、親友だったんだって？」

新村はウールっぽいベージュのロングコートを着ていたが、笹本は黒い革のジャンパー、ところどころ穴の開いたダメージジーンズという出で立ち。加えて目つき、声色、言葉遣い。それっぽい雰囲気は今なお健在だ。

それでも、私の決意は変わらなかった。

「そう。ずっと、親友だった……だから、笹本さんに訊きたいの。最近の美波について。美波に、何が起こったのか、知ってることがあるんだったら、教えてほしいの」

もう私は、意識すればちゃんと「みなみ」と発音できるようにもなっていた。

笹本は、私の目を見たまま頷いた。

「……分かった。じゃあちょっと、場所変えようか」

私は、思わず「なんで」と訊いてしまった。コンビニ前という、場の明るさを奪われるのは、ちょっと想定外というか、はっきり言って怖かった。

だがこういう状況自体、笹本にとっては、決して珍しいものではなかったのだろう。

彼女は、私の胸の内を完全に見透かしていた。

「そんなに怖がんなくていいよ。あんたから金巻き上げる気はないし、ボコってシメる気もない。ましてや、男どもを呼んで輪姦《まわ》させたりする気もないから。あたしらも、警察に呼ばれて取調べ受けた。そこでは言えなかったこと、言いたくなかったことが、ある。でもあんたは、そういうことこそ、聞きたいんじゃないの」

またまた図星だった。頷くしかなかった。

「美波があんたのこと、すごく大切に想ってたことは、あたしらも分かってるつもりなんだ。だから、美波についてあたしらが知ってることは、あんたにだって知る権利があると思うし、美波だって、知ってほしいと思ってるに違いない……卒業してからは、ちょっと疎遠になってたのかもしんないけど、それでもあんたが、美波にとって特別な友達だったことに変わりはないから。死んじゃったら、惨めも見栄もないんだしさ。全部、話すよ……その代わり、このことは、警察には話さないでよ。もしこの話が他所に漏れるようだったら、そんときは、タダじゃおかないから。あたしが」

耳の奥まで心臓がせり上がってきたんじゃないか、ってくらい、鼓動が大きく頭の中に響いていた。視界もそれに合わせて、チカチカし始めていた。

よく、貧血起こさないで立っていられたなって、あとになって思った。

笹本が選んだ場所は、私も看板だけは見たことがある、地元のカラオケボックスだった。

「ヤスさん、ちょっと場所貸して」

彼女が声をかけたのは、受付カウンターの中にいる、漁師のように赤い肌をした中年男性だった。

彼は通路の奥を指差した。

「……五番なら、いま空いてるよ」

「ありがと」

言われた通り通路を進み、【5】と書かれたドアを開けて入った。

笹本はそのまま奥まで入り、どっかりとソファに座ったが、新村は立ったままだった。

「飲み物取ってくるけど、何にする」

「あたしハイボール」

新村がこっちを向く。

「……ゆったんは？」

新村とは、二年生のときの体育祭で一緒の係になり、ちょっとだけ喋ったことがあった。それで彼女は、私のことを覚えてくれていたのだと思う。

「あ、私もいく」

「いいって。何にするか言って」

「じゃあ、ウーロン茶……お願いします」

「オッケー」

そのときすでに、笹本はタバコに火を点けていた。

ひと息大きく吐き出し、私に目を向ける。

「……で、何が知りたいの。あたしは、何を話したらいいの」

そんなこと、私にだって分からない。

「えっと、だから……美波が、こうなったことについて、関連がありそうなこと、全部」

「それを知って、あんたはどうすんの」

「それは、知ってみてからじゃなきゃ、分かんないけど」

「……そりゃそうか」

まもなく、トレイを持った新村が戻ってきた。ウェイトレスの経験でもあるのか、グラスを配る仕草が妙に慣れているように見えた。彼女自身はビールにしたようだった。

「ゆったん、ウーロン『ハイ』じゃなくて、ウーロン『茶』でいいんだよね」

「はい、ウーロン茶で、大丈夫です。ありがと」

新村が、クスッと笑いを漏らした。普通に可愛いんだな、そんなに怖くはないのかも、と思った。

とりあえず乾杯し、グラスの半分くらいまで一気に飲んだ笹本が、大きく息をつく。

「……さっきも言ったけど、これから話すことは、一切他言無用だから。警察に限らず」

美波と違って、四字熟語もよく知ってるんだなって、変な感心をしてしまった。

「分かってる。誰にも喋らない」

「頼むよ、マジで……じゃあまあ、あたしが一番気になってることから話す。ゆったんは、ツツモタセって分かる？」

漢字で「美人局」と書く、アレのことか。

「うん……男の人を、たとえば、ラブホテルとかに誘って、そういうことして、でもそれについて、恐喝したりする……こと？」

軽く鼻で笑いつつ、笹本が頷く。

「そういうこと。でもあたしらがやってたのは、ラブホに入るところまで。そこで写真撮っちゃえば、何もセックスまでする必要ないじゃん。そもそも強請《ゆす》るのが目的なんだし」

それって犯罪でしょ、と思ったけど、それは本人も分かってるんだろうし、だから警察には言わなかった、言えなかった、私にも強固に口止めした、そういうことなのは理解できた。

笹本は続けた。

「カモる男は、出会い系サイトでいくらでも釣れたしね。がっつり腕組んでラブホの前までいって、写真撮ったらソッコー撤退。あとはそいつのケータイに画像送りつけて、この写真どうします？　って訊くだけ。無視されたらそれはそれ、乗ってきた奴とだけ交渉して、まあ、ふんだくったって二万か三万だから。ちょっとした小遣い稼ぎだよ……でもそん中に一人、けっこうヤバいのがいたんだ」

私にとっては、もう充分に「ヤバい」話だったが。

「……どんな、人？」

「スガヤ建工の社長。スガヤエイイチ」

スガヤ建工といったら、地元では有名な建築業者だ。ヤクザとも関係があるとかないとか、私ですらよくない噂を耳にしたことがある会社だ。

「誓って言うけど、あたしらが美波を、その連れ込み役に使ったことは、それまでただの一度だってなかったんだ。根は真面目な子だって、あたしらも分かってたしさ。なんたって、うちの高校のスターだったんだから、美波は。だから……そういう汚れ役をやらしたのは、その一回だけ。それもさ、なんでか分かんないけど、美波から言ってきたんだよね。いいカモ見つけたから、いつもみたいに撮ってよ、って。それ自体は、まあ……普通に上手くいったんだけど、金は取れなかったんじゃないかな。あのあと、急に美波、浮かない顔するようになって……な」

新村が頷いてみせる。

笹本は慣れた手つきで、タバコを灰皿に押しつけた。

「スガヤの社長が、美波の事件に関わってるかどうかは、あたしにも分からない。でも、何か心当たりはないかって訊かれたら、真っ先に思い浮かべるのは、それかな……かといって、警察に話せることじゃないしね。まあ、あんたも聞いたところで、何をどうしようもないとは思うけど」

まさに、その通りだと思った。

3

別れ際、笹本から写真画像をもらった。全部で八枚あった。

写っているのは美波と、背の高い中年男性。美波は黒っぽいスタジアムジャンパーにジーパン、男性は明るいグレーのスーツ姿だ。二人には、斜め上からオレンジ色の光が当たっている。背景は建物の白い外壁。小さくだが、照明を仕込んだ赤い看板のようなものも写っている。とある夜、とあるラブホテルの入り口前と言われれば、確かにそのようにも見える。

家でその八枚をプリントアウトし、たぶんこうだろうという順番に並べて見ていった。

ポケットに両手を入れ、背中をやや丸くして歩く男性。小走りで追いつく美波。腕を組んできた美波を、驚いたように見下ろす男性。背伸びをし、キスをねだるように顔を近づける美波。でも次の一枚で、男性は明らかにそれを拒否。その次では美波を遠ざけ、しかし美波はさらに喰い下がり、再び腕を組む――。

八枚の繋がりを想像しながら見れば、これは明らかに、美波が無理やり男性に関係を迫り、男性が拒否した場面であると分かる。でも腕を組んだ二枚と、美波がキスをねだる一枚、その三枚だけを見せられたら、この二人は付き合っているのか、男性に家庭があったら不倫ではないのか、との疑いを持つかもしれない。私は種明かしをされてから見たのでそこまで驚くことはなかったが、もしこの三枚だけをいきなり見せられたら、相当ショックだったに違いない。美波が生きていたら間違いなく彼女の家に飛んでいき、こんなことやめなよ、もっと自分を大切にしなよ、と説教をしていただろう。

スガヤ建工の社長、菅谷栄一。撮影されたのが夜の屋外というのもあり、決して鮮明に写っているわけではないが、それでも目のギョロッとした、角張った顔をしているのは分かった。優しそうな人、という印象はまったく受けない。どちらかといったら怖い、厳しい感じの人に見える。歳は、私の父より少し下くらいか。

私は、何かというとこの写真を手帳から取り出し、語りかけた。

みんみ、なんでこんなことしたの。こんなことに、なんの意味があったの。

後日、新村に連絡して、この写真の撮影場所を教えてもらった。実際にいってみると、そこはラブホテルの入り口前などではなく、ごく普通の、小洒落たマンションの玄関前だった。赤い照明入り看板に見えたそれは、実はマンション名が入った金属プレートで、光の加減でたまたま赤く写っていただけのようだった。ひょっとしたらあの写真自体、いかがわし気に見えるよう色調を加工してあったのかもしれない。

みんみ。あなたは捏造写真なんかで、菅谷栄一からいくら引き出そうとしたの。三万？　五万？　それとも十万？　そのお金で何がしたかったの。欲しい服でもあったの。ディズニーランドにいって、パーッと遣ってみたかったの？

私は何度も忘れようとした。もう考えないようにしようとした。今さら美波の、生前の悪事を穿《ほじく》り返してみたところで、いいことなんて何もない。もっと楽しかった思い出を大切にして、可愛かった美波の笑顔だけを思い返して、それでいいじゃないかって、思おうとした。でも、どうしてもできなかった。

美波を殺した犯人が、まだ捕まっていなかったから。

私自身が、美波との別れに納得していなかったから。

もっと美波のためにできることはあったはずなのに、それをしなかった自分が——赦せない、というのとは少し違うけれど、でもなんだか、とても気持ち悪かったのだ。

美波を忘れない自分、美波を想い続ける自分。

そんなものに、私は拘《こだわ》っていたのかもしれない。


スガヤ建工の前まで直接いってみたこともあった。

社屋は四階建てのビル。事務所はその一階にあり、道に面した正面は店舗のようなガラス張りになっている。昼間は、受付カウンターに制服を着た女性従業員の姿も見えたが、その人は、夕方には帰ってしまうらしい。暗くなってから見にいったとき、事務所にいるのは男性ばかりだった。

缶ビールを飲みながらタバコを吸っている、作業用ツナギの人。着替えたばかりなのか、収まりが悪そうにベルトの辺りを弄っている長袖Tシャツの人。立ったまま腕を組んでテレビを見ているスーツの人。でもその中にあの中年男性、菅谷栄一の姿はなかった。社長はもっと上の階にいるのかもしれない。

私、何をやっているんだろう。

自分でもよく分からなかった。

仮に菅谷栄一が事務所にいたとして、それが外から確認できたらなんだというのだ。すみません、ちょっとお訊きしたいことがあるのですが、と一人で入っていけるのか。首も腕も太くて真っ黒に日焼けしたオジサンばかりの部屋を訪ね、社長にお話があるのですが、などと正面切って言えるのか。

そんなこと、私にできるわけがない。

でも、菅谷栄一の方から出てきてくれたら、少しは可能性があるかもしれない。彼だっていずれは家に帰るだろうから、待っていればいつかは出てくるに違いない。

ある段階まではそう思っていたのだが、やがてその可能性も低いことに、私は気づいた。

事務所の入り口脇には郵便受けが二つあり、その一つが【スガヤ建工（株）】、しかしもう一つは【菅谷】となっていた。つまりこの四階建てのビルは、菅谷栄一の自宅も兼ねているということだ。たとえば四階だけとか、四階と三階とか、そんな感じで会社と住み分けているのだろうと察した。

これでは、いくら待っても菅谷栄一が出てくるわけがない。

それでもまだ諦めきれず、せめて菅谷家の家族構成だけでも、と粘ったのだが、結局は奥さんらしい女性の出入りも、子供のそれも確認できなかった。その代わり、若い男性が出ていったり、帰ってきたりするのは何回か見かけた。

もしかしたら独身寮みたいな感じで、若い従業員に住居を提供しているのかも、と思った。会社関係は一階と二階、三階が独身寮で、四階が社長の自宅とか。確かに、それも可能なくらいの建物ではあった。だとすると菅谷栄一は、けっこう社員想いな、親心のある社長ということになる。

そんな人が、美波の事件に関わったりするだろうか。

頭の中であれこれと考えを捏《こ》ね繰り回し、想像を巡らせることに没頭し、現実から少々乖離してしまうというか、目を開けたまま夢の世界に迷い込んでしまうようなところが、私にはある。

このときが、まさにそうだった。

「おい」

真後ろから尖った声が聞こえ、私は反射的に背筋を伸ばした。

私が振り返るまでもなく、声の主は私の前に回り、顔を覗き込んできた。

「お前、ここんとこよく、ここにいるな。何やってんだ、こんなとこで。誰だよ、お前」

作業用ツナギの上に、ドカジャンというのだろうか、紺色のジャンパーを着た若い男性だった。左胸に【スガヤ建工（株）】と金糸の刺繍が入っている。マズい。

「誰だって訊いてんだよ。なんか言えよ」

前髪を長く垂らしているせいで、目はほとんど隠れてしまっていて見えない。スッと細い鼻筋、薄い唇、尖った顎。でもそれも、ほんの一瞬見ただけで、私はすぐに顔を伏せてしまった。

「黙ってんじゃねえよ。なんか言えっツッてんだろうが。ここで何やってんだよ。なんのつもりなんだよ」

ここ。スガヤ建工ビルの斜め前にある、【内覧可能】のノボリが立っている建売住宅。その、駐車場みたいなところ。ここからだと、スガヤ建工の出入りはバッチリ見えるし、こっちはブロック塀に隠れていられるので、特に夜は都合がよかった。

「警察呼ぶぞ、このヤロウ」

私は「えっ」と、初めて声を漏らしてしまった。

それがまた、彼の怒りの火に油を注いでしまったようだった。

「ここ、どこだと思ってんだよ。私有地だぞ。売れてねえからって空地じゃねえんだぞ。住居不法侵入で突き出してやろうか」

たぶん、歳は私とそんなに変わらない。でも大学の、同級生男子とか先輩とかとはまるで雰囲気が違った。甘えを許さない、隙のない敵意。そんなものが突き刺さってくるのを感じた。

「なんとか言えよ。女だからって、泣いて赦してもらおうとか思ってんだったら、そらねえからな」

殴られるのか、蹴られるのか。それよりもっと痛い目に、もっとひどい目に遭わされるのか。

たぶん、私は怖くて、目を閉じてしまっていたと思う。

一分くらい、そのままだった気もするけど、実際は十秒とか、もっと短かったのかもしれない。

何も起こらなかったので、起きそうになかったので、私は恐る恐る目を開け、視線を上げ、彼の顔を見てしまった。

彼も、じっと私を見ていた。

ひょっとしたら知ってる女かもしれない、誰だっけな、こいつ。そんなことを思っているようにも見えたが、逆だったら、知らないからこそ凝視しているのだとしたら、その方がもっと怖い。

この顔を覚えておいて、あとで調べてやろう。高校なんてこの辺には三つしかないんだから、近所から何年分か卒業アルバム掻き集めてくりゃ、その中から必ず見つけられるはずだ。そうしたら、名前だって住所だってすぐに割れる。追い詰めてやるぞ、追い込んでやるぞ、このヤロウ――。

「イヤッ」

いきなり走り出したので、お互いの肩と肩とがぶつかってしまった。それでも私はかまわず走った。幸いにも履いていたのはスニーカーだったので、脱げたり転んだりすることはなかった。

滅茶苦茶に走った。明るい方に、明るい方に走ったつもりなのに、なぜか団地街に迷い込んだり、公園に突き当たったりしたけど、でもなんとか、夜遅くまでやっているドラッグストアの前までたどり着いた。二十分くらい店内で様子を窺ってみたけれど、彼が追ってきている、というのはなさそうだった。

思いきってお店から出ても、彼の姿はなかった。速足で駅まで歩いて、改札前で振り返ってみても、いない。電車に乗って同じ車両を見回し、自宅の最寄駅で降り、そのホームでまた見回し、改札で振り返りしてみても、いない。いつもは寄らないコンビニに入ってみても、そこから出て周辺を確認してみても、いない。

ようやく追手がいないことに納得し、家の前に着いたときには、精神的にも肉体的にも疲れ果てていた。

もう、こういうことはやめようと思った。

一介の大学生が、探偵気分でやっていいことではないと悟った。

私は、とても弱い人間だから。

そしてとても、ズルい人間だから。

美波の事件を忘れたことなんて、本当はないのに、全然割りきれてなんていないのに、なんとか考えないようにしよう、拘らないようにしようとし、例の八枚の写真も封筒に入れて封をし、抽斗《ひきだし》の奥にしまい込んだ。そうしないと私の日常まで、美波の人生と共にストップしてしまう気がしたのだ。

今テキストを開いている科目も、将来なんの役に立つのかは分からないけど、でもたぶん重要なことなのだと自身に言い聞かせ、今はこれを優先するんだと自ら頬を張り、勉強に没頭する——振りをし続けた。サークル活動も、人脈の作り方とか人付き合いの仕方とか、一種の社会勉強なのだから頑張れと自身を鼓舞し、まるで社交的な人間のように振る舞い続けた。

でも人間、最初は「振り」でしていたことも、続けていればそれなりに身についたりもする。私の場合、まず単位を落とすことはなかったし、「秀、優、良、可、不可」の五段階評価で、毎回ほとんどは「秀」か「優」だった。

大学三年の夏には、出版社に就職した先輩に声をかけられ、その会社でアルバイトを始めた。仕事内容は電話対応、コピー、プリントアウト、書類の整理、ネットや書籍での調べ物、様々なリストやデータベースの作成、蔵書の整理など多岐にわたった。たまには、差し入れの果物やお菓子を買って撮影現場に届けるとか、社員の忘れ物を出張先に届ける、なんて用事も言いつけられた。

自分で言うのもなんだが、根は真面目な方なので、与えられた仕事は一所懸命にこなした。多少は失敗もあった。こんなことも知らないの、と呆れられることも何回かはあった。でも概《おおむ》ね、時給以上の労働は提供できていたと思う。そう思えるくらいには褒められていたし、実際感謝もされていた——はず。たぶん。

その結果、と言っていいと思う。「推薦するから、入社試験受けてみなよ」と編集長に誘われ、その通りにしたら、結果は合格だった。もともと文章は読むのも書くのも好きだったし、サークルに入るくらいだからマスコミにも興味はあった。会社の雰囲気も漠然とだが分かっていたので、入社することにこれといった迷いも不都合もなかった。

協文舎。主力は雑誌、ということになるのだろうか。週刊誌二誌、女性向け月刊誌六誌、男性向けが一誌。文芸誌は月刊が一誌、季刊が一誌。漫画雑誌は月刊が一誌あったのだが、私がバイトをしている期間に休刊になってしまった。

業界の慣習についてまだよく知らなかった私は、つい訊いてしまった。

「休刊ってことは、またいつか出すんですよね」

「いや、休刊ってのは、たいていは事実上の廃刊でね。まず、再始動ってのはねえんだ」

書籍は文芸、ノンフィクション、実用書、写真集、なんでもやる。時と場合によってはコミックだって絵本だって出す。判型も四六判ハードカバー、ソフトカバー、新書、文庫、変形とバラエティに富んでいる。

昨今はこれに加えて、電子書籍出版にも力を入れている。担当するのはデジタルコンテンツ部。現状は、協文舎の既刊本や雑誌を電子書籍配信会社に提供する恰好だが、いずれは協文舎が独自開発したフォーマットで配信することも検討しているという。

これらが、いわゆる一般ユーザーの目に触れる協文舎の「商品」だが、会社の業務や部署は他にももっとたくさんある。

雑誌に載せる広告を取り扱う広告部、逆に広告を出す立場の宣伝部、もちろん普通に総務部、人事部、営業部、販売部だってある。

そんな中で私が面白いと思ったのは、コンテンツ事業部だ。

協文舎が刊行した小説などを映像化する際、窓口になるのがこの部署だ。制作会社から「映像化したいのだが」と問い合わせを受けたら、それを検討する。逆に協文舎側から制作会社に企画を持ちかけることもある。企画が成立したら原作者との間に入り、作品使用料に関する交渉を相手側としたり、諸々の契約を取りまとめたり。撮影現場に原作者を案内したりもするし、逆に映像化に際して新しい書籍、たとえばその映画の解説本であるとか、フォトブックであるとかの、関連書籍の刊行を企画したりもする。なかなか夢のある部署だ。

しかし、新入社員が最初から希望の部署に配属されるなんてことは、まずない。四月一日に入社すると、十日ほど各部の部長や編集長から講義を受ける座学研修があり、その後は五月中旬まで各部署で実務研修、最後は書店での現場研修。それが終わって、初めて配属先が決定する。

私の場合は、ごくごく普通に営業部だった。

三ヶ月くらいは先輩と一緒に各地の書店を回って、その後は自分も担当エリアを持たされる。法人担当といって、大規模チェーンを丸ごと任される人もいるけど、それはベテランで優秀な先輩の話。私みたいな新人は、まず近場から。とりあえずは埼玉、群馬、栃木、茨城の北関東担当。慣れてきた頃、新潟、長野、富山、福島が追加され、ようやく「どうも、お世話になっております」と、どの店にも「勝手知ったる」な顔で入っていけるようになったな、と思っていたら、まもなく担当エリア替え。今度は関西と四国担当。初めは大変だったけど、知らぬまに新幹線にも慣れ、現地で電車の乗換えに迷うこともなくなり、馴染みのホテルもでき、「どうもぉ、お世話になっておりますぅ」と余裕の笑顔で言えるようになった辺りで、早くも営業部からの異動を言い渡された。

二番目に配属されたのは、なぜか雑誌編集局。しかも、自分的には一番縁遠いと思っていた女性ファッション誌「every」編集部。もっと適任者はいるでしょう、とも思ったが、与えられた仕事はやり遂げる主義なので。まずは同誌のページ構成から出演モデルのプロフィール、タイアップメーカー、アパレルブランド名、化粧品のシリーズ名、価格帯、カラーバリエーション、諸々の専門用語、他社他誌の傾向などを頭に叩き込み、さらに映画、ドラマ、バラエティ番組、関連サイトまで見まくってトレンドの把握、発掘。可愛くてスタイルのいい娘を見つけたら事務所を調べてモデルをやっているかどうかを確認して、イケそうだったら編集長に提案。

「この娘、絶対きますよ」

「よし、当たってみよう」

でも、いつ頃からだろう。

何か違う、何かが違う、と日々思うようになっていた。

最初は、がむしゃらに仕事をこなす「若手時代」は過ぎたってことかな、と軽く考えていた。だが、どうもそれだけではなさそうだった。

違和感、焦燥感、虚無感。

いや、もしかしたら、そのどれとも違う何か。

その「何か」に気づくきっかけは、社の近くにある居酒屋で、同期の仲間四人で飲んでいるときに、いきなり訪れた。

「いや、マジでキツいわ……この歳で、肛門科に通う破目になるとは思ってなかったわ」

愚痴をこぼしていたのは、写真週刊誌「ＳＰＬＡＳＨ」編集部に配属された同期男子。

それを聞いてニヤニヤと茶化していたのは、同期では出世頭と目されていた販売部の男子だ。

「でも、我慢しなきゃいけないのは『大』だけじゃないだろ。『小』だって困るだろ」

「そりゃそうよ、両方ヤバいよ。そのうち泌尿器科のお世話にもなるだろうな、確実に。だから……フリーのライターさんで、凄い人とかは、オムツするって言うしね。俺もさ、いきなり現場じゃアレだと思って、試しにさ、成人用オムツ買ってきて、家で穿いて……要するに、してみようと思ったわけよ」

タイミングよく「えーっ」と声をあげたのは、文芸局で文庫担当をしている女子だ。

「安村《やすむら》くん、めっちゃ努力してるじゃん」

「いやいや、それがね、実際に穿いてみるとね、しようと思っても、案外できないもんなのよ。だってさ、一応スーツの下を穿いてね、目立つかどうかのチェックもしてさ、その状態でよ、さあお出しなさいってなっても、もう……なんだろうね。理性がそれを許さないんだな。けっこうできないもんよ。パンパンに下っ腹張るまで我慢したけど、どうしてもできない。だってそれ、やっぱ『お漏らし』だもん、どう考えても。できないもんよ、案外」

要するに、その同期の安村は「ＳＰＬＡＳＨ」編集部に配属され、フリーライターがするそれとまったく同じように、芸能人の自宅近くで張込みをし、大も小も我慢し、その目当ての芸能人がお相手を連れて帰宅してくるのを待っていたわけだが、半月もそんなことをしていたら――とまあ、そういう話をしていたわけだ。

恥ずかしながら「目から鱗」だった。

記者はトイレにいけない張込み中にオムツを着用する、と聞いたからではない。自分と同じ社員が、しかも同期の男子が、カメラと車を与えられて、日々芸能人宅の張込みをしているという、そのことに驚いたのだ。ひょっとしたら、新人研修の期間にそういう話も聞いていたのかもしれないが――いや、そこまで詳しい話は聞いていない。私はこのとき、初めてそのことを知ったのだと思う。

「ねえ、安村くん」

彼は、急に話に加わってきた私に、ちょっと驚いたような目を向けた。

「……はい？」

「『SPLASH』だったらさ、芸能人スキャンダルだけじゃなくて、事件とかも扱うよね。取材、するよね」

安村が、ぎこちなく頷く。

「お、おお……そりゃ、いいネタが、あればね……デスクとか、編集長がゴーサイン出すような、面白いネタがあれば、そりゃ、取材するよ……することも、あると思うよ」

「まだ犯人が捕まってない、殺人事件とか、どうかな」

それには、彼は眉をひそめた。

「どうかなって……それは、どうかな。そもそも犯人が捕まってないってことは、警察が散々調べて、それでも解決できてないってことでしょ。そりゃ『ロス疑惑』みたいにさ、マスコミ主導で掘り起こされる事件とかも、過去にあったとは思うけど、だからって……なに、なんか、ものスッゴい、ネタでも持ってんの」

物凄いネタ、かどうかは分からない。

でも、どうしても真相を知りたい事件なら、ある。

4

ファッション誌の仕事をしながら美波の事件を調べるなんてことは、現実問題としてできない。単純に、そんな時間的余裕はない。でも「ＳＰＬＡＳＨ」編集部に配属されれば、仕事として美波の事件を調べることができる。

これだ、と思った。私が漠然と抱いていた違和感、焦燥感、虚無感、あるいはそれ以外の何か——その正体は、これだったのだ。

本当は忘れてなんていないのに、まるで美波を亡くしたショックなんてないような顔をして、可愛い、すごい似合ってる、きれーい、と声を張り上げ、女性としては平均かそれ以下の拘りしかないのに、ファッションやコスメの情報を隅から隅まで頭に入れ、それは去年のでもう古い、今年はコレ、でも来年は絶対にコレがくるから、などとワケ知り顔で語り——そんなのもう、どうでもよかった。

私はね、小学一年からの大親友を十九のときに亡くしてるの。殺されてるの。その犯人はまだ捕まってないの。そいつは今もこの社会のどこかで、まるで善人みたいな顔をしてのうのうと暮らしているに違いないの。それをさ、もう十年近くも前のことなんだから関係ない、忘れた忘れた、すっぱり割りきって自分の人生を楽しもう、なんて真似は、やっぱり私にはできない。

いや、逆だ。十年近く経つからこそ、だ。

今の私はあの頃とは違う。もう、ちょっと男に凄まれただけで尻尾を巻いて逃げ帰ってくるような世間知らずの女子大生じゃない。今なら、もっとできることがあるはず。そもそもマスコミを志望する気持ちもあったわけだし。だったら新聞社でも通信社でも受けりゃよかったじゃないか、って意見もあるだろうけど、それは違う。日々起こる事件や、国会だの不祥事だのといった政界周辺の取材に振り回されることなく、一つの事件にじっくりと向き合いたい私には、むしろ週刊誌という媒体の方が合っているとさえいえる。

これだ。営業もファッション誌の編集も大切な仕事だけど、本当に私がやるべき仕事は、こっちだ。なんとしても「ＳＰＬＡＳＨ」編集部にもぐり込んで、美波の事件を徹底的に掘り起こし、その真相を白日の下に晒すのだ——。

とはいえ、どの時点でも私は協文舎という「組織」の人間なわけで。はいそうですか、じゃあ来週から「ＳＰＬＡＳＨ」へどうぞ、とは当然ならない。まず「ＳＰＬＡＳＨ」編集部への配属希望を出し、次の定期異動の時期を待った。最も都合がいいのは「ＳＰＬＡＳＨ」編集部に欠員が出て、代わりに「every」編集部への異動を希望する人が現われてくれること、なのだが、そんなミラクルもまた実際には起こらなかった。

でも私は諦めなかった。今度こそ諦めてはいけないと思った。

なので直接「ＳＰＬＡＳＨ」の編集長にもアタックした。

「私、どうしてもやりたい取材、書きたい事件があるんです」

「へえ、そうなの。どんな事件？」

「それは、まだ言えませんけど」

「なんだそりゃ。でも知ってるよ。アレだろ、安村から聞いたんだけど、未解決事件とか、そういうネタだろ？」

「……まあ、そうですけど」

このアプローチが功を奏したのかどうかは分からない。そもそも人事はブラックボックスなので、その内部事情など一介の社員には分かろうはずがない。

だが、叶った。思いついてから二年半もかかったが、私はなんとか三十歳のうちに「ＳＰＬＡＳＨ」編集部に配属され、しかもいきなり、特集班の記者として取材活動することを許された。特集班というのは、グラビアでもスポーツ芸能でもトレンドカルチャーでもなく、それこそ事件や社会問題をメインに取材するチームだ。ちなみにこのとき、同期の安村はすでに協文舎を退職し、ライバル誌である朝陽新聞社の「週刊朝陽」編集部に移っていた。私にとって安村は恩人か、裏切り者か。まあ、両方か。

そして迎えた配属初日。編集長が、ちょっと照れ臭そうな顔をして言った言葉が、私には忘れられない。

「最初からネタ持って、『ＳＰＬＡＳＨ』でやりたいなんて言う奴、普通いねえからさ。俺も、ちょっと嬉しかったんだよ……人事の連中とは俺、よく喧嘩すっから、あんまり折り合い好くないんだけど、役員の古谷《ふるたに》さんとは、仲いいからさ。俺が『ＳＰＬＡＳＨ』入ったときの編集長が、あの人でね……それでちょっと、お前のこと話したんだよ。まあ、だからってそれが通ったわけでもないんだろうけど……今度、古谷さんに会ったら、ちょっと頭下げとけや。それだけでいいからさ」

私も嬉しかった。自分がやりたいと思ったことを、こんなふうに援護射撃してくれる人が現われるなんて、思ってもみなかった。

それからは、以前にも増してがむしゃらに働いた。そうはいっても新入りなので、美波の事件についてだけ調べていればいいわけではない。先輩記者のサポートについたり、仕事を山ほど抱えている人から手の回らないネタを譲り受けたり、たまたま「every」時代に付き合いのあった化粧品会社で不良品回収騒動があり、当時の人脈を使ってその会社の内部事情を取材したりと、美波の事件以外の仕事も全力でこなした。

でも、私の本筋はあくまでも美波の事件。これは譲れない。

私が実家を出て一人暮らしを始めたのは、入社二年目の秋だった。

家から片道約一時間半かかるのは学生時代と大きくは変わらなかったが、何しろ営業部時代は出張が多かったので、それだと始発で出ても現地に着くのは昼頃とか、いったん会社に戻ったらもう実家に帰る終電には間に合わないとか、とにかく不便で仕方なかったのだ。

私が一人暮らしを始めたら、母は寂しがるだろう。そう思っていたのだが、どうも聞いた限りでは、寂しがっていたのはむしろ父の方だったらしい。

「火が消えたみたい、っていうのは、こういうことを、言うんだろうな……」

それまでだって、平日はほとんど顔を合わせることもなく、私が就職してからは週末もすれ違うことが多くなり、下手をしたら丸々一ヶ月会ってない、なんてことも普通にあった。それでも、一緒に住まなくなるというのは、父にとっては無性に寂しいことのようだった。

ところが私の「SPLASH」編集部への異動によって、これにまさかの逆転現象が起こった。そうはいっても、東京の部屋を引き払って実家に戻ったわけではない。休日は可能な限り実家に帰り、休日明けは実家から会社にいくことが多くなった、ということだ。

理由は一つ。美波の事件について調べ直すためだ。

依然、美波の事件の犯人は捕まっていない。そればかりか、最近ではそんな事件があったことすら、人々の記憶から消えつつあるように私には感じられた。

とんでもないことだ。

私はまず、美波の事件が当時どのように報道されていたのかを把握しようとした。ざっとネットで調べたあとは、図書館にいって当時の新聞の縮刷版を読み漁った。だが、当時私が見知ったことと、大きく違うことは一つもなかった。

事件現場は新川沿いに造られた総合運動公園の河川敷。美波の家からは約七キロの距離。犯行時刻は午後十一時前後。死因は扼殺《やくさつ》、つまり手で絞められたことによる窒息。金品を奪われていないことから、警察は顔見知りによる犯行と見ている——。

自分の目でその河川敷を見にもいった。当時と様子が変わっている可能性もあるので、管理事務所にいってその点について確認すると、特に大きく変わった個所はないという。

「強いて言えば、あんな事件があったわけですから。以後は、園内の主要個所に防犯カメラを設置するようになりましたが、かといって、それで隅々まで監視できるわけでもないですしね。何しろ、当園は広いですから」

確かにこの公園は広い。全域をカバーするためには何百台もの防犯カメラが必要になるだろう。だが、公園の出入り口や駐車場に数台設置するだけでも、防犯性は格段に上がるはず。それらが美波の事件当時に設置されていたら、と思わずにはいられないが、それをいま言っても始まらない。

私は次に、編集長に頼んで新聞社の知り合いを紹介してもらった。その方からさらに紹介を受け、幸運にも美波の事件について書いたという方と連絡がとれ、話を聞かせてもらえることになった。

産京新聞の元記者、遠野《とおの》和通《かずみち》。現在は静岡県でリサイクルショップを営んでいると聞いたので、出張の許可をもらい訪ねていった。

遠野はまだ四十代半ばの、誤解を恐れずに言えば「ちょいワル」な感じの、お洒落なオジサンだった。

「ああ、あの事件か……あれはもう、初動捜査が悪かったよね。物盗りじゃない、通りすがりでもない、顔見知りの犯行だって、早々に捜査の方向性を絞っちゃったからな……まあ、あとから文句つけるのは誰にだってできるし、フェアじゃないんだけど、もっとジドリを……ああ、事件現場周辺を、隈なく聞き込みするのを『地取り』って言うんだけど、そっちをもっと徹底してやるべきだったんだろうな。実際、捜査関係者からも、そんな話を聞いた記憶があるよ」

初動捜査の失敗。絶対にあってはならない、赦されないことだとは思うが、私の目的は警察のそれを糾弾することではない。

「容疑者とかは、まったく浮かんでなかったんですか」

「本ボシと目されるような、という意味では、なかったね。なかったと、思うよ」

少し引っ掛かる言い方に聞こえた。

「じゃあ、ちょっと怪しいくらいの人は、いたんですか」

「どうだろうね。チョウバが……ああ、捜査本部が、誰にどれくらいの感触を得ていたかは分からないけど、いるにはいたと思うよ。被害者の女の子の、携帯電話の履歴とか、そういうのにあった人物に話を聴くってのは、ずいぶんやってたはずだ」

「でもその中に、疑わしい人物はいなかった、ということですか」

遠野は首を傾げた。

「……疑わしい人物がいたかどうかというより、その、被害者の女の子だよね。なんか、エンコーでもやっててお盛んだったのか、あの歳の子にしては交友関係が乱れてる、みたいな噂はあったね」

エンコー、即ち援助交際。ちょっと前まで使われていた「少女売春」の別称だ。笹本圭子たちによる、例の「疑似美人局恐喝」行為は、警察も把握していたということか。笹本は、美波に汚れ役をさせたのは一回だけだと言っていたが、ひょっとしたら連絡係とかはさせていたのかもしれない。だとしたら、不特定多数の男性との通信履歴があっても不思議はない。

「遠野さんは、警察がどんな人物に事情聴取をしたか、具体的にご存じですか」

「いや、そこまでは知らないな。そんな、捜査過程の細かいことまで、警察は発表しないから。当時はもう、捜査員個人への取材は禁止、みたいな風潮だったし……まあ、絶対にダメ、ってわけでもないけど。時と場合によっちゃ、俺もやったけど、でもあんまりしつこくやると、出入り禁止にされちゃうからね。そこら辺は、駆け引きだよな。いざってときのために、そういうカードはとっておきたい、ってのは正直あった。だから、あの事件のときはそういう取材はしなかった……お役に立てなくて、申し訳ないけど」

それでも、私はダメモトで訊いてみた。

「じゃあ、菅谷栄一という人物についても、聞いたことはありませんか」

遠野は「ん？」という顔をした。

「誰だって」

「菅谷、栄一です。スガヤ建工という、あの辺ではそこそこ知られた建築会社の社長なんですが」

「菅谷……菅谷、栄一」

遠野は眉をひそめ、斜め下に視線を落とした。

どう見ても「知っている」顔だった。

「ご存じなんですか」

遠野は口をすぼめて小首を傾げた。

「いや……栄一さんだったかどうかは、覚えてないけど、たぶん菅谷さんて人で、あの辺で建築会社をやってる人なら、一度話を聞いたことがあるよ。あの事件とはまったく関係ない、談合とか、そっち系のネタでだけどね」

私は手帳のポケットから、例の写真を抜き出した。美波が腕を組む直前の、ポケットに手を突っ込んだ菅谷栄一が真ん中に写っている一枚だ。

「ちょっと、これを見ていただけますか。それは、この男性と同じ人物でしたか」

遠野の頷きは、かなり曖昧だった。

「……かな。ちょっと確信は持てないけど、似てる気はするな……でも、なに、俺が話を聞いたのが菅谷栄一だったら、この写真の人だったら、なんだっていうの」

そこが問題だ。

「私も、確信しているわけではないんですが、ある筋から、菅谷栄一氏がこの事件に絡んでいる可能性がある、というのを聞いたもので。それでなくても、地元ではよくない噂のある企業なので、事件の謎を解く糸口は、その辺にあるのかも、と考えまして」

　遠野は「ああ」といい加減に頷き、決して私を馬鹿にしたのではないのだろうが、でもそんなふうにも取れる苦笑いをしてみせた。

「その……地元でされてるよくない噂、ってのだったら、それはたぶん、嘘だぜ。デマっていうか」

「どういうことですか」

「ああ、段々思い出してきた……あの社長には、弟がいてね。名前は覚えてないけど、そいつがさ、ヤクザなんだよ。カワカツ一家だったか、ホシノ一家だったか、とにかく白川会《しらかわかい》系の組員でさ。それであの人が、建築関係でしょ。なんかそういう、暴力団をバックにつけて、荒っぽい商売してるんじゃないかって、俺もそういう話を聞いてさ、それで当たりにいったんだよ。でも、結論からいったら、それはデマ、根も葉もない噂。彼も、そういう勘繰りには慣れっこでね。俺がわざと不躾な訊き方しても、全然、そんなことないですよって、笑って否定されたよ。弟があんな世界に入っちまったことに関しては、肉親として、自分にも一定の責任がある、だから逆に、ウチは他所様以上にクリーンにやらなきゃいけないんだって、そう言ってた。疑問があるなら、帳簿でもなんでもお見せします、公共工事に関することだったら、一緒に役所にいって、担当者に必要書類を出させたっていい、ウチはクリーンです、弟の力も組の力も使ってません、ってね。もちろん、俺なりに裏取りはしたよ。でも何も出なかった。あの会社にダーティな側面はなかった……というのが、俺なりの結論だね」

　遠野の言葉のすべてを信じないわけではない。菅谷栄一は実際、ビジネスに関してはクリーンにやっていたのかもしれない。しかし、少女買春疑惑だったら話は別かもしれない。たとえそれが、でっち上げの捏造だったとしても。

自分なりの裏取りをする必要もあると思い、私はさらに、業界関係者に話を聞きにいった。こういう場合は調査対象とは直接関係ない、同業他社から当たるといい、と先輩記者から教わったので、そのように実践した。

隣町で古くから営業している、有限会社高松《たかまつ》工務店。話をしてくれたのは、社長の高松健二《けんじ》。もう七十歳近いとは思えない、今なお筋骨隆々とした男性だった。

「ああ、スガヤ建工さんね。あそこは仕事切らさないし、ずっと若い人を何人も使い続けてて、偉いよね。よくやってるよ。県や市の仕事も取ってくるし、大手の下請けもこなすし。大したもんだよ」

ベテランの余裕だろうか。その、自分より若い経営者を称賛する姿勢に、あるいは言葉に、嘘はないように感じた。

さらに詳しく訊いてみた。

「建築を請け負う会社、という意味では、こちらは、同業他社になるわけですよね。ということは、直接のお付き合いや、一緒に、たとえば同じ現場に入ったりすることはない、ということでしょうか」

「ウチは、ないね。中には職人を貸し借りしたり、仕事を紹介し合ったりする間柄の工務店もなくはないけど、ウチがスガヤさんと直接、ってのはなかったね。今まで一度も。せいぜい、シタショクがいくつかかぶってるくらいで」

シタショク。意味が分からなかった。

「すみません、シタショクというのは、どういう意味でしょうか。不勉強で申し訳ないんですが」

高松は、ちょっと嬉しそうに頬を持ち上げた。

「まあ、簡単に言ったら、下請け業者だよ。ウチなんかは、設計から請け負って、材木屋とか、建材屋から材料を入れて、職人が加工して、家を作ったり、改築したりするんだけど、でも内装工事や外壁工事、設備関係……要は、大工仕事以外をやる人間は、大手と違って、ウチみたいに小さなところにはいないわけさ。そういうのは、基本的に外注。電気もガスも水道も全部、専門業者に頼むわけ。他にも瓦屋さんだったり、昔は表具屋とか経師屋《きょうじ》って言ってたけど、今はクロス屋かな。内装をやる会社とか、石屋、ペンキ屋、サッシ屋とかね、いろんなのがいるわけ。そういうのはさ、ウチとはまた違う、独立した別の会社だから。たとえば水道屋は水道屋で、いろんな工務店から仕事を請け負うし、昔いったことのある家から呼ばれれば、直で修理にいったり交換工事にいったりね。そこでリフォームの話が出たら、じゃあ工務店紹介しましょうかって、こっちに仕事を振ってくれたりもする……ま、持ちつ持たれつだわな」

なるほど。そういう「下職」が、スガヤ建工ともかぶっていると。

「具体的には、どういう業者さんが、スガヤ建工さんとかぶってるんですか」

「ウチともスガヤさんともやってんのは、水道屋と、ペンキ屋もそうかな。あとアレだよ、材木屋が一緒だからね。まあ付き合いって言っても、そういうとこで顔合わせて、一緒にお茶飲んだり、最近どうですかって、せいぜい世間話をする程度だよ。私とはね」

それでも、菅谷栄一を直接知る人物から話が聞けるのはありがたかった。

「ちなみに、菅谷社長の、ご家族は」

「ん？　あの人は独身だよ、確か」

意外だった。ということは、仮に美波との関係が公になったとしても、不倫呼ばわりされる可能性はなかったわけか。

「ああ、ご結婚は、されてないんですか……一度も、ですか」

「たぶん、そういう話は聞いたことないね。でも……あれはどういう関係なのかな、ちゃんと聞いたことはないけど、養子が一人いるんじゃないかな」

「男の子ですか、女の子ですか」

「男、だと思うよ。まあそれも、だいぶ前に、水道屋か何かから聞いただけだから……っていうか、あなたは、スガヤさんの何が知りたいの？」

　週刊誌記者特有の勘、などという大そうなものは、まだ私には備わっていなかった。ただ何か出かかっているものが、この老人の喉元にはある。そんな予感はあった。

「なんでもけっこうです。スガヤ建工さんに関して、菅谷栄一社長に関してご存じのこと、お心当たりがあることがあれば、お聞かせいただけるとありがたいです」

　そう私が言うと、高松健二は、それまでの好々爺然とした笑みを引っ込め、初めて、少し意地悪そうに片頬を持ち上げてみせた。

「これもね……いや、誰から聞いたかは、言わないでおくけど、あの菅谷社長ね。もう、十……十何年前だったかな、この近くの公園で、女の子が殺される事件があってさ。それの容疑者として、ずいぶん警察で調べられたらしい、ってのは、聞いたことがあるよ。仕事の現場に直接、刑事がくることもあったって。まあ、こんな田舎の、せまい業界だからさ、そういう噂は、すぐに広まるよね。一時期は、ちょっと付き合いを遠慮したい、みたいなアレも、あったとかなかったとか……でもまあ、結局は犯人じゃなかったみたいだし、もともと真面目な人だから。腐らず地道に、コツコツ仕事を続けて、今があると……そういうことだと、思うけど」

警察は、美波たちの恐喝行為だけでなく、菅谷栄一との繋がりも把握していたのか。

しかし、菅谷栄一が逮捕されることはなかった。犯行時刻前後のアリバイでもあったのか、あるいはもっと別の理由かは分からないが、少なくとも美波を殺した犯人として訴えられることはなかったようだ。

もっと若い頃だったら、それこそ大学生だったら、ヤクザの弟が手を回したんじゃないか、とか、地元では有名な会社の社長だから警察が遠慮したんじゃないか、などと考えたかもしれない。だが実社会に出てみると、通常そんなことはあり得ないと分かる。少なくともスガヤ建工規模の会社が、あるいはヤクザ者の弟が動いたくらいで、警察はそうと分かっている殺人犯を野放しにしたりはしない。

みんみ。あなたを殺したのは、一体誰だったの。教えてよ。化けて出られるなら、そうしてもいい。幽霊になって私の前に立って、犯人はあの人だよって、こっそり教えてよ。

ねえ、みんみ。ヒントだけでもいいから。

第三章

1

日を重ねるにつれ、中西雪実が喋るようになってきたのは大きな成果である。それは間違いない。

武脇は、一つ頷いてみせた。

「じゃあ、もう一回整理しましょう。あの日、三月十七日金曜日の、夜十一時頃。いきなり浜辺友介さんが、あなたの自宅を訪ねてきたんですよね？」

「はい……そうです」

「あらかじめ訪ねるとか、会いましょうとか、そういう約束があったわけでもなく」

「はい」

「自宅住所を教えたわけでもないのに、浜辺氏は訪ねてきたと」

「……その通りです」

そういうこともあり得るだろう。雪実は週刊誌の記者で、取材対象を尾行することには慣れていたのかもしれないが、自身がそうされることについてはどうだったろう。警戒など、実はまったくしていなかったのではないか。だとすれば、調査や捜査の経験がない素人でも、雪実の自宅を突き止めることはさして難しくなかったはず。その動機はさて措くとして。

「でもあなたは、浜辺友介氏を、自室に招き入れたわけですよね」

「招き入れた、っていうか……」

そういう言い回しには同意しかねると。

「じゃあ、浜辺氏が押し入ってきた感じだったんですか」

「いえ、押し入った、とまでは……でも、急に訪ねてこられて、困惑していたというのも、ありますし……一応、その時点では、取材対象というか、情報提供をしてくださる方、という認識が、私にはあったので……無下に断わることもできず、いま思えば、迂闊だったとは思いますけど……入れてしまった、と」

しかし、ある種の強引さはあった、と言いたいわけだ。

「そのときの、浜辺氏の様子は」

「部屋に入ってきた段階では、まだ普通でした」

「普通って、どんな感じですか」

「……まあ、紳士的というか、常識の範疇というか」

「具体的には」

「遅くにお訪ねしてすみません、みたいな」

やはり、よく分からない。

「ねえ、中西さん。会う約束をしたわけでもない、住所を教えたわけでもない男性がいきなり訪ねてきて……いえね、それが良いとか悪いとか言うんじゃないですよ。私は単純に疑問に思う、ってことなんですが、あなたは、その時点で浜辺氏の訪問を、拒否してもよかったんじゃないですかね。訪問というか、入室を」

少し語気がキツかったか。雪実は眉をひそめ、また下を向いてしまった。

だが、それで口を閉ざすわけでもなかった。

「ですから……信じてはもらえないかもしれないですけど、この件に関しては、あの声が、多少なりとも……少なくとも私にとっては、大きく、影響していると……でも、それを言っても……」

やはり、その話を聞かないと先に進めないわけか。

「例の、車とか、電車では痴漢に気をつけろとか、言ってくれた声のことですよね」

雪実が頷く。だが、その後に続いたのは沈黙だった。

これを面倒臭いと思っているようでは、取調官は務まらない。

「正確には、どういうふうに聞こえるんですか」

雪実の視線は、灰色の机上に据えられたまま動かない。

「……危ない、みたいな感じで」

雪実なりに、聞こえたときのニュアンスを再現してみたのだろう。「危ない」の「あ」の辺りは小さく、「ぶな」で大きくなり、また「い」で小さくなる。

「そういう声が、いきなり聞こえるわけですか」

「まあ……いきなりといえば、いきなりです。確か、信号がない交差点で、見通しも、ちょっと悪かったかもしれないです。相手は、電気自動車とかだったんでしょうか、エンジン音もそんなに聞こえなくて……左から、だったかな、近づいてきて……そのときに『危ない』って、頭の中に響いた、っていうか、声が、頭の中を通り過ぎていった、みたいな。私も、その頃はまだ、自分自身で危ないって気づいて、ですから、その……自分の心の声かな、とも思ったんですけど、でもまあ、ぶつからなくてよかった、よく避けられたな、くらいに思っただけで。でも、電車のときは、もっと何回もあって……確かに『痴漢』って聞こえて、それが、車のときの『危ない』と同じ声だった気がして……なんだろう、また注意喚起かな、と思って、念のために車両を替えたんです」

この話の裏取りをする必要は、あるのだろうか。

「なるほど。それで？」

「まあ、それで、痴漢に遭うことはなかった、と」

「それまでは、被害に遭われていたんですか」

「わりと、しょっちゅう……でも、触られた側も、確信が持てないレベルの痴漢って、あるじゃないですか。掌が当たってるのか、手の甲が当たってるのか、わざとなのか、不可抗力なのか。でも明らかに、こう……むぎゅ、と摑んできたら、こっちも、この野郎、って思いますし。でも捕まえようとしても、手を引っ込められちゃったら、何しろ満員電車ですから、誰だか分からなくなっちゃうし。だから……追い払うくらいはしてましたけど、手首を摑んで車両から引きずり降ろすまでは、したことがなくて……でも、声に従って、車両を替えるようになったら、ピタッと痴漢には遭わなくなったんです。それで、なんか……守護霊、とかなのかな、と思い始めて。信じるとか、信用するとか、そこまではないにしろ、参考には、してみてもいいのかな、くらいには……信じてたのかも、しれないです」

交通事故と痴漢被害の回避、か。

「他には、どういうことがありましたか」

「ええと……ああ、初めは、覚えてる一番最初の声は、そういう注意ではなくて、買い物をしてるときで……あ、だから、まさにアレです」

何を思い出して、何を一人で納得しているのやら。

「まさに、とは」

「ですから、凶器です」

鶴、ではなくて。

「ガラスの白鳥のこと、ですか」

「はい。あれを、デパートで買い物をしているときに、なんとなく見つけて、綺麗だなって思って、見ていたら、懐かしいって、思うようになって……でもあとから考えると、その『懐かしい』が、その声だった気がするんです。自分で思ったんじゃなくて、『懐かしい』って声が聞こえてきて、そうだよな、ちょっとレトロな感じもあるよな、いいなこれ、と思って、買ったんです」

「どこのデパートですか」

「新宿の伊勢丹です」

「いつ頃」

「今年に入って、すぐだったと思います」

二ヶ月以上前だ。

「確認したところ、浜辺さんから初めて編集部に電話がかかってきたのが、一月二十七日、新宿で会ったのは二月二日ということでしたから、ではその白鳥を購入したのは、浜辺さんと知り合う前、ということになるんですか」

「はい、そうだと思います」

「だとすると、一月に入ってすぐ購入した白鳥で、浜辺さんを傷つける結果になってしまったのは、単なる偶然、ということになると思うんですが」

つまり「声」のせいではない、と考えられる。

雪実も、それについては同意を示した。

「……そう、なんですけど、ただ……買って帰ってみたら、懐かしくも、なんともないんです。部屋のインテリアとも、それほど合ってない気がしたし。なんでこんなの買っちゃったのかな、って、ちょっと思ってて」

女性にはありがちな衝動買い、と思うのは中年男の偏見か。

「まあ、そういうことも、あるでしょうね」

軽々しく同意したように受け取られてしまったのか、雪実は珍しく、少し怒ったように眉間に皺を寄せた。

「それだけじゃないんです。浜辺さんと……あの人と会うと、なんか、『その人、その人』って聞こえてきて」

しかし、再現する雪実の口調が、それまでとは微妙に違う。

「『その人』のときは、そんなに、たどたどしいニュアンスだったんですか」

「……たどたどしい、というよりは、掠れてるっていうか、途切れ途切れっていうか。ノイズの交じったラジオ……は違うかな。でもなんか、それまでよりは、聞き取りづらくて。私も、その声が聞こえることに、少し慣れてきてるところがあって。基本、私は……私は、ですよ、その声を、自分とは別人格だと認識していたので、正直『その人』がなに、浜辺さんがなによ、って思ってました。『その人』だけじゃ分かんないよ、って」

この話は、一体どこに繋がるのだろう。

「とはいえ、そのひと言を、あなたなりに解釈しても、いたわけですよね」

「……ええ。まあ」

「どのように」

今度の沈黙は長かった。どう表現すべきかを迷っているのか、あるいは言いづらいことなのか。

それでも、雪実が何か言おうとしているのは充分に感じられたので、武脇は待った。

雪実が、小さく頷く。

「その……それまで、その声は……刑事さんも、言ってらっしゃいましたけど、基本的には、私を助けるというか、よかれと思って、教えてくれているのだと、思っていたので」

「そうですよね。車のときも、電車のときも」

「はい。なので……『その人』という言葉も、肯定的に、私は、聞いてしまったというか、理解するように、してしまって……」

肯定的に、理解？

「それは、どういう意味ですか」

「……ですから、その……」

なんだ、その泣き笑いみたいな、微妙な表情は。

雪実が机の端、壁と接している際の辺りまで、視線を泳がせる。

「なんか……その人が、あなたの、運命の人だよ、みたいな……そういう意味、なのかなって……ちょっと、思っちゃって」

ハァ？　と声を裏返して訊き返したいのを、なんとか堪える。

運命の人、ってそんな、恋愛ドラマじゃあるまいし。

だがそれも思うだけで、正面切って口にすることはできない。

「つまり、声が、浜辺友介氏とあなたの交際を勧めている、勧めてくれてるんじゃないか、と思ったわけですか」

語句は慎重に選んだつもりだが、それでも馬鹿にするニュアンスが多少出てしまっていたのかもしれない。

雪実は、武脇の斜め後ろにいる菊田巡査部長に顔を向けた。

「でも、刑事さんだったら、分かりますよね？　偶然でも、瞬間的でもなんでも、そういう人との出会いは、ピピッとくるみたいに言うじゃないですか。女性だったら、なんかそういうのにすがりたいって気持ち、ありますよね。分かりますよね」

一応、菊田は「ええ」と小さく頷いてみせたが、到底同意を示したようには見えなかった。少なくとも武脇には。

雪実が続ける。

「分かってますよ、自分が馬鹿だったってことくらい。でも、そういうのを信じてみたいって、そういう気持ちって、そんなにいけないことですか？　それまでは、だって浜辺さんは、普通に紳士的だったんですから。そんな、悪い人だなんて思ってませんでしたから」

そこ、一度確認しておこうか。

「……ちなみに、ここ最近、交際していた男性は」

「いませんッ」

そんなに怒らなくてもいいだろう。

「分かりました、彼を部屋に上げたところまでは、いいでしょう。問題はその後、ですよね。特に何があったわけでもないのに、いきなり浜辺さんが、あなたに乱暴しようとした……そういうこと、なんですよね」

そう訊くと、水がかかったように怒りの火は消え、また雪実はすとんと肩を落とし、小さくなってしまった。

「……はい」

「具体的に言うと、最初は抱きついてきたんですか、それとも殴りかかってきたんですか」

「抱きつかれました。背中を見せた途端、真後ろから」

「それから」

「なんか……よく分かりませんけど、本当は、こんな真似したくないんだ、みたいなことを言いながら、私の、部屋着のジャージを、脱がそうと……したんだと、思います」

「そこはあまり、よく覚えてませんか」

「後ろからされたので、はっきりとは」

「でもそれに、あなたは抵抗した」

「当たり前じゃないですか。そんな、幽霊だか亡霊だか分からない声に、その人いいよ、みたいに言われたからって、いきなり……いきなりは、無理です。絶対」

そこは同意できるらしく、菊田も頷いている。むしろ武脇は、声は「その人いいよ」とまでは言っていないのではないか、という方が気になったが、所詮は正体不明の声なので、追究はせずにおく。

「分かりました。部屋には上げたが、そういう関係を必ずしも望んでいたわけではない、そこまで認めていたわけではないので、乱暴されそうになれば、当然抵抗する……その通りですね。それから、どうなりました」

「それ、から……床に、倒されて、テーブルに手を伸ばしたら、ですから、白鳥の置き物があったので」

雪実の部屋、六畳間の中央にはローテーブルがある。ガラス製の白鳥は、そのローテーブルに置かれていた。雪実は同様の供述を逮捕当初にもしている。おそらく悪役レスラーが取調べ担当になる前の供述なのだろう。

「うん、白鳥の置き物を？」

「白鳥の置き物を摑んで、バッ、と振ったら」

「そこ、正確に。摑んだのはどっちの手？」

「左手、です」

「あなたの利き手は」

「右です」

「そのときはなぜ左手だったの？」

「なぜって……たまたま、です。たまたまテーブルに届いて、何か摑んだのが、左手だった……という、だけだと、思います」

「何か摑んだ。摑んだとき、それが白鳥の置き物だという自覚は」

「摑んで、握ったときは、あったのかな……でも何か、摑みやすい、武器になりそうな感じはあったので、それで、バッ、と振って」

「こうですか、それともこうですか」

要は、テニスでいうところのフォアハンドなのか、バックハンドなのか、ということだ。

武脇がやってみせると、雪実も倣うように腕を振ってみせる。

「……こう、です」

バックハンドか。

「あなたは前向きに倒れて、左手がたまたまテーブルに届いて、そこにあった白鳥を摑んで、いわば振り返るように、それを浜辺氏にぶつけた、ということですか」

「……はい。おそらく」

「どこら辺が疑問ですか。あやふやですか」

「瞬間的なことだったので、そんなに細かくは……でも、そうだったと思います」

「浜辺氏に加えたのは、その一撃だけ？」

雪実にとってはキツい質問だろうが、これには明確に答えてもらわなければならない。

雪実は目を閉じ、一度、固く口を結んだ。

「……いいえ。一度、こう振って、そのあとにもう一度、こっちに……やって、切りつけてしまいました」

結果的に、雪実の左手は浜辺友介の前を一往復したわけだ。

「二度目は反対向きに、要は、今度は引き寄せるようにして、危害を加えたわけですね」

「……はい」

雪実の両目に、溢れてくるものがある。

それでも、ここで中断するわけにはいかない。

「一度目で、白鳥の胴体部分はどうなりましたか」

「割れるというか、折れるというか……取れて、しまいました」

「二度目のとき、あなたの手に残っていたのは」

先に左目から、雫《しずく》が伝い落ちる。

「首と、翼の部分……だったと思います。金属の。金色の」

「一度目でガラス部分の大半は取れてしまった。左手に残っているのは主に金属部分。しかし、多少はガラスも、接合部分に残っていた。割れて尖ったガラスが、残っている、それを、返す刀で浜辺氏に向けたら、大変なことになるとは思いませんでしたか」

もう、涙を留めるものは何もない。

「あとから、考えれば……そうだと、思いますけど……そのときは、必死でしたし、そんな、首に当たって、切れて、血がいっぱい出るなんて、思ってもいなかったし、まさか、亡くなるなんて……でも、私だって怖かったんです。レイプされるかもって、最悪、殺されるのかもって思って、そこら辺にあるものを摑んで、抵抗したのは、そんなに悪いことだったんでしょうか。私は、私はあのまま……大人しく、レイプされた方がよかったんでしょうか」

よく話してくれた。

「……いいえ、中西さん。そんなこと、あるわけないですよ。重要なのは、それなんです。あの場にいたのは、あなたと亡くなった浜辺友介氏だけ。今現在、あの夜、あの部屋で何があったのかを語れるのは、あなただけなんです。だから、あなたがあなた自身の言葉で……聞こえてくる内なる声ではなくてね、あなたがあなたの判断と責任で、言葉にすることが重要なんです……ありがとう。勇気を出して話してくれて。今日は少し早いけど、ここまでにしておきましょうか」

中西雪実の供述からすると、この事件は雪実の正当防衛か、重く見ても過剰防衛とするのが妥当ということになる。

ただしそれは、中西雪実の供述を全面的に信じた場合、だ。

むろん警察は、そんな杜撰《ずさん》な捜査はしない。


夜には、裏付け捜査に回っている捜査員たちと小規模ながら会議を開く。

菊田が密かに「悪役レスラー」と呼ぶ小山《こやま》巡査部長は、中西雪実の前足《まえあし》――事件前の足取りを調べている。

「定期券、ＪＲのＩＣカードの利用履歴と、上司が把握している限りでの、マル被の勤務状況……勤務っていうのかな、取材先を立ち回ってる足取りは、今のところ、完全に一致してるんだよな」

体格的には小山巡査部長より小さい大山《おおやま》巡査部長は、雪実の交友関係を当たっている。

「男ができたって噂は、やっぱりないですね。なので、マル害との間に痴情の縺れ、ってのは、考えづらいんだよな」

なんの悪戯か、この係には似た名前の刑事が多い。

大谷《おおたに》巡査部長には、浜辺友介の身元を洗ってもらっている。

「今日も、こっちは全然でした。なんにも出てこないです。どこの誰兵衛だか、さっぱり分からんです。前科でもありゃ、いっそ分かりやすかったのに……このままじゃ、マル害は無縁仏ですな」

こうなったら「小谷《こたに》」まで揃えたいところだが、残念ながら四人目は牧原《まきはら》巡査部長。牧原には協文舎を洗ってもらっている。

「会社の方はですね、ちょっと妙な話が出てきたんですよ」

牧原が、自分の手帳のページを捲る。

「中西雪実が『ＳＰＬＡＳＨ』編集部に配属されてきたのは、退職によって一人欠員が出たからで、浜辺の話を聞く役目が回ってきたのも、その前任者の担当案件だったから……と、そういう話だったじゃないですか」

そのように、雪実からは聞いている。

「ええ。でも、なんですか、それ、違ったんですか」

「いえ、違ってはないです。それは確かに事実のようなんですが、その、退職したっていう前任者がですね、実は、普通に退職したわけじゃないらしいんですよ」

会社の金を遣い込んで解雇とか、そういう話か。

「ほう。どういう理由で、辞めたんですか」

「厳密にいうと、退職っていうのも、ちょっと違ってましてね。正確には、今現在も『休職』扱いらしいです。なんでも……その前任者は、去年の十一月七日から出社しなくなり、以後連絡は一切とれず、同人の実家に連絡したところ、家族もまったく事情が分からないという。母親と職場の上司が

「……まあ編集長ですけど、二人が同人の暮らしていた部屋を訪ねてみても、本人とは会えず、その日に母親は行方不明者届を出し……これが十一月八日で、それは確かに城東署が受理しており、その後も所在不明の状態が続いて、一ヶ月経ってもなんの連絡もなかったので、会社も困ったんでしょうね。致し方なく、十二月十二日付で中西雪実を『ＳＰＬＡＳＨ』編集部に配属し、欠員を補填したと、いうことらしいです」

確かに、妙な話ではある。

「その、失踪した前任者の氏名は」

「ああ、すいません、言ってなかったですか」

牧原が手帳をこちらに向ける。

「これです。寺田真由《てらだまゆ》、失踪当時三十三歳……っていうか、今もかな。誕生日までは、すいません、控えてきませんでした」

寺田真由、三十三歳か。

2

情報の「わらしべ長者」と言っていいだろう。

私は元産京新聞の遠野和通から紹介され、とある千葉県警ＯＢと会うことができた。ただ、その方は捜査畑ではなかったので、さらに他の方を紹介してもらい、その紹介された方からまた紹介を受け、もう二人はさまって、ようやくだ。ようやく、なんとか美波の事件捜査に関わったという人物にたどり着いた。

千葉県警元刑事、津倉博己《つくらひろき》、六十二歳。定年時は警部補だが、それまでは長らく巡査部長だったという。津倉は「生涯、捜査ひと筋だったのが私の自慢でね」と、薄くなった頭を撫で上げて笑った。

「松島《まつしま》から聞いてますよ。あの、十九歳の娘が絞殺された事件について、調べてるんでしょう」

松島というのは、津倉を紹介してくれた現職の千葉県警警部補だ。

「はい。何卒、よろしくお願いいたします」

「うん……やっぱりね。あなたなんじゃないかと、思ってたんですよ、私は」

何が「やっぱり」なのか、私にはさっぱり分からなかった。

「え、あの……すみません。私、以前にどこかで、お会いしておりましたでしょうか」

「一度だけね。お会いしてますよ」

千葉県警の刑事と、私が——。

「あ、ひょっとして、事件のときの、聞き込みで」

津倉は深く頷いてみせた。

「そうです。最初のときあなたはお留守で、なのでお母様にお会いできるようお願いしたんですが、試験中だとかで、断わられてしまいました。しかし、こちらは殺人事件の捜査ですので。犯人に逃げられてもいけないし、自殺されてもいけないし、とにかく捜査というのは一刻を争うものなので、まだ難しいかなとは思ったんですが、ご無礼を承知でお訪ねしたと……いうことだったと、記憶してますがね。私は」

確かにそうだった。でも、そこまで明かされても私には、あのときの刑事と目の前にいる津倉を重ねて見ることができなかった。同一人物かどうかの確信が、まるで持てない。おそらく当時は美波のことと大学の試験で頭がいっぱいで、刑事の顔など碌に見てはいなかったのだと思う。

「そう、でしたか……それは失礼いたしました。その節は、お世話になりました」

「いやいや、お世話になったのはこっちの方ですよ。ただ、結果としてお役には立てませんでしたがね」

このときは自宅に伺ったので、奥様がお茶を淹れて出してくれた。所作が上品な、物静かな雰囲気の、和服の似合いそうな方だった。

「……恐れ入ります」

「どうぞ、ごゆっくり」

対して津倉は、少し表情を険しくしていた。

「予感、のようなものでね。週刊誌の記者さんが、あの事件について聞きたがっている、寺田さんという三十歳くらいの、スラッと背の高い、上品な話し方をする方だと松島から聞いたので、なんとなくね……泣きながら、でも必死に、被害に遭った幼馴染みについて話すあなたを思い出しました。あの娘が就職して、週刊誌記者になるってことも充分あり得るなと、思い至った……立ち入ったことを伺うようですが」

津倉は私の名刺に目を移した。

「……この、協文舎に就職したのは、あの事件について調べたかったから、ですか」

もしそうなら、私はとてつもなく意志の強い人間ということになりそうだ。

「いえ、就職自体は成り行きです。ただ、週刊誌編集部への配属を希望したのは、やはり……あの事件について調べたかったから、というのはあります」

津倉は繰り返し頷いた。

「でしょうな……いや、それについては、大変申し訳ないと思っています。我々が事件を解決できなかったことが、少なからずあなたの人生に影響を及ぼし」

「いえ、そんな」

「他にも、もっとキラキラとした未来があったかもしれないのに、未解決事件という闇が、あなたの心に、暗い影を落としてしまった」

「そんなことは、決して」

「いや、そうなんです。我々は、警察は、ただ犯人を捕まえればいいという仕事ではない。犯人の家族にだって、もちろん被害者遺族にだって、さらに友人知人、地域社会にだって、常に影響を及ぼす可能性がある、そういう仕事なんです。そのことについて現役時代、充分な配慮はできていたかな、おざなりにしてしまった日もあったんじゃないかな、と……今さらではありますが、悔やんでみたりも、しています」

ここまで、計六人の警察官およびＯＢに話を聞いてきたが、みな職務に対して実直で、自分に厳しい人ばかりだった。

だから、津倉が続けて語ったことにも、私は少しも驚かなかった。

「……とはいえ、退職しても、警察官には守秘義務がありますから。職務中に知り得たことは、無暗《むやみ》に他言することはできません」

「はい。その点は、重々承知しております」

「ご期待には、添えないかもしれない」

「かまいません。津倉さんのご負担にならない範囲でお聞かせいただければ、私はそれで充分です」

津倉は、ふっと漏らすように笑った。

「あなたそれじゃ、記者失格ですよ」

「かも、しれません」

「でもそれが、あなたの良さでもある……いいでしょう。お知りになりたいことを、どうぞ、お訊きになってください」

一転して、そこからは真剣勝負になった。

元警察官と、現役週刊誌記者。事件捜査の現場を知る者と、被害者の幼馴染み。元公務員と、一般企業の社員。定年を迎えた男と、ようやく仕事の面白みが分かり始めてきたばかりの、女。

事件の、すでに私にも見当のついている部分に関しては、津倉も饒舌に語った。話には、捜査に携わった人間ならではのリアリティがあった。でも事実関係としては、その域を超えるものでは決してなかった。

そして、もう一歩踏み込んで知りたいというところまでくると、当然だが、津倉は口を重くした。

「菅谷栄一、か……」

美波が仲間たちと美人局紛いの恐喝行為をしていたこと、菅谷栄一もその恐喝対象になっていたらしいこと、菅谷栄一が警察で事情聴取を受けたことなど、こちらから切れるカードは積極的に切った。

「それでも菅谷栄一氏は、逮捕まではされなかったんですよね」

津倉は頷いた。

「あくまでも、任意での聴取でした」

「つまり、菅谷栄一はシロであると、警察は判断したわけですよね。その根拠はなんだったのでしょうか。たとえば、動かしがたいアリバイがあったとか、そういうことですか」

それにも、頷いてみせる。

「そう、まさにね」

「差し支えなければ、お聞かせいただけますか」

これには、津倉は眉をひそめた。

「そうね……ここから先は、記事にしないという条件でないと、菅谷栄一の名前は絶対に誌面に出さない、そうあなたに約束してもらえないと、お話しするのは難しいかな。何しろ彼は、無実だったんだから。任意で事情聴取を受けただけなんだから。その彼の名前を、十四年近くも経ってね、あのとき疑われてたのはこの人です、みたいな、そんな書き方をされるんだったら、私は話せませんよ」

私は可能な限りテーブルに身を乗り出した。

「いえ、そのようなことは絶対にいたしません。お約束します。さっき津倉さんが仰ったように、私は……記者としては失格なのかもしれませんが、記事にできるかどうかより、美波に何があったのか本当のところが知りたい、その気持ちの方が強いんです。私自身が納得したいんです……もし記事にするにしても、菅谷栄一の名前は出しませんし、なんでしたら、津倉さんに原稿を事前確認していただいてもけっこうです。お願いします……もう少しだけ、お話を聞かせてください」

未解決事件に携わった者に「本当のところが知りたい」と浴びせるのは酷だったかもしれない。脅し文句のように聞こえたかもしれない。でも、それでいいと思った。

幸い津倉は、私の言葉を熱意の表われと解釈してくれたようだった。

「分かりました。菅谷の、アリバイね……まあ何しろ、被害者の携帯から怪しい写真は出てくるし、菅谷は美人局紛いのカツも受けていたようだから、菅谷に対する容疑は濃厚でしたよ、正直言って。さらに言うと、任意で事情を聴いたところ、菅谷は犯行時刻前後の行動について、当初ハッキリとは言いたがらなかった。それを見た担当捜査員が、クロの印象を強めてしまったんですな」

一つ、確認しておきたい。

「津倉さんが取調べをしたわけでは、ないんですか」

「取調べじゃなくて、あくまでも任意での聴取ね……私ではないです。私はカンドリ、事件関係者に対する聴取を担当していました。あなたのお家に伺ったのも、その一環です……で、菅谷自身、なんで自分が聴取を受けてるのか、本当のところは最初、分かってなかったんですね。でもどこかの段階で、殺人事件の犯人と思われていることに気づいたんでしょう。あるいは、担当者がそうと明かしたのか……すると菅谷は、違いますと、私は車で、鎌ケ谷の方だったかな、セシュのところに行ってたんだと」

「すみません、セシュ、というのは」

「工事の発注主ね。菅谷にとってはお客さんってこと」

そこまで聞いて「施主」か、と思い至った。

「申し訳ありません、不勉強で」

「いやいや……で、そのお客さんのところに、要は工事代金を受け取りに行ってたんだが、そのね……受け取ったときに、酒をね、もう夜も遅かったから、施主に勧められて、ちょっと飲んじゃったらしいんだな、ビールか何かを。菅谷はあまり酒に強くないらしく、それで少し、気持ちよくなってしまった」

「つまり、飲酒運転」

「そう。しかも、帰り道で自転車と接触事故を起こしてしまった。これがまた困りものでね。事故自体は軽微なものだったらしく、警察は呼ばずに、それについては当事者間で、その場で済ませてしまった。菅谷が一万だったか、三万だったかは忘れたけど、受け取った工事代金から抜いて、その場で相手に支払って、済ませてしまった……菅谷は当初、これについて訊かれているんだと思い、口ごもったんだな。それを担当捜査員が勘違いし、クロと見込んだ。それをまた幹部が信じ込み、捜査本部全体に、菅谷で決まりという空気が流れた。ところが菅谷は、飲酒運転と接触事故について知られたくなかっただけで、被疑内容が殺人だと分かると、血相変えて喋り始めた。違う違う、施主のところに行ってただけだ、自転車と接触事故もあった、調べてもらえれば分かる、ってね」

なるほど。

「それで調べた結果、その通りだったわけですか」

「うん、工事代金の受け取りに行っていたというのは、その通りだった。施主も、酒に関しては、あくまでも好意で、遅くにすみませんね、という意味で勧め、飲ませてしまった、と証言した。だとすれば、あの夜の菅谷に犯行は不可能ということになる。何せ、施主の家は鎌ケ谷だからね。どう考えても、菅谷には無理だ……一方、接触事故に関しては、確認が取れなかった。菅谷は、その自転車に乗ってた相手も酒が入ってた、みたいに言ったんじゃなかったかな。穿った見方をすれば、その自転車が、事故相手本人のものだったのかどうか……酔っ払って怠くなって、そこらの自転車を盗んで乗って帰ってしまうなんてのは、よくある話だからね。もしそうだったら、いくら調べたって名乗り出てきやしないだろう。しかし、菅谷の乗ってた軽トラックには、確かにそのような破損個所があったし、施主の証言も取れてる。菅谷はシロ……そこからは大慌てだよ。地取り、カンドリ、やり直し。その時点でもう、捜査の第一期は終わりの方、事件発生から三週間近くが経ってたからね。そんな頃になって、現場周辺での聞き込みに重点を置いたって、もう何も出てきやしないよ……さらにマズいことに、一部の捜査員は菅谷の線に、その後も固執してしまった」

ピンとくるものがあった。

「ひょっとして、菅谷栄一の、弟のことですか」

津倉は両眉を持ち上げ、分かりやすく驚いてみせた。

「おお、よく調べたね。その通りだ」

「でもそれは、マズいことだったんですか」

「うん、上手くはなかったね。結果から言ったら、何も出てこなかったわけだし。向こうにしてみれば、警察に逆捩じを喰わせる恰好のネタだよ。兄貴がシロだったら、今度は俺か、ヤクザ者ってだけで人殺し呼ばわりか、上等だこの野郎、出るとこ出てシロクロつけてやろうか、ってね。また、弟がヤクザ者と分かって、担当捜査員も、菅谷栄一を色眼鏡で見てしまった感は否めない。正直、あの聴取はしつこ過ぎた……あの事件の捜査では、大小合わせて、いくつもの失敗があった。言い訳できない、警察の落ち度だったと思う。大変、申し訳ないと思っています」

しかし、いま津倉に頭を下げられても、困る。

「いいえ。私は、美波の事件の、真相を知りたいだけですから。そんなこと、なさらないでください

「……他に何か、お話しいただけることはありますか」

津倉はしばし黙り、茶をひと口含んだ。

話はまだ、あるにはある。そういう顔だった。

「まあ……弟にまで触って、結果空振りだったわけだからね。さすがに、組員全員のアリバイまで当たったわけじゃないけど、そもそもヤクザのやり口とも違うだろうって見方もあって、菅谷栄一の線はナシと、捜査本部が判断したことについては……少なくともあの時点では、私も異論はなかった。ただね、もう少しやりようはあったんじゃないかと、今さらだけど、思う部分はある。プライバシーに関する、妙な噂もあったし……まあこれは、関係ないかな」

しかし私には、その津倉の顔が、本気で「関係ない」と思っているようには、どうしても見えなかった。


私が取材対象にしたのは警察関係者だけではない。美波の家族にも、改めて話を聞きにいった。

美波の父親には「へえ、あのゆったんが、週刊誌の記者に」と驚かれ、美波の事件について調べ直していると伝えると、涙を流しながら「ありがとう、ありがとう」と手を握られた。ただ、目新しい情報は一つも得られなかった。

長男はいま北海道だということで断念したが、次男の拓海とは大手町の喫茶店で会うことができた。

「親父から聞きました。週刊誌の記者になったんですってね……立派だな。見違えちゃったよ」

美波の父親にも拓海に対しても、美波が仲間と行っていた恐喝行為については明言を避け、あえてなんの説明もせずに菅谷栄一の写真を見せた。

しかし、いずれのときも反応は芳しくなかった。

「……誰？」

「あの近くで、スガヤ建工という建築会社をやっている方なんですが、ご存じないですか」

「ああ、スガヤ建工か。聞いたことはあるな」

拓海とは雑談も入れて、一時間足らずだったろうか。その間に目新しい情報が得られることは、やはりなかった。

「……ごめんね。ゆったんがこんなに一所懸命やってくれてるのに、俺、何も分からなくて。ほんと、情けないね、家族なのに……申し訳ない。恥ずかしいよ」

その後は、もう結婚して子供もいるという笹本圭子に会うため、静岡まで足を運んだ。田部亜里沙はアパレルショップの店員ということで、店舗のある渋谷で会って話を聞いた。

新村順は、横浜で楽器店の店員をしているというので、開店前に一時間ほどもらって話を聞いた。

「新村さんが楽器屋さんって、なんか意外」

「えー、そう？　あたし、高校の頃からギター弾いてたし、それで文化祭にも出てたよ」

「そう、だったっけ……ごめんなさい。知らなかったかも」

「っていうか、ゆったんが週刊誌記者の方が、よっぽど意外だよ」

しかし残念ながら、その三人からも目新しい話は聞けなかった。

そんな頃になって、拓海から電話をもらった。

「はい、もしもし」

『あ、もしもし……足立拓海、ですけど、分かりますか』

「はい、もちろんです」

『あれ、ゆったん、だよね？……なんか、電話だと違う人みたい』

「えー、そうですか。初めて言われました」

そのときはタクシーの中だったので、そのまま話を聞いた。

『実はこの前の、スガヤ建工の話なんだけど』

「はい。何か、ありましたか」

『うん。親父と電話で話してたら、いろいろ思い出してきてさ。昔、ウチの団地に、隣の棟だったけど、ヤマシタって家族がいてさ。そこに、ウチの兄貴と同い年の息子がいたんだ。カイトっていう』

私は手帳を開き、慌てて書き止めはしたものの、「カイト」の漢字を確認している余裕まではなかった。

「はい」

『でも、そこのお袋さんは、癌か何かの、病気で亡くなって、その何年かあとに、親父さんは事故で亡くなってるんだよね。ウチの親父は、転落事故じゃないかって言ってたけど』

転落、事故。

「そのお父さんは何か、工事関係のお仕事をされてたんでしょうか」

『ああそう、トビだって。トビショク』

工事現場に鉄パイプで足場を組んだりする、あの鳶職か。確かに、転落事故が起こりそうな職種ではある。

「じゃあそのカイトさんは、比較的短期間に、ご両親を亡くされてしまったと」

『そう。で、その孤児になったカイトを引き取って養子にしたのが、スガヤ建工の社長らしいんだよな、どうも』

いきなり、だった。なんの前触れもなく、斜め後ろから情報の矢が飛んできて、ズブッと私の脳に突き刺さった。

菅谷栄一が引き取った男の子、ヤマシタカイトはかつて、美波と同じ団地に住んでいた。美波と菅谷栄一を繋ぐものは、美人局紛いの恐喝行為だけではなかった。むしろ二人は、ヤマシタカイト、のちの菅谷カイトの存在によって、間接的にではあるが繋がっていた。

「拓海さん。そのカイトくんが団地にいた頃、みんな一緒に遊んだりはしてたんでしょうか」

『みんなって？』

「上のお兄さんとか、拓海さんとか、美波が」

『うん、そういえば俺も遊んだかな、ってくらいの記憶しかないけど、美波はどうだったかな。あいつ小っちゃかったし、そういえば仲間に入れてやんなかった……ような、気がするんだよね。そういうの思い出すと、なんか、ずいぶん可哀相なことしてたなって、今になって思っても、しょうがないんだけど……なんか、離れたところで、コンクリートの、階段の辺りにちょこんと座って、じーっとこっち見てる美波、記憶の隅っこに、あるんだよね……なんかそれ、すごい、思い出しちゃってさ』

どうしてだろう。

私は、視野を狭めるようなことはするまい、事実を幅広く、ありのままに見よう、見なければ、と努めているつもりなのに、なぜか進めば進むほど、菅谷栄一の存在が私の前に立ちはだかる。

どういうことなの、みんみ。これは、あなたがそのように仕向けているの？　私に何か伝えたいことがあるの？

私は、ある程度の危険は覚悟の上で、スガヤ建工に近い業者への取材に踏み切った。遠目から、スガヤ建工の現場を観察したりもした。何回目かで、菅谷栄一の姿を確認することはできた。十四年前の写真と比べると少し太ったように見えたが、それでも同年配の、たとえば私の父親と比べたら、スタイルはいい方だと思った。

一方、遠目からでは誰が「カイト」なのか、確認するのは難しかった。ただ、工事内容を案内する看板に【工事現場管理担当者　菅谷凱斗】とあり、それで「カイト」の漢字表記は確認できた。

夜、時間を作ってスガヤ建工を見張ったりもした。もう大学時代とは違う。免許を取って車が使えるようになったし、週刊誌記者のノウハウもある。いま張込みをしたら、あの頃とは違う情報収集ができる。そういう自信が少なからずあった。

果たして、その通りの結果が得られた。

十一時過ぎ、だったろうか。その夜は雨が降っており、フロントガラス越しの視界は決して良好とは言い難かったが、それでも、スガヤ建工ビルの四階、最後まで明かりの灯っている窓にはカーテンが引かれていない、くらいの見分けはついた。

やがて一つ、人影がベランダに現われた。菅谷栄一だった。室内を禁煙にしているのか、あるいは単に外の空気が吸いたくなったのか。菅谷栄一はそこで銜《くわ》えたタバコに火を点け、気持ちよさそうに、雨空に煙を吐き出していた。

タバコ一本を吸い終えるのに要する時間は、三分か、五分か。

菅谷栄一は一本吸い終わっても、まだ中には入らなかった。雨降りの町を見下ろし、肩でも凝ったのか首を回し、両腕を高く上げて伸びをした。

そのとき、菅谷栄一の後ろからもう一人、現われた。

あれは――。

菅谷栄一は未婚、家族は養子の凱斗のみ。当然、後ろから現われたその人物が菅谷凱斗なのだろうと思われた。現場でも何度か見たことのある、いつも忙しなくあちこちへと動き回っていたあの男が、
そうか。菅谷凱斗だったのか。

みんみ、あなた、ひょっとして――。

3

美波の事件に関する取材。それはまだ「仕事」ではなかった。

私にとっての仕事は、取材をして記事を書いて、「SPLASH」のページを一行でも埋めること。それ以上でも以下でもない。よって、一行も記事になっていない美波の事件は、仕事に「できていない」あるいは「なっていない」と言わざるを得なかった。

私自身、あまり器用な性格ではないので、パッと気持ちを切り替えて別の仕事に向かうのは容易ではなかった。新興宗教の勧誘を装った特殊詐欺、そのグループのリーダーの過去。大物シンガーソングライターに持ち上がった盗作、ゴーストライター疑惑。連続猟奇殺人事件を起こした「少年A」の今、などなど。モノになりそうなネタ、急がないと他誌に抜かれそうなネタ、そもそも何が面白いのかよく分からないネタ、いろいろあったけど、これが私の仕事なんだ、と歯を喰い縛り、ときにはポ

カポカと拳で頭を叩き、自らを鼓舞した。

だから、疲労そのものを気にすることはなかった。私は働いてるんだから、それでお給料をもらってるんだから疲れるのは当たり前、むしろこの疲労感は充実感だ、と思うようにすらしていた。

しかし、疲労は一種の衰弱であり、抵抗力や注意力を低下させるのも事実だ。

それは、ほんの一瞬の出来事だった。

自宅アパートのある亀戸五丁目は、もちろん千葉の実家周辺ほど辺鄙《へんぴ》ではない。東京でいうところの、そこそこ「閑静な住宅街」だ。小ぢんまりとした家が立ち並ぶ、住みやすい街だ。

それもあり、終電で帰ってきて駅から四、五分も歩けば、もう周りに通行人なんて一人もいなくなる。道だって、幹線道路みたいに広くはない。たいていはガードレールもない一方通行だ。この夜みたいに雨が降っていたら、車が通るたびに立ち止まり、道の端に身を寄せて傘を高く上げ、車が通り過ぎるのを待ってから歩き始める。そんなことの繰り返しになる。

だから、真横に黒っぽいワンボックスカーが停まって、前は電信柱で塞がれていて通れなくて、なんか暗いし怖いし危ないから、ちょっと下がってワンボックスの後ろを迂回しようと思ったけど、そこも人影で塞がれたときは、

「……」

突如、世界から切り離された気がして、よく知った日常から転落した気がして、一瞬にして暗黒に閉じ込められた気がして、

「……」

声も出なかった。

詰め寄ってくる人影、男。容赦なく伸びてくる手、引き開けられたスライドドア。傘を持つ手を掴まれ、マフラーごと首根っこを掴まれ、そのまま埃臭い車内に押し込められた。私はザラザラとした荷台のカーペットに両手をつき、抵抗しようとはしたけれど、いきなりお腹を殴られ、腰の辺りを蹴られ、ようやく口から出たのは、嘔吐の一歩手前みたいな、無様な呻《うめ》き声だけだった。

スライドドアは、砂交じりの擦過音と共に閉じられた。一緒に乗り込んできた男が、内側から閉めたのだ。

拉致、されるのか――。

私はまだ、奇跡的に傘を握っていた。それを武器に抵抗を試みはしたけれど、男の腕力の前では、骨の折れた傘など藁の束ほどにしか役に立たず、ただバサバサと喚くだけで、到底私の味方になどなってはくれなかった。

男の手際は驚くほどよかった。私に馬乗りになり、慣れた手つきでガムテープを引き延ばし、私の両手首をひと括りにした。

続いて両足首。

「いっ……やっ」

「うるせぇ」

短めのも一枚、口に貼られた。さらにその上から掌で叩かれた。

口と鼻への、これまでされたことのないような、痛烈なビンタ。

私は泣いた。迷子の子供のように。痛くて、怖くて、寂しくて。

男はさらに、手首足首を結束バンドで締め上げた。ガムテープだけなら、モゾモゾやっているうちに剝がれるかもしれない。私もそう思っていた。でも結束バンドで、血が止まるくらい締め上げれば自力で拘束を解くことは不可能になる。私も、そう思った。ついでのように口にも貼り足され、オマケのようにまた口元を殴られた。私はガムテープの中で、わんわんと泣くほかなかった。

男は私の荷物を漁り始めた。トートバッグのファスナーを開け、逆さまにして中身を薄暗い床にぶち撒けた。すぐさま車体後部に手を伸ばし、そこにあった懐中電灯で私の所持品を照らし、一つひとつ点検し始めた。

システム手帳、ペンケース、化粧ポーチ、携帯電話、タブレット、デジタルカメラ、充電機各種、家の鍵、財布、定期入れ、名刺入れ、社員証、単眼鏡、手袋、ポケットタイプのウェットティッシュ。

男は名刺入れの中身をまとめて引き抜き、辺りにばら撒いた。

それらと社員証を見比べる。

「協文舎、寺田真由……『SPLASH』って、週刊誌じゃねえか」

胸座《むなぐら》を摑まれ、首が折れるほど引っ張り上げられた。

「お前、アレだろ、いつだったかウチを覗いてた、なァ、そうだよな、アレ、お前だよな」

目は瞑《つぶ》ってたし、一瞬開けたとしても懐中電灯を向けられていて逆光だったし、ちゃんと見たわけではなかったけど、でも相手が菅谷凱斗であるのは間違いないと思った。

十四年前、警察呼ぶぞこのヤロウ、住居不法侵入で突き出してやろうか、と私に凄んだ男。つい先日、スガヤ建工ビルのベランダに出てきて、栄一の隣に並んだ男。

菅谷凱斗。

「お前だろ、あちこちでウチの親父のこと嗅ぎ回ってんの。コソコソ汚え真似しやがって」

そのままグイグイと、襟を使って首を絞められた。

「お前、昔の事件のことまだ調べ回ってんのか。それを週刊誌に書くつもりか。フザケんなよ、コラ。そこらのションベン臭え売春女がどうなろうと、こっちは知ったこっちゃねえんだよ。ウチの親父は殺してなんていねえんだからよ」

それは、分かっている。美波を殺したのは菅谷栄一ではない。

美波を殺したのはおそらく、菅谷凱斗、お前だ。

「ほら、どれだよ。書いた記事はどこにあんだ、見せてみろ」

凱斗は勝手にタブレットを弄り始めた。

「……これ、パスワードは」

正確には、ロック解除の「パターン」だ。

ここで抵抗しても仕方がないと判断し、私は大人しく画面に「M」字のパターンを描いた。

「どれだよ、こん中のどこに入ってんだ」

タブレットの画面を向けられた。でもそれを明かしたら、すぐにでも殺される気がした。そこには入っていない——私はかぶりを振るしかなかった。

凱斗は、なんとか自力で原稿を探し出そうとした。確かに、そのタブレットにも原稿は入っている。取材メモも、書きかけの項も、流れを整理して準備稿のような形にしたものもある。それらはすべて【minmi】というフォルダーに収められており、トップ画面にはそのアイコンも出ている。

タブレットの明かりに浮かぶ、凱斗の顔。こんな状況でなければ、こんな関係でさえなければ、イケメンですね、くらい言ってやってもいい顔立ちではある。でも、このときの私には「般若のお面」

にしか見えなかった。元が整っているからこそ、そこに宿る邪や狂気が鮮明に浮き上がって見えた。

凱斗は、ファイル探しをいったん諦めたようだった。

「まあいいや……とりあえず、場所変えるから」

私はさらにガムテープで目も塞がれ、もちろんシートベルトなどされず荷台に転がされたまま、どこかへと運ばれることになった。

かなり長い距離、走ったように感じた。普通に考えれば、東京に隣接した県くらいまで。だから、埼玉とか神奈川とか、あの辺り。山梨もなくはないけれど、でも最も考えやすいのは、やはり千葉だ。凱斗は東京で私を拉致して、スガヤ建工のある千葉まで運んだ。そういうことだと思った。

移動中、私は進行方向に背を向け、運転席の背もたれに背中を預ける恰好になった。減速すると、背もたれに押しつけられる。加速するときは、逆に荷台の後ろの方にすべっていきそうになる。そんなときは縛られた両手両足を突っ張って堪えた。荷台後方には工具や建築材料が積んであった。あの中に転がり込むのは避けたかった。

目的地に着いたのだろうか。車はやけに静かな場所で停まり、しばらくエンジン音は鳴っていたけれど、やがてそれも止んだ。コッ、コッ、という小さな音が背後から聞こえた。運転席の凱斗がタブレットを操作し、私の取材原稿を探しているようだった。

どれくらい経ってからだろうか。

「……よく調べたな。褒めてやるよ」

ファイルを見つけ、いくつか読んだのだろう凱斗は、低く掠れた声でそう言った。

運転席からこっちの荷台に移ってくる、凱斗の気配が私を跨ぎ、越えていく。

いきなり、ビッ、と目を塞いでいたガムテープを剝がされた。瞼が千切れるかと思った。その次は口。もともと切れていた唇が引っ張られ、さらに傷口が開き、血の味がした。口の周りの涎と鼻水が空気に触れて冷たかった。視界は、まだ普段通りにまでは戻っていなかった。ここがどこかなんて、分析する冷静さも持てなかった。

　これから私は、どうなるのだろう。

　知りたいけど、考えたくはなかった。不安だけど、心のどこかでは諦めてもいた。力では敵わないし、ぶたれるのは痛いし、両手両足は縛られている。アクション映画のヒロインみたいな能力は、私にはない。戦闘力、思考力、精神力、忍耐力、機転。何一つない。

「……んぐ……た……たず……うぐ」

　せめて命乞いくらいまともにしたかったけれど、それも嗚咽と震えで上手く言葉にならなかった。凱斗は、般若のお面から一転、仏像のような無表情をしていた。

　しゃがみ込んで、私を見下ろしている。

「若干違うところもあったけど、まあ、よく書けてた方だと思うよ。半分以上は……七割くらいは、合ってたかな。でもアレを、世に出させるわけにはいかないからさ。タブレットごと圧《へ》し折って、バラバラにして、適当に捨てとくよ。記事はそれでいいけど、あんただよな……こんなとこまで連れてきちゃったし。もうこんな記事書くなよ、って説教して解放して、あんたが今後黙っているとは、とてもじゃないけど思えないしな」

　そういう早とちりは、困る。

「も、もう……しま……も……しま、せ……」

「信用できるわけないだろ。だってあんた、十四年も前のこと、いまだに調べてたんだぜ。俺に怒鳴られて、ベソかいて逃げてったくせによ、いつのまにかしれっと戻ってきて、またコソコソ嗅ぎ回って、挙句、こんな記事まで書いてたんだぜ。このまま、もうすんなよ、ってわけにはいかねえよ」

「ば……ば……ま、待って」

もう、嘘でもなんでもついて乗り切るしかない。

「原稿、そ、その原稿、タタ、タブレットの、それだけじゃ、ないの。会社の、会社のパソコンにも、同じの、入ってて……だから、それをこ、ここ、壊しただけじゃ、記事、消したことには、ならないし……しし……あの……わた、私が、開かないと、会社いって、ひら、ひら、開かないと、ダメだから、ほんと」

私が馬鹿だったのか、凱斗が利口だったのか。

「じゃあ、それはそれでいいよ。あんたじゃなきゃ開けないんだったら、あったってないような物だろう。それは、俺には関係ないや」

「ち、ちが……」

それ以上の言い訳をする暇は、私には与えられなかった。

凱斗の二つの掌が、私の喉元を大きく覆った。そこに彼の全体重が掛かり、噎《む》せる間もなく呼吸は止まり、視界に、黒い靄がかかった。その黒い靄は、瞬く間にその粒子を大きくし、隣の粒同士で繋がり合い、大小の歪んだ斑となり、やがて私の視界を真っ黒く覆い尽くした。

真の黒、ならばそれ以上の黒はないはずなのに、その黒い視界は捲れ上がり、すると次の漆黒が現われ、でもそれも裂け、散り散りになり、また新しい暗黒に私は閉ざされ、弄《もてあそ》ばれ、溺れ、揉みくちゃにされるのを味わった。しかしその暗黒も最後には霧散し、最終的には自分自身が、黒く重たい闇になったように感じた。

時間の感覚は、あやふやだった。

記憶もところどころ、飛んでいたのだと思う。

長いような短いような眠りから覚め、私が最初に見たのは、私より少し高いところに立っている人影だった。すぐに凱斗だと分かったわけではないけれど、でもそれは、間違いなく菅谷凱斗だった。彼の足元には懐中電灯があり、膝くらいまではくっきりと、顔の辺りはぼんやりとだが、でも見えてはいた。

まだ雨が降っていた。私は仰向けに寝かされていて、真上というか正面というか、雫がこっちに向かってくるのだが、不思議と雨が「当たる」感覚はなかった。「冷たい」とも思わなかった。雨空に向けたカメラの映像を見ている感覚に近かったかもしれない。何かが、少しだけ他人事だった。

私の足の方にいる凱斗は、長い棒状のものを握っていた。屈むと、すっぽりとかぶったフードの中にあの無表情があった。

長い棒状のそれは、スコップだった。

凱斗は彼の右側、私から見たら左側から何かすくい取り、それを、私の方に撒いた。いや、ぶち撒けた。このときもまた、当たるという感覚は乏しかった。そう、私は凱斗に首を絞められた。それで全身の感覚が鈍く、ひょっとしたら麻痺にまで至っているのかもしれなかった。

凱斗は引っ切りなしに、自らすくったもの、小石交じりの土を、私に向けてかけてくる。身動きできない、少し低いところに寝そべっている私に、土を、かぶせてくる。

自分はもしかして、埋められそうに、生き埋めにされそうになっているのか。

必死で体を動かそうとした。だが手も足も動いてはくれなかった。できたのはせいぜい「イヤイヤ」くらいで、でもそんな程度では、私を生き埋めにしようとしている凱斗の注意を引くことすらできなかった。

沈黙の中、凱斗がかけ続ける土だけが、私の上に積もっていった。

いよいよ顔にもかかってきた。私は目を開けたまま、その状況を具《つぶさ》に見ていた。凱斗は私の様子になど、まるで関心がないようだった。ひたすら、土をかぶせ続ける。彼が吐く白い息も、やがて見えなくなった。顔が土に、完全に覆われてしまったのだ。

再び訪れた暗黒で、私はなおももがき続けた。

全身の感覚が失われ、おそらく手足を括ったガムテープや結束バンドもそのままの状態で、土中から逃げ出すなど絶対に不可能だと、誰もが思うだろう。誰より、凱斗はそう思っていただろう。

私だって、そう思っていた。

でも何かのきっかけで、ずるっ、と肩が動いた気がした。麻痺が解けたのか、結束バンドが千切れたのか。理由は分からないが、でもいけるかもしれない、という思いがその瞬間に芽生えた。

一ミリずつでもいい。いや、〇・五ミリ、〇・〇一ミリずつでもいい。少しずつ動かしていれば、いずれ状況は変わる。土が脇に寄って、隙間ができて、動ける範囲が広がって、そうやって動き続けていれば、やがて顔を出せるときがくる。いつか必ず、再び地上を見られるときがくる。

特別な能力など何一つない私に、唯一あったとすれば、それは信じる力だったのではないか。あと、それを可能にする、わずかばかりの忍耐力か。

その「いずれ」が、訪れた。何分後か、何時間後か、そんなことは分からない。とにかく私は土中から顔を出すことに成功した。顔が出ると、あとは意外なほどスルスルと抜け出てきた。いや、抜け出たというよりは、半ば浮かび上がるような感覚だったかもしれない。

地上は、相変わらずの雨降りだった。凱斗の姿はすでになく、あのワンボックスカーも近くには見当たらなかった。ただの暗い森。見上げた樹々の隙間に、薄《うっす》らと雨雲らしき闇が見えるだけだった。

立ち上がり、何歩か歩いてみる。まだ感覚がおかしかった。地面を踏んでいる実感がない。視界は確かに、前に進んでいるように見えているのだけど、それに伴う感覚が、あるべきその他の感覚が、ない。

雨降りの森にあるはずの湿気、冷たさ、雨粒、吹き抜ける風。足の裏に当たる樹の根や石の凸凹、土のぬかるみ。鼻腔を抜けていく土の匂い、木や葉の匂い。

何も、感じられなかった。

緩やかな下り傾斜を進んでいくと、森の終わりが見えてきた。どうなっているのかは分からなかったが、樹々がその向こうにはないことだけは分かった。

いろいろ確かめたくて、私は走った。そのときは、転ばず走れていることに疑問は覚えなかった。必死だったのだ。ここがどこなのかを知りたい。それが最優先だった。

森の終わり。そこは短く急な下り傾斜になっており、その先はもうすぐ道路だった。アスファルトで舗装された道。街灯もない、黒く濡れた田舎道。それを渡ったら、田んぼ。とうに稲刈りも終わって、ちょびちょびと枯れた茎が残っているだけの、冬の田んぼだ。

ここ、どこ。

私は短い斜面を下りて道路に立った。やはり、まだおかしい。アスファルトの硬さを、足の裏がきちんと捉えていない。履いているのはローヒールのパンプスだから――。

それまでも、奇妙なことはいくつもあったように思う。物の見え方とか、感触とか、感覚とか。でもそれらは、あとになって冷静に考えてみれば、の話であって、このときの私は、車で拉致されて見知らぬ土地に連れてこられて、首を絞められて生き埋めにされかけた直後だった。冷静さなんて、論理的に物事を解釈する思考力なんて、トートバッグの中身をぶち撒けられたのと一緒に、あのワンボックスの荷台に散らばって、失くしてしまっていた。

そんな私でも、これはあり得ないと思った。

黒いパンプスが、黒いままなのだ。その場にしゃがみ込み、直に触ってみても、汚れはない。もっと言えば、ストッキングを穿いた足首も、まるで汚れてはいない。

生き埋めにされて、土中から這い出してきたばかりだというのに、靴にも、足首にも、土が付着していない。もっと言えば、服にも髪にも、手にも、おそらく顔にもだ。

こんな馬鹿なことがあるか。

私は意識が遠退《とおの》くのを感じ、とっさに地面に手をついて体を支えようとした。濡れたアスファルトの、ヒビ割れた田舎道の路面にだ。

だがその感触を、掌が捉えることはなかった。結果的に、地面に倒れ込みはしなかったが、でもそれは、地面が私の体重を受け止めたのではなく、私自身が、なんとか自力で姿勢を保った、というのに過ぎなかった。

そう。私はそれを、見てしまったのだ。

私の右手が、手首までアスファルトに埋没している、その様を。

4

何十台もの、音を消したテレビ。それらに三六〇度、ぐるりと囲まれているような感覚。いや、真上まで全部繋がって見えているのだから、それを言うならプラネタリウムみたいな、球体スクリーンの方が似ているかもしれない。

顔を向ければ、その方向に何があるのかは見える。振り返れば、反対側の状況も分かる。でも、それだけだ。歩いて近づいていっても、手で触れることはできない。電信柱にも、民家の外壁にも、ガードレールにも、なんにも触れない。摑めない。私の指先はあるべき物理法則を無視し、コンクリートに、金属に、木材に容易く同化し、吸い込まれてしまう。

最初は、表面にはわずかながら抵抗があるようにも感じた。ぐっと押しつけたから入ってしまったのかと思った。いや、単にそう思いたかっただけかもしれない。何度か繰り返すと、その表面的な抵抗感すら、錯覚なのだと思い知らされた。

自らが立つ地面すら、例外ではない。

厳密に言ったら、私は地面に立っているのではなく、地面ギリギリのところに浮いているに過ぎなかった。ただ、おそらくこれまでの習慣というか、経験というか、思い込みからなのだろう。地面に立つことは、ごく自然にできていた。地面に吸い込まれることはなかった。ならば、その気になれば物にも触れられるのではないか、と再度試みてみたが、やはり駄目だった。地面だけが、その他のものとは違う役割を担っているらしかった。

でも、そういうものかもしれない。

目には見えない何かを探すことは、ある。普段の暮らしの中でも、そこに「物」があるのかないのか、分からないで探す場面はある。ポケットの中身とか、棚の上に載っているものとか、明かりを消したあとの枕元とか。

人は手を伸ばして、指先で触れてみて初めて、そこにある「物」の存在を認識するわけで、その中には「ないかもしれない」という懸念も、多寡の違いはあれど、常に含まれていると考えられる。ホログラムや３Ｄ映像もある現代ではなおさらだ。目には見えていても実際にはない「物」。そういう物も「ある」と、無意識のうちに刷り込まれていた可能性は否定できない。

しかし、地面の存在を疑うことは、まずしない。あるいは自身が立つ場所、と言い替えてもいい。高層ビルの窓から地面を見て、落ちたら怖いな、と不安に思うことはある。でもそのときに、自分がいる階の床、その存在自体を疑うことまではしない。電車の中ではその車両の床を、自転車だったらサドルとペダルを、仮の「地面」と認識している。いつも地面か、それに代わる何かが私の体重を支え、立っているにせよ寝ているにせよ、私を地上に留め置いてくれていた。

そういった意味で言えば、関係しているのは「重力」なのかもしれない。

地球上に生まれ出でた瞬間から、私を含むあらゆる物は重力の影響を受け続け、その呪縛から解き放たれることは、その存在が消滅するまで絶対にあり得ない。宇宙飛行士にでもなれば話は別だろうが、しかし彼らとて、重力が「ある」ことを前提に、重力が「ない」状態を体験し、無重力状態でも活動できるよう過酷な訓練を積む。逆に言えば、私たちはそれほどに、重力がない状態には慣れていない。重力がある状態しか体験したことがない。

だから、重力を無視することだけは、容易にはできない。重力の影響を受けていない状態でも、無意識のうちに、影響を受けているかのように振る舞ってしまう。

では、実際に重力の影響を受けなくなるというのは、どういうときなのか。

存在の消滅。それが生き物であれば、「死」ということになる。

だとしたら、今の私のこの状態はなんなのだ。

こんなに普通に歩けているのに、ジャンプしたってほんの何十センチしか体は浮き上がらないのに、私が感じているこの重力は、ただの思い込みなのか。刷り込みなのか。夜が明ければ朝陽を眩しいと感じるのに、ただ物に触れられない、朝の寒さを感じない、髪が風に舞い上がらない、音もほとんど聞こえない、たったそれだけのことで、そんな程度のことで、私は私自身を「消滅した」と、認識しなければならないのか。

私は、自分が死んでしまったと、認めなければならないのか。

本当に私は、死んでしまったのか。

不思議と、泣きたくはならなかった。それよりも、どうにかしようと焦る気持ちの方が強かった。実は、まだ私は完全に死亡したわけではなく、肉体は仮死状態にある、つまり私は幽霊ではなくて、いわば幽体離脱の状態にあるに過ぎない、そういう可能性だってあると思った。だったら、まだ間に合う。誰か連れてきて、一刻も早く私の体を掘り起こしてもらって、心臓マッサージや人工呼吸をしてもらえれば、助かる見込みはあるに違いない。

だがもう十一月に入っていたので、朝早くから田んぼに人がくることはなく、また車が通ることもなかった。しばらく歩くと民家があったが、玄関のチャイムを鳴らそうとし、ガラス戸を叩こうとし、それが不可能ならいっそ無断で上がり込んで——そこまで考えて、私は立ち竦《すく》んだ。

それではまるで、本物の幽霊ではないか。

じわりと、体が冷たくなるのを感じた。いや、感じたように、思っただけかもしれない。

どうしよう。私はこれから、どうしたらいいのだろう。

世界はあるのに、昨日と変わらない状態ですぐそこにあるのに、私はそれを見ることしかできなくなってしまった。音を聞くことも、触れることも、喋りかけることも——待て。喋りかけることは、まだ試していなかった。

その家にはお婆ちゃんと夫婦、中学生くらいの女の子と小学校低学年の男の子がおり、最初に出てきたのが女の子の方だったので、私は彼女に喋りかけてみた。

「ねえ、ちょっといい？」

自転車の前カゴにスクールバッグを放り込み、

「ちょっと、ねえ、ちょっとちょっと」

紺パンを穿いているからか、大胆に脚を上げてサドルに跨り、

「ちょっ……」

勢いよくペダルを踏み込み、彼女は、行ってしまった。ショートカットの髪とマフラーを風になびかせ、寒そうに肩をすぼめ背中を丸め、田んぼの間の真っ直ぐな道を、羨ましくなるほどのスピードで走り去っていった。

愛の反対は憎しみではなく、無関心である、と言ったのはマザー・テレサだったか。それが真理か

どうかは、私には分からない。でもこのとき、私は実感した。

全世界から、永久に関心を持たれなくなるとしたら、無視され続けるとしたら、その苦しみはおそらく、地獄のそれにも等しいものになるだろうと。


地表を彷徨い、ただ見ることしかできなくなった、私。

これからどうしよう。どこにいこう。

一番に考えたのは、もちろん実家だ。今の時間だったら母は家にいるはず。会いたい。会いにいきたい。


でも、思いきれなかった。

見知らぬ中学生に喋りかけて、その声が届かなかったというだけで、こんなにも打ちひしがれるのだ。母に聞こえない振り――「振り」ではないのだろうけど、されたら、もう私は立ち直れないに違いない。

逆に、聞こえたら聞こえたで、たぶん困る。

どこなの、どこにいるの真由、と探されて、でも私の姿はたぶん見えなくて。そんな母の様子を見るのは悲し過ぎるし、無駄と分かっていても母に抱き締められたいと願うであろう自分を想像するだけで、涙が出てくる。出て、きそうだった。だから、今はまだ無理。家族に会いにいけるほど、私の魂はタフではない。

なので私は、とりあえず東京に向かうことにした。そのためには駅を探さなければならない。なぜって、電車に乗りたいからだ。

そんな馬鹿な、と笑われるかもしれない。別に、笑われたってかまわない。とにかく、幽霊だろうが幽体離脱だろうが、移動手段が徒歩しかないことに変わりはない。魔法使いじゃないんだから、空を飛べるわけでも瞬間移動ができるわけでもないのだ。ひょっとしたら、私が知らないだけで原理的には可能なのかもしれないが、って何が「原理」なのかもよく分からないが、なんにせよ私の実力では無理だった。

あちこち迷って、九時過ぎまでかかって、ようやくたどり着いたのは「八千代中央」という東葉高速線の駅だった。周辺はもうそんなに田舎ではなくて、十階建てくらいのマンションがあちこちにあって、車だってたくさん通っていた。

動き始めた「社会」の中に身を置くと、自分が単に「見知らぬ街」にきているだけのような錯覚に陥る。だが、そんなことはない。

自動改札はそのまま通れるし、それを駅員に咎められることもない。すれ違う人は全然避けようとしてくれないけれど、ぶつかったところですり抜けるだけだから喧嘩にもならない。

西船橋行きに乗り、空いていたので座ったけれど、混んでいたらどうなのだろう、と考えてしまった。誰かの膝に座っても大丈夫なのか。そのまま憑依してしまったりしないのか。立って吊革に摑まったら、どうなんだろう。これまでと同様に揺れは感じるのか。急ブレーキがかかったら「おっとっと」って、ちゃんとなるのか。

西船橋で乗り換えた総武線の方が多少混んではいたけれど、余計なことをあれこれ考えるのにも疲れたから、私は誰とも重ならないよう最後尾車両の一番後ろで、過ぎ去っていく千葉の街並みをぼんやりと眺めていた。仮死状態ってどれくらい持つんだろう。いやいや、そんなこと考えちゃ駄目だ。

ふと、この「ガタンゴトン」という音は本当に聞こえているのか、気になった。電車に乗っているのだから、当然鳴っているものと思い込んでいたが、どうなのだろう。

気持ちを落ち着け、耳を澄ませてみる。するとやはり、鳴っていなかった。記憶が勝手に補正して、脳がそれを自動再生して、「電車に乗ってる気分」を盛り上げていただけだった。

こんなことがこの先、どれほど続くのだろう。

そう思ったときだった。

いや、その少し前から、こっちを見ている人がいるな、とは思っていた。チャコールグレーのスーツを着た、六十がらみの紳士だ。座席の端に腰掛け、姿勢を正し、腿の辺りで両手を組んでいる。

初めは、私の手前にある中吊り広告とか、後ろの運転席でも見ているのかな、と思っていた。でもどうも、視線は私の顔に向いているように見える。振り返ってみても、私の背後には運転席とを隔てる窓しかない。しかも鼠色のスクリーンが下りているので、運転手の働きぶりが見られるわけでもない。かといって、私を見ているというのはあり得ない。私も、そこまで「見えない」「見られていない」状態に慣れていたわけではないが、それでも数時間は世界から無視され続けていた。卑屈にもなろうというものだ。どうせ誰も私のことなんて見えてないんでしょ、と。

ところが、だ。

その紳士は立ち上がり、真っ直ぐ、私の方に歩いてきた。電車の揺れによろけることもなく、しっかりとした足取りで、私の前に立ち止まった。少し骨ばった、面長の、眉間に黒子《ほくろ》のある、ある意味、どこにでもいるような初老の男性だ。

「……あなたには、私が、見えているんでしょう？」

　正直、自分がこの状態になったことを悟った瞬間より、驚いたかもしれない。下手をしたら、驚き過ぎて車体の壁をすり抜け、電車から放り出される可能性だってあったと思う。

　でも、そう。この紳士が霊能者とかだったら、私の姿が見えていても不思議はない。

「え……と」

「見えて、いるんでしょう？」

　違った。紳士は、私に「見えている」かと尋ねたのだった。

「あ、はい……見えて、ます」

「私にも、あなたが見えています」

　それはそうだろう。こうやって言葉を交わしているくらいだから。

　紳士は続けた。

「あなたは今、ご自分がどういう状態にあるのか、理解しておられますか」

　非常に酷な質問だが、大事なことではある。

「はい……一応」

「どういう状態だと、思われますか」

　できれば、幽体離脱であると思いたい。しかしすでに、地表に這い出てきてから数時間が経過している。たとえ最初は仮死状態だったとしても、何時間もずっと無呼吸でい続けたら、さすがにもう無事では済むまい。

　今から心肺蘇生法を施されても、助かる見込みは――。

「……」

言葉の代わりに、溢れ出てきたもので視界は歪み、滲み、流れた。それが物理的に「涙」だったかどうかは別にして、心理的にはそうだった。

紳士が、私の肩に手を置く。

「お嬢さん……あなたには、意地の悪い質問をしてしまったようですね。申し訳ない。悲しい想いをさせるつもりは、なかったんです。ただね、自分の置かれた状況を正しく認識するというのは、次の行動に移るときの、最も重要なヒントになります。厳しいようですが、あえてお訊きしました。あなたはどうやら、ご自分の置かれた状況を正しく認識されているようだ……よかったら、あそこに座りませんか。ちょうど二人分空いています」

紳士に導かれ、私は空いているその座席の方に進んだ。まだ、かなり混乱した状態にあったのだと思う。紳士の手が私の肩に触れている。そのことの重要性にまで、このときの私は思いが至っていなかった。

隣合わせに座った紳士が、こちらを向く。

「お嬢さんは、どちらにいかれるのですか」

「とりあえず……東京に、いこうと思います」

「東京にお住まいで？」

「はい。住まいと、勤め先が、東京にあります」

「お体は、千葉ですか」

こういう場合、そういう訊き方をするのか。

「はい……たぶん」

「そうですか」

紳士は一つ、深く息をついた。

「……ああ、私についても申し上げておかなければ、不公平ですね。私は、ナカムラと申します。他界いたしましたのは、だいぶ以前のことです」

他界。つまり、亡くなった。死んでいる。

この紳士も、死んでいるのか。霊能者ではないのか。

「ああ、自分で『他界した』と申すのは、少々妙に聞こえるかもしれませんが、私は案外、この表現が気に入っておりましてね。私は他界いたしました……ただ『死にました』と言うよりは、あえて次の世界に進んだのだという、前向きな響きがあるでしょう……そう、お感じにはなりませんか」

表現云々よりも、性格の問題だろうと私は思った。亡くなってなおここまで前向きなのだから、生前はさぞ、前向きな生き方をされた方に違いない。

「ええ。そう、ですね」

「ただね、お嬢さん……あ、もしよかったら、お名前をお聞かせいただけますか」

この期に及んで、プライバシーの出し惜しみをしても始まらない。

「寺田です。寺田、真由と申します」

「寺田、真由さん。素敵なお名前ですね……では寺田さん、あなたもあなた自身、他界したと思われているのだと思いますが、今まさに、私の隣にいるあなたは、どういう状態なのかお分かりになりますか」

もう、泣かずに答えたい。

「はい……できれば、幽体離脱、みたいなものだと、思って済ませたい、ところですが、たぶん……もうそれも、状況的に難しいと思うので。なので……幽霊、なのだろうと……思っては、おります」

紳士が深く頷く。

「そうでしょう。そう思われているだろうと思っておりましたが、実はですな、それが少々、違うのです」

「えっ」

私は今、幽霊ではない？　じゃあやっぱり、幽体離脱なのか。

「だからといって、幽体離脱とも違います」

違うのか。

「……あの、幽霊でも、幽体離脱でもないとしたら、なんなのでしょう」

にわかに、私の中にあるちっぽけな記者根性が疼いた。

紳士は向かいの窓に目を向けた。

「当たり前ですが、こういったことに、正しい定義というものはありません。何しろ、こちらのことを学術的に研究した学者も、立証した科学者もいないわけですから。なんなら私の知り得たところを論文にまとめ、学会で発表したいところではありますが、物理法則の及ばないこちらの世界で、論文を書くというのもなかなか、至難の業でありまして……まあ、それはさて措きましょう」

もうまもなく亀戸駅に着くが、かまわない。今は誰もいない自宅に戻るより、この紳士の話を聞くことの方が重要だ。

「いいですか、寺田さん。私たちは……少なくとも私とあなたは、幽霊ではありません」

「そうなんですか」

「幽霊の一種かもしれませんが、おそらくあなたと私には、大きな共通点がある。勝手ながら、あなたは、言葉と強い結びつきのあるお仕事をされていたのではないか、と拝察したのですが、いかがですかな」

この人、凄い。

「はい。私、東京の出版社で、週刊誌の記者をしておりました」

「でしょう。しかも、そのお仕事か、それに類することで、現世に強い想いを残しておられるのではありませんか」

その通りだ。美波の事件を調べている最中に、私は――つまり、殺された。

「それは、あると思います」

「私も同じです。現世に伝えたい言葉がある。今の日本人に、日本国民に、伝えたい言葉が山ほどある。その想いが強過ぎるんでしょうな。少しずつ、伝えられる人に、伝えられるだけ、伝えてはおるのですが、まるで納得がいかない。だから成仏もできない……と申すと、何やら自身が悪霊にでもなったようで気分が悪いので、次の他界ができないでいると、今は申しておきましょうか」

元来、というか生前の私は、良くも悪くも頑固な人間だったと思う。あまり他人の言動に左右されたりしない代わりに、一つの考えにずっと固執してしまうところがあった。

でも今の私は、明らかにこの数分で、この紳士に影響されかけている。死んで――他界してしまったのは、もうどうしようもないことなのかもしれないけど、でもまだ、私にもできることはあるのかもしれない。その可能性は、決して小さくはないのかもしれない。

そう信じたいと、思い始めていた。

「ナカムラさん。やりようによっては、想いは、他界してしまった私のような者でも、現世の人に、伝えることができるのでしょうか」

紳士、ナカムラは力強く頷いてみせた。

「できる。できます。しかしこれには、向き不向きがありましてね。そもそも人間の思考というものは、すべて言葉によって構成されています。その証拠に『死』を恐れるのは、人間だけです。その他の動物が恐れているのは、痛みと、その結果訪れるであろう、生存状態の終末に過ぎません。いわば本能の類ですな。人間のように、私がいなくなったら女房、子供はどうなるんだろうとか、会社は、社員はどうなるんだろうとか、あるいは逆に、自殺して生命保険が下りればみんなが助かるのに、とか、天国にいけるのか地獄に落ちるのか、とか、そんなことを考えるのは人間だけです。言葉を持った人間だけが、死後の世界に想いを馳せるのです」

それは、そうだと思う。

ナカムラが続ける。

「そして、その言葉を操る能力には、かなりの個人差があります。私も寺田さんもそうですが、言葉と深く関わる仕事をした人間は、当然のことながら押し並《な》べてその能力が高い。言葉を操る能力とは即ち、思考や想いを、言葉に変換する能力です。またその言葉から、思考や想いを汲み取る能力です。それを自分の中で循環させる能力です。想いを言葉にし、その言葉を別の思考に連結させ、得られた思考をまた違う言葉に置き換え、想いを新たにする。そういう循環を日々、脳内で繰り返している……そういう人間が、強い思考や想いを現世に残したまま他界すると、どうなるか」

どう、なるのだろう。

「……分かりません。教えてください」

「コトダマになるのです」

コトダマって、言霊？

「え、あの……言葉に宿る霊力、という意味での、言霊ですか」

「その通りです」

そんな。

「でも、いま私には、ナカムラさんのお顔も、姿形も見えています。言葉ではない、形として見えています」

「いいえ。寺田さんがご覧になっている私の姿は、私が生前、日々、鏡や写真で眺めたそれを私自身が言語化し、脳内に留め、それを再生した想いの表われです。その、私が再生した想いを寺田さんが汲み取り、寺田さんご自身が脳内で再構築し、網膜……に、本当に映し出されているかどうかは定かでないですが、見ていると、見えていると、認識しているに過ぎないのです。つまり、寺田さんがご覧になっている私の姿も、寺田さんご自身が認識しているご自分の姿も、要は言葉の集合体なのです。ですから、そこに解釈のズレがあれば、姿形も変わって見えている可能性がある。私が思っている私と、寺田さんが見ている私は、実は少し違うのかもしれない。まったく違う可能性だってある。それを確かめるのは、なかなか容易なことではありませんがね」

理屈としては分かるが、まだ実感には到底及ばない。

「ええと……では、私も、言霊になってしまったのだとして……だとしたら、私は私の想いを、どのようにして、現世の人に伝えたらよいのでしょうか」

ナカムラは、じっと私の目を覗き込んだ。

「あなた自身がそのことを強く想い、できるだけ短い、平易な言葉に置き換え、伝えたい相手に、届けるのです。最初は上手くいかないかもしれない。お互いの相性だってあるし、相手の理解力も結果を左右するでしょう。いま私と想いを交わすほど、簡単にいくとは思わない方がいい。これは言霊同士、だからこそ成り立つ意思疎通に過ぎません。相手が現世の方となれば、いわゆる『常識』と言われるような固定観念や、物理法則が必ず邪魔をしてきます。でも諦めてはいけません。肝要なのは、まずあなたが強く想うこと。そしてその想いを、短く平易な言葉に翻訳し、根気よく、お相手に届けること……大丈夫ですよ、寺田さん。あなたなら、必ず想いを届けることができます」

今、電車は飯田橋駅を出発したところだ。

「寺田さん。私は次の市ケ谷で降りて、南北線に乗り換えて、永田町方面に向かいますが、あなたはどうされますか」

市ケ谷駅なら、有楽町線に乗り換えられる。

「でしたら、私も市ケ谷で降ります。有楽町線で、会社にいってみようと思います」

ナカムラが頷く。

「けっこう。本八幡か、市川の辺りでお見かけしたときより、今のあなたは、ずいぶんと目が輝いているように見えます……いや、これは私が、そうと思いたいというだけの、願望の表われですかな」

そんなことはない。

「いいえ、ありがとうございました。他界したという事実は、今もまだ受け容れ難くはありますけど、

郵便はがき

料金受取人払郵便

代々木局承認

6948

差出有効期間
2020年11月9日
まで

1 5 1 8 7 9 0

20

東京都渋谷区千駄ヶ谷 4 -

(株) 幻 冬 舎

書籍編集部

1518790203

ご住所 〒

都・道
府・県

フリガナ

お名前

メール

インターネットでも回答を受け付けております
http://www.gentosha.co.jp/e/

裏面のご感想を広告等、書籍の PR に使わせていただく場合がございま

幻冬舎より、著者に関する新しいお知らせ・小社および関連会社、広告主からのご案内を送付することがあります。不要の場合は右の欄にレ印をご記入ください。

不要

をお買い上げいただき、誠にありがとうございました。
こお答えいただけたら幸いです。

構入いただいた本のタイトルをご記入ください。

』

者へのメッセージ、または本書のご感想をお書きください。

書をお求めになった動機は？
者が好きだから　②タイトルにひかれて　③テーマにひかれて
バーにひかれて　⑤帯のコピーにひかれて　⑥新聞で見て
ンターネットで知って　⑧売れてるから／話題だから
こ立ちそうだから

年月日　西暦　年　月　日（　歳）男・女			
①学生	②教員・研究職	③公務員	④農林漁業
⑤専門・技術職	⑥自由業	⑦自営業	⑧会社役員
⑨会社員	⑩専業主夫・主婦	⑪パート・アルバイト	
⑫無職	⑬その他（　）		

ハガキは差出有効期間を過ぎても料金受取人払でお送りいただけます。
入いただきました個人情報については、許可なく他の目的で使用す
とはありません。ご協力ありがとうございました。

でもそれとは違う、何か希望のようなものも、湧いて参りました。少し……前向きな気持ちになれました。ナカムラさんのお陰です」

ナカムラとは、市ケ谷駅のホームで別れることにした。

そのときになって私は、ナカムラの顔が、私もよく知る人物のそれと酷似していることに、ようやく気づいた。

「あの、ナカムラさん……ご迷惑でなければ、下のお名前をお聞かせいただけませんか」

ナカムラはそのとき、おそらく私が知る誰よりも深く、優しい笑みを浮かべ、頷いた。

「やはり、お気づきになりましたか……ええ。私の下の名前は『ユキチ』です」

「なぜ『ナカムラ』と名乗られたのですか」

「決して偽名ではなく、本当に『ナカムラ』と名乗っていた時期もあるのですよ。ただ、多くの方がご存じなのは『フクザワ』姓の方ということで。でもあまり、そこに関心を持ってもらっても困りますしね。何より、今のあなたのためにならないと思った。なので、より平易に響く名字を名乗りました。何卒、お気を悪くしないでいただきたい」

周りに見えていないとはいえ、あの「福澤諭吉」に頭を下げられるなんて、特に私なんかには、絶対にあってはならないことだ。

「気を悪くするなんて、そんな……こちらこそ、申し訳ありません。余計なことをお尋ねいたしました」

そう謝ったあとで訊くのも不躾な気がしたが、でもどうしても、訊いておきたかった。これもまた、ちっぽけな記者根性の表われだ。

「あの、ご無礼を承知でお尋ねするのですが、永田町には、どのようなご用件で……？」

ナカムラ改め福澤は、ホームから見える外濠の水面に目を向けた。

「これから……首相官邸を、訪ねてやろうかと思っております。ああいった連中には、言ってやりたいことが常に、山ほどあるのでね。なかなか平易な言葉にするのは難しいし、内容も込み入っているので、伝わりづらくはありますが、根気よく続けていくしかありません。あんまり分からないようなら、そのときは化けて出てやるぞと、それくらいの気持ちでおります……では、失礼。ご機嫌よう」

他界し、すぐに出会えた同じ境遇の人が、福澤諭吉だったなんて。

こんな驚きはもう一生ないだろうと、私は思った。

人の一生がどこからどこまでを指すか、という問題はこの際さて措き。

第四章

1

中西雪実が浜辺友介なる人物を傷害し、死に至らしめたというのは本人も認めている通り、疑いようのない事実と思われる。だがそれが「殺人」や「傷害」に該当する行為なのかとなると、必ずしもそうとは言い切れない状況になってきた。

事件発生から八日、第一勾留五日目、三月も二十五日になってようやく、雪実を現場となった自宅アパートに連れていき、犯行再現をさせる運びとなった。

そう、まさに「ようやく」だ。

本来ならばもっと早い段階で実施すべきだったのだが、何しろ被疑者である中西雪実本人が、碌に供述をしなかった。そんな彼女を血痕も残っているであろう自宅に連れていって、さあ事件当夜に起こったことをできるだけ詳細に再現してみせろ、と言ったところでできるはずがない。無理やりにでもやらせたら案外できたのかもしれないが、少なくとも武脇はそのようには見込めなかった。ならば時間をかけて、じっくり雪実の話を聴く方が先だろうと、そういう方針でここまでやってきた。

だから今日は、逆に安心している。雪実にきちんと、冷静に論理的に、犯行再現をさせる自信がある。

「まあ、浜辺友介はもちろん男ですけども、説明していただく、状況が状況なので……浜辺役を演じる人間は、やはり中西さんの体に触れざるを得ませんので、今日のところは、浜辺役は菊田巡査部長にやらさせます。よろしいですね」

「はい。分かりました」

菊田も「よろしくお願いします」と頭を下げる。

「もし菊田が触ったところとか、摑んだところとか、立っている場所とか体の向きとか、違うと思ったら遠慮なく言ってください。中西さんの記憶している通りに……あなたにとっては、襲われた瞬間とか、相手を傷つけてしまった場面を思い出すのはつらいかもしれないですけど、でもそこは、人一人の命が失われているわけですから、頑張って、事実を明らかにできるように、取り組んでください」

「はい。大丈夫です」

受け答えもしっかりしている。本人の言う通り、大丈夫そうだ。

中西雪実の自宅は、ごくありふれたスタイルのワンルームだ。

風呂はトイレ付きのユニットバス。台所はミニキッチン。コンロはひと口で、その下には真四角のミニ冷蔵庫がはめ込まれている。ここは二階だがベランダやバルコニーはないので、外に洗濯物を干したければ腰高の窓辺に、ということになる。

メインの居室は六畳。入って左手にシングルベッドがあり、その右手、部屋のほぼ中央にローテーブルが置いてある。例の、ガラス製の白鳥が置かれていたというテーブルだ。

中西雪実は、ひどく冷めた目付きで室内を見回していた。

マットレスだけになったベッド、何も載っていないローテーブル。雪実は、調度品の何がなくなっているのかを確かめているのかもしれない。

血痕の付着した掛け布団や枕は証拠品として押収されている。凶器となったガラス製の白鳥は破片まで採取され、やはり証拠品として署が保管している。他にも指紋が付いていそうなもの、事件の経緯に関わりがありそうなものはすべて現場から持ち出されている。

逆に、指紋採取の跡や、多少だが血痕は残っている。

テーブル、床、壁、ドア枠、窓枠、整理箪笥の天板、抽斗、テレビ周り――人が触りそうな、ありとあらゆる場所で指紋採取は行われる。その際に使用される銀色のアルミ粉は、小麦粉など比べ物にならないほど粒子が細かい。だからこそ指紋採取に使われるわけだが、それだけに後始末は難しい。鑑識係員も、作業後にひと通り掃除はするものの、フローリングの継ぎ目に入ってしまったものなどはまず取れない。見れば整理箪笥の抽斗、その取っ手の辺りにも拭き残しが見られる。そういうのは誰が綺麗にするのか、鑑識作業前の状態に復帰させるのか。大変申し訳ないが、それは部屋の持ち主、この場合は中西雪実ということにならざるを得ない。

血痕は武脇の予想より少なかった。ベッドのマットレスと、床板の継ぎ目に少々。あと、壁。これも一応拭いてはあるのだろうが、いま見てもそれが手形であったことはなんとなく分かる、その程度には残ってしまっている。

武脇は玄関の方を手で示した。

「では、浜辺氏を玄関に入れたところから、始めてもらえますか」

「はい」

菊田が浜辺役、雪実が本人役、大山巡査部長がビデオカメラを回し、武脇が各々に指示を出す。これが映画の撮影なら、武脇はさしずめ監督といったところだ。

菊田は玄関のタタキに、雪実はその手前に立っている。

「ドアを閉めたのは、浜辺氏ですか」

「はい」

「そのとき鍵は」

「締めませんでした」

「それから？」

「どうぞ、みたいに言って、私はそっちに」

居室にいる武脇の方を指差す。

「浜辺氏に背中を向けたのは？」

「もうちょっと入って……この辺、だったと思います」

「では、そうしてください」

一つひとつ、まさに一挙手一投足、細かく細かく経緯を確認していく。雪実はときおり動きを止め、曖昧な部分について思い出そうと眉をひそめる。だが無理に思い出さなくていい。分からなければ分からないとしていい。むしろ、分からないのに「こうだった」とデタラメを断言される方が、あとで辻褄が合わなくなるので困る。

「……で、この辺です」

浜辺は居室に入った途端、後ろから雪実に抱きついてきた。それに雪実が抵抗すると、今度は下半身、腰から両腿の辺りを抱え込むようにし、体重を浴びせてきた。脚が自由に動かない状態で後ろから体重を掛けられた雪実は、前方に倒れ込むしかなかった。

「そのときに、本当はこんなことしたくないんだけど、仕方ない、みたいなことを言われて……」

部屋着にしていたジャージ下のウエストを摑まれ、危険を感じた雪実は部屋の奥に逃げようとした。そこで伸ばした左手がローテーブルに届いた。目で見たわけではないが、左手が何かに触れた。

「摑んだ瞬間に、白鳥のアレだな、という自覚は……あったような気がします。武器になる、という感覚は、ありました」

本物を使用すると、今度は菊田が怪我をしてしまう可能性があるので、今日は段ボールと丸めたコピー用紙で、ほぼ同じ大きさの模型を作ってきた。

それを雪実に摑ませる。

「じゃあそのように、振ってみてください」

「はい……こう、ですかね」

菊田の左側頭部に模型が当たる。

「どうですか。こんな感じでしたか」

「もうちょっと、顔は近かったかな……はい、それくらいで。で、当たったら、反動で向こうを向いたような」

指示通り、菊田がその動きをする。

「はい。で、ガラス部分はどうなりました」

「割れました。割れたっていうか、取れちゃった感じでしょうか」

「分かりました。ちょっと貸してください」

コピー用紙の部分を破って取り外し、段ボール部分だけを再び雪実に手渡す。決してそっくりではないが、なんとなく白鳥の首と翼をイメージできる形状には作ってある。

「はい、それから」

「前を向こうとして、こう」

後ろ向きに捻《ひね》っていた体を前向きに戻し、

「左手が何かに引っ掛かったというか」

「そのときの浜辺氏の体勢は」

「……見て、なかったですけど、でも、手が当たる辺り、だったんだと思います」

菊田が、より前屈みに姿勢を微調整する。

「これくらいですか」

「……はい、たぶん」

「じゃあそれで、さっきの動きをしてみてください」

「はい……こう、いう感じ、です」

なるほど。確かに、雪実が前を向こうとすると、左手は浜辺の右側を通過することになる。右頬、右首、右肩、その辺りに当たることになりそうだ。その直前に浜辺は左側頭部を打たれているので、ひょっとしたら左手でその辺りを庇《かば》う動作はしたかもしれない。そんな状態で返す刀、ガラスの破片を残した白鳥の翼が右側から襲ってくるなどと、果たして浜辺に予想できただろうか。おそらく、できなかったに違いない。右手でとっさに、自分の右側を庇う動作まではしなかった。浜辺の右側はガラ空きだった。そういう可能性は高い。

雪実はその後、匍匐前進の要領で正面の壁まで進み、振り返って尻餅をついたような恰好になると、頭を抱えてうずくまっている浜辺が見えた。本当は首の右側を押さえていたのだろうが、雪実にはそれが分からなかった。直後、浜辺は立ち上がろうとし、しかしすぐに体勢を崩し、ベッドに倒れ込んだ。この辺りで雪実は、浜辺の手が血だらけであることに気づいた。ベッドに掛けてあった布団にも血が付いた。浜辺は再び立ち上がったが、今度は真後ろによろけ、背後の壁に後頭部と背中を打ち付け、ズルズルとへたり込んだ。先に見た血の手形はこのときにできたものと思われる。

あまりのことに呆然としてしまった雪実は、すぐには動くことができなかった。だが、浜辺の出血があまりにもひどかったのと、浜辺が、まるで死んだように動かなくなっていることに気づき、恐る恐る近づいていった。

「こっちに、脚を投げ出す恰好だったので、その爪先を、つついてみて……さらに、右脚、だったかな、揺すってみて、反応がないので、少しずつ近づいていって……上着も、その下に着ていたものも、わりと黒っぽかったので、よく分からなかったんですけど、でも、ビシャビシャに濡れているのは分かりましたし、よく見ると、首の辺りから、血が出続けているのも分かったので、これは大変だと思って、自分の携帯で、一一〇番通報しました」

雪実の言い分はよく分かった。

むろん署に戻って、死体検案書や実況見分調書、鑑識報告書などと逐一照らし合わせてみなければ結論は出せない。だが今、雪実が再現してみせた事件の状況と、武脇が認識しているそれとの間にズレは、ほとんどと言っていいほどなかった。

なのでこれは、今この段階での、武脇個人の印象ということになる。ただし、かなりこの事件の結論に直結するであろう印象だ。

本件においては、中西雪実の正当防衛が成立する。

よって不起訴が妥当である。

土堂刑組課長が「日曜になるが申し訳ない」と担当検事に頼み込み、中西雪実は二十六日、検事調べを受ける運びとなった。

担当検事は、犯行再現で示された加害経緯の詳細と、死体検案書にある損傷状況、鑑識報告にある指紋・掌紋の位置等が完全に一致している点を重視し、本件は正当防衛が成立すると認め、不起訴の決定を下した。

夕方、高井戸署に戻ってきた雪実はほっとしたのだろう。泣き顔に微笑が混じったような、やや情緒不安定気味な面持ちで武脇に頭を下げた。

「いろいろ、ご迷惑をおかけしました」

男性被疑者であれば、ここで押収されていた私物を受け取り、釈放ということになる。だが雪実は女性のため、ずっと原宿署に留置されていた。向こうに残した私物もいくつかあるというので、これからそれらを原宿署に受け取りにいくという。

武脇が「あなた自身が、きちんと真実に向き合った結果ですよ」と返すと、雪実の表情から、スッと曖昧さが抜け落ちた。

「あの……浜辺さんのご家族に、連絡とかは」

それには、かぶりを振らざるを得ない。

「まだ、とれてないです。こういうケースは、わりと珍しいんですけどね……まあ、そこは警察の仕事ですから。我々に任せてください」

「でも、正当防衛とはいえ、お亡くなりになっているわけですから。ひと言、お詫びくらいしないと」

「お気持ちは分かりますが、刑事事件としての決着と、民事が違う結論になることは、間々《まま》ありますので。それに関しては、身元が判明して、相手方がどんな方か分かってから、慎重になさった方がいいと思います。また今後も、何かとお尋ねすることもあるかと思いますので、その際はよろしくお願いします」

「こちらこそ、よろしくお願いいたします」

雪実は、高井戸署が保管していた所持品及び証拠品で返却可能なものを受け取ると、留置係員に付き添われて原宿署に向かった。根は真面目な人物であろうと感じていただけに、この無罪放免は武脇にとっても嬉しい結果だった。

一緒にワゴン車を見送った菊田が、浅く息を漏らす。

「……じゃあこれで、武脇さんもお役ご免、ってことですかね」

確かに、取調官を頼む、と呼ばれただけなので、被疑者を釈放してしまえば、武脇の役目も終わったことになる。

「どう、なんだろうね。正当防衛の成立でこの一件は落着と、言うことはもちろんできるけども、一方、浜辺の身元も分からなければ、彼が雪実の部屋を訪ねた理由も分かっていない。浜辺が死亡している以上、それを調べたところで意味がないのは事実だが、気になるかならないかと言ったら、まあ……なるよね」

菊田が無理やり口角を上げ、大きく目を見開く。

「ということは、以後も捜査に協力していただける可能性もある、ということですか？」

そう声を高めにして言い、さらに二、三度、パチパチと目を瞬かせる。この菊田巡査部長、なかなか「人たらし」なところがある。

「なに……周辺捜査まで、俺に協力しろっていうの」

「そりゃ、できることなら、そうしていただきたいですよ。どう見たってここの刑組課、『刑事』より『組織犯罪対策』に寄ってるじゃないですか。小山チョウなんて、本署当番入る前に、毎回『俺はドロボウ捜査できねえからな』って、必ず周りに釘刺すんですよ。あり得ます？　みんなヒーヒー言いながら、車上荒らしだコンビニ強盗だ、ノビ込みだ事務所荒らしだって走り回ってるのに、窃盗は苦手だから扱わないって、そんなの通るわけないじゃないですか。で今回、殺人か傷害致死か分からないけど担当させてみたら、マル被泣かせちゃって調べになんないって……見かけ倒しの役立たずとは言いませんけど、ちょっとどうなのかなって思いますよ」

いやいや、今かなり、はっきり言ったぞ。

日曜なのだから、警察官といえども内勤の署員は休みを取るのが基本だ。なので土堂も、必ずしも今日出勤する必要はなかったわけだが、やはり雪実の処遇は気になったのだろう。昼頃までは課長デスクに座って、何やら書類仕事をしていた。

ところが、雪実を送り出して刑事部屋に戻ってみると、いない。壁の時計を見ると十七時五分前。

「菊田さん。課長って、もう帰ったのかな」

菊田は分かりやすく、両掌を上に開いてみせた。

「さあ。かなり自由な方なんで、よく分からないです。でも、大事な用があるときは大体いてくれるんで、それ以外のときに姿が見えなくても、あんまりみんな、気にしないというか……一々携帯に連絡入れて、どこにいますか、みたいには訊かないんですよ。私なんかは、単純に怖いっていうのもありますけど」

雪実の釈放によって、自分は果たしてこの件から手を引いていいのかどうか。その辺りの話をしたかったのだが、いないのでは仕方がない。

「そう。じゃあ今後のことは、明日もう一回きてみて、改めてご相談ってことかな」

自分の机の上を片付け、帰り支度を済ませた菊田がこっちを向く。

「じゃあ武脇さんも、今日は帰られるということで」

「うん……まあ、せっかく早く帰るんだから、少し寄り道していこうか、とは思ってるけど」

「お買い物とかですか？」

「いや、新宿の伊勢丹に行ってみようかなと」

菊田が「あっ」と人差し指を立てる。

「例の、ガラスの白鳥を売ってるところですね。行きます行きます、私も行ってみたいです」

「ああそう……じゃあ、行きますか」

署から富士見ヶ丘駅までは、徒歩だと十分ちょっと。そこから井の頭線に乗り、明大前駅で京王線に乗り換え、新宿三丁目駅に着いたときにはもう十八時を過ぎていた。

菊田がフロアガイドを指差す。

「食器は、五階ですね」

「……うん」

世の女性の大半がそうであるように、菊田もまた、デパートにくると自然とテンションが上がるようだった。やけに目を輝かせ、口元には薄らと笑みを浮かべている。既婚者らしいので、間違っても武脇が何かねだられることはないはずだが、それでもある種の緊張感は覚える。ここが、百貨店と家電量販店との違いだ。迂闊な真似はできないという、警戒心にも似た何かが、武脇の体の動きをぎこちなくさせる。

だが五階のガラス食器売り場に着いてみると、武脇はさらに別種の緊張を強いられることになった。

「……あ」

そう菊田が漏らす数秒前から、武脇は気づいていた。

警視庁高井戸警察署刑事組織犯罪対策課課長、土堂稔貴、警部。

なぜ土堂がここにいるのだ。なぜガラス食器売り場に一人で立ち、まさに例の、ガラス製の白鳥を手に取っているのだ。

気づいてしまった以上、声をかけないわけにもいくまい。

「……土堂さん、お疲れさまです」

会釈しながら近づいていくと、土堂はチラリとこっちを見ただけで、またすぐ視線を白鳥に戻してしまった。

「おう、お疲れ」

そのまま、眼力でガラスが溶けるのではないかというほど、白鳥のそれをじっと見つめる。

しかも、長い。

土堂は基本的に、沈黙を苦にしないタイプの人間である。対して武脇は、特に自分がお喋りだとは思わないが、それでも土堂と比べたら、沈黙を嫌うタイプに分類されるであろうという自覚はある。いや、単に土堂の沈黙が嫌いなだけか。

何にせよ、自分から口を開いてしまう。

「土堂さん……何を、していらっしゃるんですか」

依然、土堂は白鳥を凝視したままだ。

「何って、調書にあったからよ」

「……はい」

「ここのことが、調書に書いてあったからよ。一度確かめておこうと思ってな。それできてみたんだよ」

これに「私もです」と同調していいものかどうかは、甚だ疑問だ。

「なるほど……ちなみに、何を確かめに、いらしたのですか」

「俺にも聞こえるのかな、と思ってよ」

通常、ある意図を以て沈黙することはもちろんあるが、絶句というのは、普段はなかなかないように思う。だが今、武脇はまさに、その「絶句」をしていた。土堂の発言の真意を問い質そうにも、どう訊いていいのかが分からない。

すると、土堂が続けた。

「ここにきたら、ここにきて同じガラスの白鳥を手にしたら、俺にも女の声が聞こえるのかな、と思ってよ。それできてみたんだよ」

へえ、そうなんですか、じゃあ失礼します、と帰れる雰囲気では、残念ながらない。

「それで……女の声は、聞こえましたか」

「いや、聞こえねえな。お前はどうなんだよ」

菊田、黙ってないで、君もちゃんと会話に参加してくれ。

2

私は、十年以上通った協文舎の社屋と、真っ白な曇り空を見上げていた。

異様なまでの静けさ以外、特に変わったところはない。

そう。変わったのは会社ではなく、私だ。

変わったのは世界ではなく、私自身だ。

これまではビル脇の通用口から入り、社員証を読取機にかざしてエレベーター乗り場に向かった。

でも今日は、今日からは、それも必要なくなる。来客がそうするように、正面玄関から入ろうと思う。

だがビルの正面に回ってみて、私は気づいた。ガラス製の自動ドアの前には銀色のグリルシャッターが下りている。自動ドアの内側にはオフホワイトのシェードも下りている。そうだった、今日は土曜日で、会社は休みだった。でもそんなこと、今の私には関係ない。シャッターが下りていようがバリケードで封鎖されていようが、今の私の侵入を阻止することは誰にもできはしない。

シャッターも自動ドアもすり抜け、玄関ホールに入ってみる。休みなのだから当たり前だが、締め切られた玄関ホールは薄暗かった。いつもなら丸い柱の前に立っている警備員も、受付カウンターに座っている女性たちも、今日はいない。

なんとも寂しい眺めだが、休日出社したことを悔やんでみても始まらない。人がいたらいたで、違った寂しさを味わうだろうことは容易に想像がつく。こんなことで一々傷ついている暇はない、早く慣れなければ、と自身に言い聞かせ、エレベーター前まで進んだ。でもボタンが押せないことを思い出し、溜め息をつきながら階段の方に向かった。五階の、あの「ＳＰＬＡＳＨ」編集部のある、雑誌編集局のフロアまで、階段で上っていく。

雑誌編集局なら、多少は休日出勤している人もいるのではないか、という期待はあった。ある意味、その期待通りではあったのだが、でも本当に「多少」だった。

見える範囲にいたのは二人。いずれも「ＳＰＬＡＳＨ」以外の編集部員だった。かろうじて名字は知っているが、たぶん会釈くらいしかしたことのない男性社員だ。

このまま「ＳＰＬＡＳＨ」の誰かが出勤してくるまで、私はここで待ち続けるべきだろうか。果たしてそれはいつのことか。全般的に、編集系部署の一日の始まりは他所のそれと比べると遅い。会議でもない限り、平日は昼まで誰も出勤してこない、なんてことも珍しくはない。ということは最悪、彼らがくるのは月曜日の昼頃ということだってあり得る。ほとんど丸二日先だ。

今いる二人も、用事を済ませたらさっさとここを出ていくだろう。それが夕方、もしくは夜だったら、最後の人はフロアの照明を消していくだろう。その後にここを訪れるのは、緊急の用事がある人か、警備員くらいだろう。明日の日曜もきっと、そういった状況は変わらないだろう。

丸二日の間、私はここで、どうしていたらいいのだ。ただぼーっと、まさに幽霊のように、部屋の隅に立っているしかないのか。出しっ放しのキャスター椅子があれば腰掛けるくらいはできそうだが、その向きを変えることも、邪魔にならないようしまうことも私にはできない。床に寝転ぶのは、さすがに嫌だ。かといってベッド代わりにデスクに上るのも気が引ける。あと、座れる場所といったらどこだ。階段か、トイレか。使ったことはないけど、もう一つ上の階に仮眠室があるのは知っている。

そこまで考えて、私は重大な疑問に行き当たった。

果たして、幽霊は眠ることができるのか。

眠りとは何か。死とは何か。夢とは何か。

人は、前夜の記憶と迎えた朝の状況が矛盾なく連続している、その一点を以てして「自分は今日も生きている」と認識しているに過ぎないのではないか。逆に言ったら、それがなければ人は眠りに落ちるごとに死んでいるも同然なのではないか。その間に迷い込んだ夢の世界こそが現世である可能性はないのか。

夢は常に、矛盾に満ちている。

小学校の同級生が何喰わぬ顔で大学のサークルの合宿に参加していたり、だいぶ前に亡くなった伯母さんと普通に御節料理を食べていたり、居る場所は全然スカイツリーじゃないのに「スカイツリーってやっぱり高いねェ」とはしゃいでみたり。目覚めたら馬鹿らしくなるような状況を、夢の中では然《さ》も当たり前のように受け入れている。しかしそれは目覚めて初めて、現実と照らし合わせてようやく思い至る矛盾であって、夢が夢のまま続く限り、その矛盾に気づくことはまずない。

結局、自分が認識している「今という現実」は、まさに「現実」という言葉で定義された概念に過ぎず、そんなものはそうと認識している意識の中にしかない、いわば「言葉遊び」の類なのではないか。さっきまで見ていた夢より、いま過ごしている現実の方が「現実」であるという根拠は何か。昨日という一日と今現在とが同一線上に存在しているという確証はどこにあるのか。

いやいや。あれこれと理屈を捏ね繰り回してみたところで、私が私を「他界してしまった」と認識している以上、触れることも聞くこともできない、ただ見るだけになってしまった「あっち側の世界」こそが現世であるという定義が揺らぐことはないし、いくら私が、今いるこっち側こそが現世だ、と叫んでみたところで、その声があっち側に届くこともない。

結論を言うと、幽霊にも眠りのようなものはある、ということだ。

まず、目を閉じれば生きている頃と同じように視界を閉ざすことはできる。これも思い込み、刷り込みの類なのかもしれないが、瞼を閉じた視界というのはやはり、ぼんやりと外の明かりが滲む闇である。そこまでは現世のそれとそっくり同じだ。

このぼんやりとした闇に意識を委ねていると、意外と早く時間が過ぎていくことに、私は気づいた。ひょっとすると、目を閉じることで意識を未来に飛ばしているという可能性もあるのかもしれないが、それがアリならば過去に飛ばすことも可能なはずであり、だったら菅谷凱斗に拉致される前まで戻らせてよ、今度は別の道を通って帰るから、と欲をかいてみたところで誰かが叶えてくれるわけでもないので、自由なタイムトラベルについては、今は考えないでおく。

要するに、目を閉じていると時間が早く過ぎるように感じるので、私はこれを「眠り」と定義する、ということだ。

場所は、空室になっている仮眠室がベストだった。北向きだが一応窓があるので、夜でもベッドがどこにあるのかくらいの見分けはつく。ベッドといっても、シーツも巻いていないマットレスがあるだけの、言わば「柔らかい台」に過ぎないのだが、床や階段で眠るよりは気分的にだいぶマシだ。いや、他界して以降、最も心休まる時間だったかもしれない。

翌日曜は、当たり前だが土曜よりさらに人が少なかった。雑誌編集局を訪れた社員は、午前中に一人、昼過ぎに一人。二人とも忘れ物を取りに来ただけのようで、あとはずっと無人だった。一階の通用口受付には警備員が常駐しているはずだが、日中は彼らも見回りになど来はしない。見ることしかできない私にとって、無人の職場ほどつまらないものはない。あまりにもつまらないので、つい余計なことを考えてしまったりする。

たとえば、自殺とか。

屋上からでも、開かない五階の窓をすり抜けてでもいいのだが、今の私が高いところから飛び下りたらどうなるのだろう、と考えた。唯一重力は感じるのだから、飛び下りたら落ちていくであろうことは想像に難くない。しかし、地面に触れることはできない、場合によっては埋まってしまうこともあるのだから、激突しても痛くはないはず。それって案外、バンジージャンプみたいで楽しいかも。でも、実は物凄く痛かったらどうしよう——と、考えたのはそこまでで、結局怖いから試すのはやめにした。

自宅アパートに帰ってみる、というのも考えた。

だが、帰ってみたところで汚れ物を突っ込んだ洗濯機を回せるわけではないし、出し損ねた可燃ゴミを処理できるわけでもない。それも結局、気が滅入るだけな気がして実行できずにいる。

やはり、仮眠室で寝て過ごすのがベストか。

月曜の十時過ぎになると、ようやく「SPLASH」編集部にも人が集まり始めた。

しばらくは、みんな忙しそうだった。

編集長はすぐ会議に行ってしまった。その他の編集部員も、週末の間に溜まったメールに返信したり、各所に電話を入れたり、原稿を書いたり書き直したり、調べ物をしたりしていた。

そんな中で、私のデスクだけがぽつんと寂しく空いていた。誰もそのことを気にする様子はない。みんなたぶん、まだ私は出社してきていないだけ、と思っているのだろう。

そうこうしているうちに、編集長が会議から帰ってきた。

チラリと私のデスクに目を向けたが、そのときはそれだけだった。週明けまでには仕上げると約束していた仕事が二つほどあった。それが気になったのだと思うが、でももう少し待っていればくるだろう、その程度に考えている顔だった。この段階では、それ以上考えられなくても仕方ない。

しかし夕方になると、編集長の顔つきも少しずつ険しくなってきた。デスク担当の先輩に何事か訊き、彼もその都度かぶりを振ったり、固定電話でどこかに連絡したりしていた。電話機本体のディスプレイを覗いてみると、それはまさに、私の携帯電話番号だった。

ようやく、私の不在にみんなが関心を持ち始めた——。

私はここです、と訴えてみたところで、その声が届くことはない。彼らの肩を叩いてみたところで、正面に回って「見えませんか」と手を振ってみたところで、反応はない。分かっている。そんなことをしても無駄なのは分かっているが、でも試さずにはいられなかった。試して、何度も何度も試してみて、落胆しても立ち直ったらまた試して、わざと彼らの体やデスクをすり抜けてみたり、フロアを走り回ってみたり、万策尽きてもまた同じことを何度も繰り返した。やがてある人は取材に出かけ、ある人は帰宅し、次第にまたフロアは寂しくなっていった。最後に残った先輩には特に念入りにちょつかいを出してみたが、結局、彼が編集部を出ていったのを区切りとして、私も諦めざるを得なくなった。

また、一人きりの夜が訪れただけだった。


火曜日になると、編集長の苛立ちもいい具合に高まってきた。分かりやすく私のパソコンを睨んだり、自分の携帯電話で何度も私に連絡を入れるようになった。デスク担当を怒鳴ったりしていたのも、もしかしたら私の不在が原因かもしれなかった。

夕方、編集長は固定電話で誰かと長電話をしていた。神妙な顔つきで、相手に見えるはずもないのに何度も頭を下げていた。もしかして、とディスプレイを確認しにいくと、案の定、私の実家の電話番号が表示されていた。

なんと、家族に連絡してくれたのだ。この時間だと相手は母か。

そこからの展開は意外と早かった。

編集長はデスク担当ともう一人の先輩を呼び、何やら深刻そうに説明していた。二人も頷き、何ヶ所かに電話で問い合わせをしたり、私のパソコンを開いて、予定表を確認したりし始めた。

やけに時計を気にしていた編集長が、上着を着てカバンを手に取ったのは夕方の六時半過ぎ。そのまま帰宅するようには見えなかった。私のために何かしてくれるのではないか。そういう期待もあり、私は編集長のあとを追うことにした。

社を出た編集長は、最寄りの護国寺駅から新木場行きの有楽町線に乗り、市ケ谷駅で降りた。この時点で、私の亀戸のアパートに向かってくれているのではと察したが、その通りだった。

市ケ谷駅から中央・総武線に乗り、亀戸駅で下車。駅北口を出てバス乗り場を足早に迂回し、向かっていったのはチェーン店のカフェ。そこの、窓際の席にいる女性を見つけたのは、私の方が早かったに違いない。

母だった。今にも泣き出しそうな顔で通りを見回し、震える手で口元を隠している。一週間ちょっと前に会ったばかりなのに、息が止まるほど懐かしかった。同時に、あまりに申し訳なくて、その場から消えてしまいたくなった。親より先に死ぬ不孝だけでなく、こんなに近くにいるのに、そのことを伝えることすらできない。こんな無力があるだろうか。こんな惨めがあるだろうか。

母と面識がない編集長は、あらかじめ母がどんな恰好をしてくるのか聞いていたのだと思う。明るいグレーのチェスターコートを見つけると、迷うことなく声をかけにいった。すぐに母も立ち上がり、何度も何度も頭を下げる。差し出された名刺を受け取って、またお辞儀を繰り返す。

話は歩きながら、となったのだろう。編集長は何も頼まずに店を出、母もそれに従った。編集長は、母は、現状をどのように認識しているのだろう。二人の会話が気になったが、口の動きからそれを察するのは難しかった。ひょっとして、警察から何か連絡があったりしたのか、とも思ったが、その有無も分からなかった。

幸か不幸か私が拉致された場所は通らず、二人は別のルートで私のアパートまで歩いてきた。

一階の一〇三号室。母がドアホンの呼び出しボタンを押す。応答はない。あるはずがない。合鍵でドアを開けた母が、まず部屋に上がる。照明が点き、母に呼ばれたのだろう、少ししてから編集長も中に入った。

私は足が竦んで、なかなか中に入れなかった。

私の不在を確かめた母がどんな顔をするのか、見るのが怖かった。

泣くかもしれない。手が付けられないほど取り乱すかもしれない。でも案外、気丈にいろいろ調べてくれる可能性だって、ないわけではない。そう、母はああ見えて、けっこうしっかりした人だ。いざとなったらやるタイプだ。まだ結論の出ていない今の段階で、無駄にオロオロして編集長に手を焼かせるだけになるとは限らない。

意を決し、閉められたドアをすり抜けて中に入ると、母はクローゼットの中身を点検しており、編集長はドアホンの録画履歴を確認していた。

しかし収穫は何も得られず、二人は相談した結果、また別のところを各々調べ始めた。母はユニットバスと洗濯機、編集長は机の上のパソコン。終わったら母は下駄箱、編集長は窓の施錠やコンセント、換気扇内部。編集長は、この部屋に盗聴器が仕掛けられていないかを確かめているようだった。

結局、この部屋からは何も出なかった。私にしてみれば予想通りの結果だが、でもひょっとしたら、編集長がパソコンから何か見つけてくれるかもしれない、という期待はあった。でもそれも駄目だった。フォルダー名が【mimi】では、いの一番に確認してみようとは思われなくても仕方ない。

何を思いついたのか、編集長は母を残し、一人で部屋を出ていった。追いかけていくと、なんと隣のドアホンに話しかけていた。すぐに顔を出した住人、稲田《いなだ》という三十代の男性に何やら確かめている。このところ隣の女性を見かけることはあったか、とか、何か物音はしなかったか、とか、そういうことだろう。男性はかぶりを振るだけだった。それはそうだろう。私だって、その男の顔を見たのは半年振りくらいなのだから。

反対隣に住む女性も、反応は似たり寄ったりだった。どうやら編集長は、大家にも連絡をとろうとしてくれたみたいだが、この時点では上手くいかなかった。

部屋に戻った編集長は、また母と何やら相談を始めた。いや、相談というよりは説得に近い雰囲気だ。携帯電話を片手に、キツく眉をひそめる母。ときおり首を傾げ、編集長に何か言おうとするけれど、結局その言葉は呑み込んでしまう。

それでも二人は、一応合意のようなものに達したようだった。

二人で部屋を出、母が照明を消して鍵を掛け、駅方面に道を戻り始める。なんだ、今日はこれで終わりか、と思ったがそうではなかった。

少し広い道路に出たところで振り返り、編集長はいきなり右手を高く挙げた。マズい、タクシーに乗られたらどうやっても追いつけない、と焦ったが、助手席でもトランクでももぐり込んでしまえば一緒に運んでくれるから大丈夫か、とすぐに思い直した。

覗き込むと、タクシーの助手席には運転手のであろうクラッチバッグが一つ置いてあったが、かまうことはない。座ってしまえばこっちのものだ。それで座り心地が悪い、ということも特になかった。

編集長が行き先をなんと告げたのかは分からなかったが、運転手が車を止めたのは警察署の前だった。

警視庁城東警察署。

そうか、もう捜索願を出してくれるのか。

釣を受け取り、レシートもきっちりと財布に収めた編集長がタクシーを降り、母と並んで署の玄関に向かう。見張りの私服警官に会釈をし、そのまま入って正面のカウンターまでいく。夜間だからか、警察署にも人は少なかった。

カウンターにいた私服警官とふた言三言交わすと、編集長は母に、入り口手前にあるベンチに座るよう促した。もう少し警官と話してから、編集長も母の隣に座った。どうやら、すぐには対応してもらえないようだった。

二十分くらいした頃だろうか。エレベーターを降りてきた小太りの男がカウンターで何事か尋ね、ベンチにいる二人の方を振り返った。どうやら彼が話を聴いてくれるようだった。

ここではなんですから、といった感じで、二人をエレベーターの方にいざなう。私もこっそり乗り込み、四人一緒に降りたのは三階。案内されたのは「生活安全課」の部屋だった。

どうやら、そこの取調室で話をするようだった。

編集長はたぶん、昨日から連絡がとれなくなって、部屋にも帰っていないようだ、みたいに話したのだと思う。途中、小太りの刑事は三回ほど席を立った。内線か外線かは分からないが、電話で話してもいた。最近起こった事故や事件の被害者で、私と似た容貌の女性がいるかどうかを確かめていたのかもしれない。

それから調書というのだろうか、刑事は編集長や母の言い分を決まった書式の用紙に書き入れ、二人に確認させた。

しかし、出来上がったのは「捜索願」ではなかった。

行方不明者届。

法改正でそういう名称に変わったというのは、生前、ニュースで見たことがあったような、なかったような。

正式に「行方不明者」となった私だが、とはいえそれだけで何か事態が好転するわけでは、まるでなかった。

卑屈な見方をすれば、編集部にとっては私の不在など、単に働き手が一人少なくなっただけのこと。いつ戻ってくるかも分からない人間を待ってはいられない、ということだろう。編集長は急ぎの案件から順に、他の編集部員にどんどん仕事を振り分けていった。

ただでさえ忙しい部署なのに、行方不明になった私の分まで背負わされたのだから、みんな本当に大変そうだった。ふざけんなよ、くらい思って当然だと思う。ごめんなさい。でも私、ただの行方不明じゃないんです。首を絞められて殺されて、千葉県内の森に埋められてるんです。だから、待ってでもらっても、もう一緒に仕事はできないから、だから早く、次の人を入れて、みんなはみんなの、普段のペースを取り戻してください。

社員としての私の扱いがどうなったのかは、よく分からなかった。退職扱いなのか、それとも休職なのか。お給料はどうなるのか。

たとえば、取材の過程で何かトラブルに巻き込まれ、拉致され、半年後に解放されて職場に復帰、みたいなケースだったら、その半年間の給料は支払われるべきだろう。でも実際に解放されるまで、その人が戻ってくるかどうかは分からないのだから、私の感覚で言えば、戻ってくるまで給料の支払いは一旦停止でいいと思う。つまり私への支払いも、今月から停止してもらった方がいい。

いやいや、そんなことよりも人員の補充だ。

私が出社しなくなって、一週間が経ち、二週間が過ぎると、みんな少しずつ、一人足りない状態での仕事にも慣れてきたように見えた。だがやはり、大変なことに変わりはない。編集長とデスク、編集長と先輩記者が、喧嘩とまではいかないまでも、言い争いになっているのは何度か目にした。実際は、私の不在とは関係ないことだったのかもしれない。でも私には、どうしてもそう見えてしまう。

感じてしまう。やってらんないっすよ編集長、さっさと寺田の次入れてくださいよ、分かってるよ俺だって、人事にはちゃんと言ってあるからもう少し待ってくれよ——。

三週間経っても、その状況は変わらなかった。一ヶ月経って十二月になっても、まだ変わらない。さらに一週間経っても人員補充はなかったので、これは来年までないかな、と思っていたら、十二月十二日の月曜日になって、いきなりその人は現われた。

中西雪実。私の三期後輩で、営業部時代にちょっとだけ一緒だったことのある、とても可愛らしい子だ。一緒に飲みに行ったのは、確か二回。協文舎が主催するパーティーの受付で一緒になったのが、三回とか四回くらい。だから、まったく知らない子ではないが、よく知っているというほどでもなかった。

でも、私の後任が女性だというだけで、なんとなく嬉しかった。

純粋に、頑張ってほしいと思った。

本当は先輩として、何か力になってあげたいのだけど。

3

他界した私は、何をするべきなのか。今の私に何ができるのか。

日々移り変わる目の前の状況に振り回され、あるいは置いていかれまいと、私自身、少し自分を見失っていたように思う。

私は幽霊ではなく、言霊。強く想い、その想いを短く平易な言葉で根気よく伝えれば、必ず相手に届けることができる。かの福澤諭吉先生の言葉を信じれば、そういうことになる。

やってみようと思った。やるべきだと思った。どうせこっちは暇なのだから。

とはいえ、編集長や先輩記者に想いを伝えようとしても、やってほしいことが複雑過ぎて、上手くいかなかった。上手くいかないというより、何から始めていいのかも見当がつかなかった。

まず私のデスクに座ってください、そしてパソコンの電源を入れてください、トップ画面にある【minmi】のフォルダーを開いて、中にあるファイルを一つひとつ読んで——そんな複雑なこと、絶対に伝えられないと思った。そもそもみんな忙しくて、まず私のデスクになんて座ってくれない。でも後任の中西雪実なら期待が持てた。幸い、彼女は私が使っていたパソコンを引き継いで使ってくれるようだった。

だが彼女がパソコンを立ち上げ、まず行ったのは【仮置き】という名の、新しいフォルダーの設置だった。嫌な予感がしたが、案の定だった。

デスクトップにある既存のアイコンをクリックして、ちょっと内容を確かめて、要らなそうだったら次々と【仮置き】に放り込んでいく。要は第二の【ごみ箱】だ。私は要らないけど、寺田先輩が戻ってきたときに「削除しました」では困るかもしれないから、一応保存しておきますよ、というわけだ。

しかしまあ、なかなか「断捨離」を徹底する性格のようで、最終的に残ったアイコンは【ホームグループ】と【ごみ箱】と【仮置き】の三つだけだった。さらに同じ作業を、メインドライブにある【ドキュメント】や【ピクチャ】といった、主要フォルダーに対しても行った。徹底的に、私が使っていた痕跡を消すつもりのようだった。まあ、誰だってお下がりのパソコンを使うとなったら、それくらいするのだろうけど。

そこまで終わったら、次は持参したＵＳＢメモリーを接続して、自分が使いやすいように諸々カスタマイズしていく。会社のサーバに接続するときのＩＤとか、ワープロソフトとメールソフトの設定とか、単語登録とか。私なんかよりよっぽどパソコンの扱いに慣れていて、仕事ができそうな感じはいいのだけど、一方では取りつく島がないというか、想いを伝えやすい相手、という最初の印象とはちょっと違う気がしてきた。

しかし、じゃあ他の男性社員の方が伝えやすいかというと、それはなかった。

とりあえず私は、守護霊の如く彼女に付きまとってみることに決めた。

慣れるまでは、ただの背後霊かもしれないけど。

福澤先生はああ仰ったが、本当に強く想って、それを平易な言葉で伝えれば、相手に届くようになるのだろうか。

中西雪実の自宅は杉並区宮前四丁目。学生時代から住み続けているような六畳ひと間のワンルームだが、私の部屋も似たような間取りだったのでそれはよしとする。言霊は、狭いとか暗いとかは気にしないのだ。

雪実は映画が好きなのか、けっこうな数のソフトを持っている。ジャンルも幅広い。恋愛ものからホラー、文芸作品、ミュージカル、サスペンス、アクション、いろいろ揃っている。あと、お酒も好きらしい。チラッと見えたキッチン収納の中には、ウイスキーのボトルが何本も並んでいた。

朝は、八時か九時頃に起きることが多い。私の「おはよう」に対する雪実の反応はなかったが、そう簡単に通じるとはこっちも思っていないから気にしない。こういうのは根気よく根気よく、続けていくしかない。

最初にシャワーを浴びて、髪を乾かしながらカップスープかコーヒーを飲み、着替えて化粧をしたら出発。寝起きも手際もいいので、見ていてなかなか気持ちがいい。少なくともイライラするタイプでないのはよかった。あと、意外と胸が大きいんだな、とは思った。たぶん私の一つか二つ上のカップだと思う。それは別に、どうでもいいけど。全然気にしてないから。

最寄駅まで歩いて乗るのは井の頭線。私もだいぶ、他界した状態で電車に乗るのに慣れてきた。人と重なっても別に憑依するわけじゃないし、基本的に向こうは気づいてすらいないのだから、割りきってしまえばどうということはない。ただ、たまに私が重なると気分悪そうに顔をしかめる人もいる。よほど霊感が強いのだろう。そういうときはこっちから遠慮し、避けてあげる。それで相手がほっとした顔をすると、なんか「よかった」って思う。

十時を過ぎるとまず痴漢はいないが、九時台だとたまにいる。中西雪実は、見るからに隙だらけのタイプではないのだけど、それでも狙われることはある。

最初は私も気づかなかった。なんか気持ち悪そうな顔してるな、お腹でも痛いのかな、と思って見ていたが、そうではなかった。近づいていって、やけに真後ろの男が体を密着させていることに気づき、もしやと思ってしゃがんで確認すると、まさにだった。男が下半身を雪実のお尻に押しつけていた。

でも、そうと分かったところでどうしようもない。男を懲らしめてやることも、雪実をそこから連れ出すことも私にはできない。せめてこの顔を記憶に刻んでおこうと、私はその痴漢の顔を市ケ谷駅までじーっと見ていた。いや、最初のあれは京王線に乗り換えてからだったか。そう、確か京王線だった。

それと、電車にはけっこう幽霊というか、他界した方々も乗っているというのも分かってきた。正直、空いている電車だったら私にも分からない。足が床に埋まってるとか、居眠りしていて頭が窓をすり抜けちゃってるとか、よほど迂闊な方の場合は分かるだろうけど、そうでなければ見た目は普通なので、滅多には気づかない。ただし満員電車になると、物凄く分かりやすくなる。

他の人と重なっているからだ。

そうと分かった最初の、ほんの一瞬だけ、声をかけてみようかな、とは思った。他界仲間ができたらいいかも、と安易に考えたのだ。だが、亡くなった方なんて何百億人、何千億人と、それこそ現世の人口より遥かに多くいるはずだし、みんながみんな福澤先生みたいな人格者でないことは、考えるまでもなく分かる。だから、やめた。

変な人だったり、怖い人だったら嫌だから。

他界してまで、そんな人たちと関わり合いになんてなりたくない。

仕事に関しては、私もそうだったな、という感じだった。

先輩からネタをもらったり、サポートに回ったり、一緒に張込みに入って先輩の仮眠時間を稼いだり。中にはもちろん、寝ればいいのに無駄話に興じてしまう先輩もいる。後輩女子のプライベートを根掘り葉掘り聞き出しては、あわよくば、と思っているのだろうか、ちょっとそれっぽく迫ってみたりする。あったあった、私にもそういうこと。一回だけだったけど。

実際に、雪実がなんと言ってそれを防いだのかは聞こえなかった。でもきっぱり、勘違いさせないように断わったのだと思う。以後そういう場面は見受けられず、他の先輩からちょっかいを出されることもなくなった。

現在のところ雪実に交際相手はいないようで、プライベートといっても歳の近い社員何人かと飲みにいくとか、学生時代の女友達とか、その友達が連れてきた男性と複数人で食事をするとか、その程度だった。

でもそれで、段々分かってきた。

雪実は、ぱっと見は可愛い。好感が持てる程度には肉付きもいい。だから私も、最初はモテるだろうと思って見ていた。

だがこれが、お酒が入ると、ちょっと違ってくる。

とにかくよく笑うのだ。いったん笑い始めると止まらなくなるらしく、周りがシーンとしていてもお構いなし、一人で高らかに笑い続ける。傍で見ていると、男性陣が「引いて」いるのがよく分かる。私はそれでも、雪実の日常をよく知っている方だから、寂しいだけなんだよ、変な子じゃないんだよ、と弁護してやりたくなるが、一方、初対面の男性たちが彼女にどういう印象を持つかも、私には容易に察しがついた。

ちょっとこの子、メンタル、ヤバくね？

どういうネタで笑い始めたのかが分からないので、私にも、どっちがどうとは言いづらいのだが、でももし、振られた下ネタで大爆笑とか、さらに自分でもかぶせて一人で大ウケとか、そういうんだったら自業自得かな、とは思う。変な空気になる前に私が忠告してあげられたらいいのだけど、まだその実力がないのは口惜しい限りだ。守護霊の資格なしだ。

かと思うと、家飲みでの雪実はけっこうな泣き上戸だ。

映画を観始めると、ついつい私も隣に座って一緒に観てしまうのだが、気づくと雪実はボロボロ泣いていたりする。え？　いつから泣いてんの？　ここまで、泣くような場面なんてあったっけ？　と訊くこともできず、残りを微妙な空気のまま観ることになる。まあ、邦画の場合は字幕がないので、私もちゃんとストーリーを追えていない可能性はあるが。

むろん、雪実にはいいところだっていっぱいある。

根は真面目だし、健康だしタフだし、なんか「真っ直ぐ」な感じがあって、私はすぐ好きになった。仕事も、任されたらいつも全力投球だし。編集長もけっこう気に入っているみたいだった。

また「ＳＰＬＡＳＨ」にくる前は文芸局の文庫部にいたことも分かった。雪実の部屋にはあまり本がないので、そうと知ったときは少々意外だったが、でもそれは私が知らなかっただけだった。

クローゼットの下の隙間にある段ボール箱には、目一杯文庫本が詰まっていた。読み終わったらそこに入れると決めているらしく、そのフタを開けて中身がチラッと見えたときは、率直に嬉しかった。私が好きな作家の本もけっこう入っており、思わず声をあげてしまった。

するると、そのときだ。

雪実がハッとなり、こっちを振り返った。

私も何が起こったのかよく分からず、私の後ろに何かあるのかな、変な物音でもしたのかな、と思って見回してしまったが、そうではないようだった。あとから考えたら、このときが始まりだったのだと思う。

私の声が、初めて雪実に届いた瞬間だった。

そのひと言とは「私も読んだ」だった。

無意識のうちに発した言葉だったので、なぜ「私も読んだ」だけが伝わったのか、その理由は私にも分からなかった。

単純に共感すればいいのかというと、そういう問題ではない。

雪実がファストフード店でフィッシュバーガーをオーダーすれば、すかさず「私もそれ好き」と耳打ちしてみる。でもそれは無視された。周りがうるさいから、自分が言われたとは思ってない可能性もあったが、とにかく通じなかった。

洋服を買いにお店に入り、パフ袖のニットを手に取ったら「可愛い」、試着したら「似合う」、試着室から出てきたら「買いだよ、買い」と立て続けに言ってみたが、これも駄目だった。そのニットは元の棚に戻されてしまった。本当に似合っていたし、そんなに高くもないのでお買い得だと思ったのだが。

映画の感想なら共感しやすいかもしれない、と思い、けっこう試してみた。

知らない映画で、しかも邦画だと台詞が聞こえない私には厳しいが、字幕付き洋画で観たことのある作品なら共感できる自信があった。古いところだと『タイタニック』とか。

やっぱり、真っ青になったディカプリオが沈んでいくシーンは涙なしでは観られないでしょう、と思っていたのだが、なんと、隣を見ると、雪実はニタニタと笑っていた。一応、涙も流してはいたものの、両頬を歪《いびつ》に吊り上げ、まさに「うひひひ」と聞こえてきそうなほど、不気味な笑みを浮かべていた。

逆にゾンビ映画の『28日後…』で泣くとか。泣き上戸なのは知っていたけど、そりゃ確かに人が襲われて死んだり感染したりするのは悲しいことだけど、でも泣くのはどうかな、と私の方が思ってしまい、共感するには到底至らなかった。

また飲み会もあったので、雪実が暴走を始める前にブレーキを掛けられないか試してみたが、それも上手くいかなかった。

そもそも、雪実が笑いたいときに「抑えて」とか「笑わないの」とか言ってみたところで、通じるわけもない。雪実は、聞くことも触れることもできる世界の「空気」を無視して笑い続けているのだから、守護霊見習いの私の忠告なんて聞くはずもない。結果、また雪実だけが一人寂しく家に帰ることになる。そんなときの「大丈夫だよ、雪実ちゃん」の声も彼女には届かない。

情けない限りである。

幽霊的な存在って、もっと不思議な能力を持つものじゃないかと、漠然とだが思っていた。でも実際は、移動も徒歩か公共交通機関に限られるし、物は動かせないし言葉は通じないし、音も聞こえない。

音が聞こえない分、独り言は増えた気がする。要は自分で音を発するしかないのだ。それも、誰にも聞こえないと思っているから、けっこう好き放題、言いたいことを言っている。

馬鹿だなこいつ、とか。ちょっとそのカレシ、あなたにはイケメン過ぎない？　騙されてるのかもよ、とか。でも言い過ぎると、ちょっと反省する。他界して性格が悪くなるって、かなりマズいと思う。言霊として一人前になる前に、悪霊になっちゃいそうで怖い。そんなことになったら福澤先生に顔向けできない。

それはさて措き。

だから、雪実の気持ちもなかなか分からなかった。今も分かっているとは言い難い。でも、ほんの少しなら分かるようになってきた。

本当は、勝手に日記とかを読めたら便利なんだけど、そもそも雪実は日記なんてつけてないし、あったところで私にはページが開けない。独り言も聞こえないし、笑う理由や泣く理由を尋ねることもできない。

しかし転機は訪れた。それは彼女が部屋で、一人でタブレットを弄っているときだった。

誰のブログかは知らないが、雪実はひどく真剣な目つきで読んでいた。

【ご飯とか行って、上っ面だけの会話が飛び交い始めると、ほんとうんざりする。聞きたくねーんだよ、お前のどうでもいい自慢話なんて、と思ってしまう。でもそれを相手に直接言うことはできない。初対面だったりしたら尚更だ。その人はそれでストレス発散をしてるのかもしれないし、僕が言うことで傷つけてしまうかもしれないから。そういうとき、僕は自分からピエロになる。笑って笑って、もっと笑って、君の話は面白いね、最高だよ、と泣くほど笑う。それで微妙な空気になっても、それは僕のせいだ。でもそれでいいんだ。その会が早く終わって、同じ集まりに次から呼ばれなくなれば、

もっといい。】

雪実はそのブログに【いいね】をした。

ああ、確かに「言葉」だな、って思った。

言葉にしないと、こういう気持ちってなかなか伝わらないし、逆に人間の考えてることって、全部言葉で表現できるんだな、と再認識した。

人間の思考はすべて「言葉」によって構成されている。

まさに、福澤先生が仰った通りだ。

それに気づいてからは、雪実のことがもっと好きになった。

あなたは変な子でも、寂しい子でもなかったんだね。ちょっとプライドが高くて、でもそのことを自分でもよく分かってるから、誰も傷つけないように、すべてを笑い飛ばしてきたんだね。

映画もね、ちょっとずつ分かってきたよ。買ったばかりとか、借りてきて初めて観る映画だと、あなたの反応もごく普通なんだね。空港で別れる場面で泣いて、ズボンが脱げてコケる場面で笑って。よく考えたらそうだよね。好きな映画は何回も観る。そうすると、最初は気づかなかった演出に気づいて、ニクいなぁ、と思ってニヤっとしたり、本筋とは関係ない台詞が急に心に刺さって、涙が出たりすることって、そういえば私もあったよ。

でも、悔しいな。こんなに可愛くて、優しくてガッツもある子なのに、モテないって。周りの男たちの見る目がないんだろうな。かといって、編集部の人じゃな、というのは私も思うし。妻子持ちのオジサンと、オタクと、裏社会系のヤバい人たちしかいないもんね、今の「ＳＰＬＡＳＨ」には。

ただ、雪実自身が「女の子」であることに無頓着になっているわけではないので、それはよかったと思っている。仕事には着ていかないけど、可愛い服とかもちゃんと買ってるし、スキンケアも怠らず、睡眠だってできるだけ規則的にとっている。お酒はもう少し控えた方がいいと思うけど、でもそれくらいの楽しみはあっていいのかな。その分、私より全然自炊とか頑張ってるし。

そうそう。フライパンのテフロンが剝げてきて、焦げ付くようになってきたのは私も知ってた。あーあ、って顔しながらゴシゴシ洗ってるの、ここ何回か見てた。

だから雪実が新宿伊勢丹に入ったときは、フライパンを買うんだな、ってピンときた。関係者との打ち合わせが終わって、でも会社にはもう戻らなくてもいいという、絶好のタイミング。それでいて、まだデパートは営業中という、嬉しい時間帯。手帳にも「フライパン」ってちゃんとメモしてたし。

私が雪実に付きまとうようになったこの一ヶ月の間で、彼女が新宿伊勢丹に入るのはこれが初めてだった。伊勢丹は私の好きなブランドもたくさん入っているので、けっこうテンションが上がった。

久し振りにバッグを見たり、化粧品を見たり、可愛い靴を見つけたり。何も触れないし、もちろん買えもしないんだけど、選んでる気分になれるだけでも楽しかった。

唯一「勝手に試着」というのは他界者特権かもしれない。マネキンに重なるだけで「試着完了」という荒技だ。マックスマーラの超高級コートだって、ショーウィンドウに飾られてる品だって、誰にも断らないでガンガン試着できる。これが意外と楽しい。

試着だけでも、女の子の気分はけっこう上がる。

すっかり忘れていた感覚だったので、すごいリフレッシュになった。お陰で生き返った——は、さすがに言い過ぎか。ちょっと洒落にならない。

なので、ウィンドウショッピングに夢中になり過ぎ、何度も雪実を見失いそうになった。でも大丈夫。雪実はフライパンを買いにきたんだから、五階のキッチン・ダイニングのフロアにいけば必ず追いつける。

実際そうだった。四階でシャネルのマネキンに重なって遊んでいたら雪実とはぐれてしまい、ちょっと探しても見つからなかったので五階にいったら、もう雪実はきていて、洋食器売り場の前をゆっくりと歩いていた。

そこで一瞬、雪実が立ち止まった。何かいいものでも見つけたのかと思い、私も「どれどれ」と覗きにいった。

雪実が見ていたのは、ガラス食器だった。

白いクロスを掛けた丸テーブル。その上にバランスよく配置されたグラス、皿、フルーツボウル、花瓶。そこに挿した花までが、ガラスでできていた。

まるで氷の世界。煌《きら》びやかで、透き通っていて、繊細なのに、強さもある。クラシック音楽が聴こえてきそうだ。ヴィヴァルディの「ヴァイオリン協奏曲」とか、サティの「ジムノペディ」、ワーグナーの「タンホイザー」も合いそう――などと、然も知ってる風に挙げてはみるものの、私の知ってるクラシック音楽なんて、元はといえば母の趣味で、子供の頃からよく聴かされていた曲に限られている。

お母さん――。

私がそう、心の中で呼びかけたのは、決して偶然ではなかったと思う。もしかすると、目がそれを見つけた方が先だったのかもしれない。

実家の食卓に置いてあった、白鳥の置き物。背中がお皿みたいに窪んでいて、そこにいつも、母がひと口サイズのお菓子を入れてくれていた、あの、ガラスの白鳥。

懐かしい――。

思わず手を伸ばした。触れることなどできはしない。手に取るなんて夢のまた夢。でも、そうせずにはおれなかった。

ここに入ってるお菓子を摘みながら、よくお母さんと、お話ししたよね。悩み事とか、おねだりとか、ほんと、なんでも――。

私は、その白鳥を両手で包み込み、嘘でもいいから、幻でもいいから、それを撫でているように、してみたかった。ただそれだけだった。

ところが、奇跡が起こった。

もう二つ、手が伸びてきた。その両手は私のそれとぴったり重なり、大切そうに、愛おしげに白鳥を抱き上げ、目の高さにまで上げ、私に見せてくれた。

「……懐かしい」

それは、私自身が発した言葉だったのか、それとも雪実だったのか。よく覚えていないし、あとから確かめる術も、私にはない。

私はただ、泣きながら見ていただけだ。雪実が白鳥を手にしたまま、近くにいた店員に、包んでくれるよう頼むのを。レジにいき、支払いをし、少し得したような顔で、差し出された手提げ紙袋を受け取るのを。

雪実からの、私へのプレゼントのように思った。

嬉しかった。本当に嬉しかった。ありがとうって、何十回も雪実に言った。勝手に後ろから重なって、ハグした気分になっていた。

たぶん、これがきっかけになったのだと思う。

以後、拙いながらも、私の言葉は、雪実に届くようになった。

4

強く想い、短く、平易な言葉で、根気よく。

短い言葉を選ぶのは、さほど難しいことではない。

初めて雪実に届いたと感じた言葉は「私も読んだ」だったが、ひょっとしたら、彼女が聞き取ったのは「読んだ」だけだったかもしれない。さらに確実に届いたと思われるのは「懐かしい」だった。だとすれば、両方ともたったのひと言。逆に、ひと言にすれば届けられる可能性は高いとも考えられる。

平易な、というのも、たぶん大丈夫。

たとえば「〇〇沖で地震が発生、まもなく関東地方にも」は無理でも、「地震だッ」なら通じるだろう、って話だ。「このたびは大変お世話になりました」よりは「ありがとう」の方がいいということだ。

それを根気よく。これは自信がある。地道な作業はもともと嫌いじゃないし、何しろ今、私は暇だから。こっちは朝から晩まで、雪実が分かってくれるまでずーっと、喋りかけていたっていいのだ。それが全部届いちゃったら、雪実はノイローゼになっちゃうかもしれないけど。

ただ、強く想う、というのが難しい。

「読んだ」も「懐かしい」も、そんなに強く想い込んだ覚えはない。ということは、両拳を握り締めて、全身に力を漲《みなぎ》らせて、念力でも発するように「懐かしいィイイーッ」とやればいい、という話ではないわけだ。

このふた言の共通点とはなんだろう。単純に考えたら、心からそう想った、私の本心から出た言葉だった、という一点に尽きる。言い替えたら——決して福澤先生の教えを否定するわけではないけれど、「想いの強さ」よりは「想いと言葉の近さ」、「想いと言葉の距離感」こそが重要なのだろう、と私は解釈することにした。

ある朝、その仮説の正当性を立証するような出来事が起こった。

雪実は、歳のわりに古い音楽が好きで、それもレッド・ツェッペリンとかディープ・パープルとか、七〇年代辺りのハードロックを好んでよく聴いている。携帯音楽プレイヤーの表示も確認したので、それは間違いない。その朝は、確かアリス・クーパーというアーティストのアルバムを聴いていた。

身支度を整えて、テレビを消して、他に消し忘れがないかをチェックしたら、出発。同時に音楽プレイヤーの再生もスタート。

アリス・クーパーが実際どんな音楽なのかは知らない。でも雪実が持っているCDのジャケットから、かなり過激な音なのだろうことは想像できた。有体《ありてい》にいうと、悪魔的というか、暴力的な印象だ。だからといって、聴きながら歩いている雪実が妙に肩を怒らせているとか、周囲を敵視するような目つきになっている、なんてことはない。ごく普通に、無表情で、スタスタと駅に向かって歩いていた。

でもやっぱり、うるさい音楽に聴覚を委ねていれば、不注意にならざるを得ない。しかも、イヤホンは耳の穴にムギュッ、と挿し込むカナル型。もし音楽が静かめだったら、あるいは古いインナーイヤー型のイヤホンだったら、あんなことにはならなかったかもしれない。

家を出て、四つ目の十字路に差しかかったときだ。

左から、白くて丸っこい車が近づいてきていた。私は雪実の右側を歩いていたから、彼女よりほんの一瞬早く、民家の外塀の向こうまできている車両の存在に気づいていた。

言霊だって、好き好んで車にぶつかっていったりはしない。エンジンや座席、高速回転するタイヤに自分の体が重なるのは、決して見ていて気持ちのいいものではない。だから、車がきたら足を止める。それが常識というものだ。雪実だって止まるだろう。私はそう思っていた。

だが、雪実はさらにもう一歩出ようとした。

私は、ハッとすると同時に、

「……危ないッ」

想ったまま、そう口から発していた。すると、雪実も明らかにハッとし、出した足を止め、仰け反るようにして半歩下がった。

ギリギリだったけど、雪実が車と接触することは、避けられた。

何事もなかったように通り過ぎていく車。しかし雪実の目は、いつまでもその後ろ姿を追ってはいなかった。むしろ、何かを探すように周囲を見回していた。右後ろ、左後ろを振り返り、通りの左右にある民家の、二階の窓まで見上げていた。

今の声、なに。誰の声。

そう思っているようにしか見えなかった。

気づいたな。今のはさすがに届いたな。そう私は思った。

同じようなシチュエーションが何回かあれば、私にとってもいい声かけの訓練になったのだろうけど、残念ながらそれはなかった。

雪実はその後しばらく、非常に慎重に、道を歩くようになったからだ。まあ、いいことだけど。


その三日後くらいだったろうか。

場所は明大前駅の、京王線のホーム。通勤通学ラッシュの、終わりくらいの時間帯。

雪実が乗車の列に並ぶと、なんと真後ろに、あの男も並んできた。いつだったか雪実のお尻に股間を押しつけた、あの痴漢野郎だ。

気づいた私が「ひっ」と言ってしまったのはいいとして、なんとかこの状況を雪実に伝えようと、私は必死に語りかけた。

「痴漢痴漢、この列やめて、面倒かもしれないけど、女性専用車両までいこうよ。じゃなかったら、とりあえず並び直して、隣の車両でもいいし、なんなら一本遅らせたっていいんだし」

いや、駄目だ。こんな長文では伝わらない。

「痴漢……痴漢……痴漢……いる……痴漢が、いる……すぐ後ろ」

それでもなかなか、雪実は動いてくれなかった。

伝わらないのかな、でも痴漢は痴漢だよ、他の言い方なんてないよ、それとも、私の気持ちの問題なのかな、ひょっとして私、死んでも滑舌が悪いのかな、もう電車きちゃうよ、一緒に乗られちゃうよ、そしたら身動きできなくなって、逃げられなくなっちゃうよ。

「痴漢、痴漢だよ、雪実ちゃん……痴漢、いるってば……」

銀色の先頭車両が目の前を通り過ぎていく。徐々にスピードは落ち、やがて完全に停止。ドアが左右に割れ、人の塊りが吐き出されてくる。

すると、雪実は意外な行動に出た。

くるりと回れ右をし、まるでいま電車から降りてきたような顔で、人の流れに乗って階段の方に歩き始めた。

うそ、なに、聞こえてたの？

振り返ると、痴漢野郎は雪実の方を気にしつつも、しかし今さら雪実を追いかけるわけにもいかないと判断したのか、そのまま京王線に乗り込み、新宿方面へと運ばれていった。

雪実は、階段を下りるまではせず、通行の邪魔にならない辺りに一時避難し、人の流れが落ち着いてから、隣の車両の列に並び直した。お陰でその朝は痴漢に遭うこともなく、無事会社にたどり着き、普通に一日、仕事をこなしていた。

このときに分かったことは、二つ。

一つは、雪実には確実に私の言葉が伝わっている、ということ。もう一つは、伝わったかどうかは、雪実が反応を示してくれなければ私には分からない、ということだ。

その何日か後だったと思う。

やはり雪実の後ろに、あの痴漢野郎が並んだのを、私は察知した。

「痴漢、痴漢……またいる……」

しかしその朝、雪実は私の言うことを聞いてくれなかった。案の定、雪実は痴漢に股間を押しつけられ、さらに手でもお尻を触られてしまった。

ほら、言わんこっちゃない。あんなに言ったのに。

そう思いながら、私は雪実の顔を覗き込んだ。てっきり、失敗した、誰の声だか分からないけど、無視してたらまた痴漢の餌食になってしまった、やだやだ気持ち悪い、誰か助けて。そんな泣き顔をしているとばかり思っていた。

ところが、そのときの雪実は、なんとも不可解な表情を浮かべ、前の人の後頭部を睨んでいた。怒りの色は、確かにあった。厳しい、険しい表情と言ってもいいかもしれない。でも、何か考えているふうでもあった。

そのまた二、三日後、みたび同じ状況になった。しかもその朝、雪実は買ったばかりのチェックのポンチョを着て、いつものバッグとは別に紙袋を二つ、両手に提げていた。中には大きめの茶封筒が、合計六つか七つ。それぞれの中身は、なぜかタオル。両手が塞がるのはよくないんだけどな、と思いはしたが、仕事に必要なものなら仕方がない。私はあえて口を出さずにいた。

そんな状況で、またまた痴漢に遭遇したのだから、私はいつにも増して強く雪実に忠告した。さすがに今回は聞いてくれるだろう、最初のときみたいに、回れ右をして一本遅らせてくれるだろう、そう思っていたのだが、甘かった。

雪実が降車してきた人の流れに合流することはなく、それらが去ったところで、やはり電車に乗り込んでしまった。

ああ、また股間を押しつけられるのか、お尻触られるのか、可哀相に。私の言うこと聞かないから。

ドアが閉まり、まもなく電車はホームを離れた。乗客はそれぞれ自分の立ち位置を確保し、例の痴漢野郎はもちろん雪実の真後ろに張りつき、まんまと体を密着させた。

その、数秒後だった。

急に痴漢野郎の頬が強張った。何が起こったのか分からなかった私は、プールにもぐるみたいに身を沈め、下で何が起こっているのかを見にいった。

なんと、雪実は大胆にも二つの紙袋を手放し、しかも右手をポンチョの内側から自身の腰に回し、痴漢野郎のベルトのバックルをガッチリ掴んでいた。さらにこの朝、痴漢野郎は雪実の胸まで触ろうとしたらしく、雪実はその前に回ってきた右手も、袖ごと左手でしっかりと掴んでいた。完全に、痴漢野郎が後ろから雪実に抱きついている恰好だ。

その体勢で、雪実は叫んだ。

痴漢です、この人痴漢ですッ。

もちろん聞こえないけど、でも口の動きで分かった。

周りの乗客たちはこれに、びっくりするくらい協力的だった。

この満員電車で、そんなに？　と思うくらい、瞬時に雪実から距離をとり、だが、雪実にベルトと手を掴まれている男の姿を認めると、今度は誰ともなく手を伸ばし、痴漢野郎を取り押さえてくれた。その内の三人は証言もしてくれるつもりなのだろう。雪実たちと一緒に電車を降り、駅員に事情を説明してくれていた。

いやはや、恐れ入った。

あとから考えると、ポンチョは手の動きを見えづらくするため、二つの紙袋は両手を塞いで痴漢を油断させるため、要するに、すべては痴漢を逮捕するための作戦だったわけだ。

雪実って、転んでもただでは起きない子なんだな、と思った。

その逮捕劇を境に、雪実と私のコミュニケーションは劇的と言っていいほど緊密になった。私が「車」と言えば、雪実はほぼ毎回曲がり角で足を止めてくれるようになった。それで私も、ちょっと調子に乗ったところはあった。あまり言い過ぎると、雪実は眉をひそめたり、宙を睨みながら、分かってる、うるさい、と呟くようになった。聞こえはしないが、その程度なら口の動きで分かる。両手で耳を塞いだり、シッシッ、と追い払う仕草をすることもあった。

やり取りは忠告ばかりではない。買い物にいけば、逆に雪実が、私に意見を求めてくることもあった。

春先まで着られそうなトレンチコート。ベージュにするかアイスグレーにするか。雪実の気持ちはベージュに傾いていたようだが、私はアイスグレーの方が絶対に似合うと思った。なので、雪実の視線がアイスグレーに向くたび、「そっち」と耳打ちした。やがて雪実は「どちらにしようかな」みたいに、ベージュとアイスグレーを交互に指差し始めた。私はアイスグレーを指すタイミングに合わせて「それ」「それ」「それ」と言い続けた。

雪実って、ちょっとお茶目っていうか、軽く意地悪なところもあって。ベージュと見せかけてアイスグレー、アイスグレーと思わせておいてベージュ、みたいにタイミングをずらし、私が「そ……れじゃない」「ん……うん、それ」と迷うのを面白がり始めた。それに対し、私が「からかわないで」と言ったのが聞こえたかどうかは分からない。でも結局、雪実はアイスグレーをレジに持っていった。私はそれが、物凄く嬉しかった。

また雪実は雪実なりに、私の発する「声」についていろいろ考えているようだった。部屋に一人でいるとき、急にキョロキョロと天井を見回したり、目を閉じてはパッと開いてみたり、何もない空中を抱き締めようとしたり、眉をひそめて何事か念じたり、とにかく奇妙な行動をとり始めた。かなり滑稽ではあったが、要は実験していたのだ。私の姿を見ようとか、触れようとか、テレパシーのように念じて、自分からも想いを伝えようとか。

いやいや、念じるんだったら、普通に口を動かしてくれた方が分かりやすいんだけどな、と私は思ったが、雪実にしてみれば、まさかこっちの世界には音がないなんて想像もできないのだろう。私に向けて何か言っている、と思うこともあったが、いつも口の中で小さく、囁くようにだったので、私にはほとんど分からなかった。

あるとき私は、思いきって「書いて」と伝えてみた。一回では上手くいかなかったが、雪実が宙を見て何か呟き始めるのに合わせて「書いて」と伝えると、意外とあっさり分かってくれた。

《あなたはだれ》

そうだよね、と思った。誰だかも分からない声に、車に気をつけろだの服はこっちにしろだの、毎日毎日ゴチャゴチャ言われたら、誰だって気分悪いよね。

ところが「寺田真由」というのが、どうしても上手く伝えられない。たぶん、私という人間が「寺田真由」である、そのこと自体には必然性がないからだと思う。

私自身は「お寺の近くにある田んぼ」でもなければ、「真の理由」でもない。たまたま「寺田」という家に生まれた女の子で、両親に「真由」と名づけられ、三十三年間、そう呼ばれてきたに過ぎない。あるいは「テラダマユ」という音が、雪実と私の間では共通の存在を意味する「言葉」にまでなっていない、ということなのかもしれなかった。

あとから考えれば、一文字ずつ伝えるって手もあったな、とは思うのだが、「テラ、テラ、テラ」とか「シン、マコト、シン、で、マ、マ」というのは、想いが乗りづらくて難しかったかもしれない。じゃなかったら「コックリさん」方式とか。雪実が指差した文字に対して「それ」とだけ伝えればいいのだから、かなり有効な情報伝達ツールになった可能性はある。まあ、残念ながら試す機会はなかったけど。

それよりも私は、本来の目的に向けて駒を進めることを考えた。

そろそろ、会社のパソコンに入っている【minmi】フォルダーを雪実に開いてもらい、中にある原稿を読んでもらいたい。

だからといって、仕事でパソコンを使っているときに「違う、それじゃない、その右、仮置き」などとしつこく言い続けるのはよくない。雪実にはやるべき仕事があるのだから、その邪魔はすべきではない。

狙い目は、雪実の仕事が一段落した頃。まだ彼女がマウスを握っていて、カーソルが【仮置き】フォルダーの近くを通った瞬間だ。

そんな上手い瞬間は滅多にない。でも、じっくり腰を据えて待っていれば、ないこともない。その待っている時間が私の想いを強める、純化させるのだと信じ、私はモニター上を動き回るカーソルを目で追い続けた。幸い、他界後は目が疲れるとか肩が凝るとかいうことはないので、私はいくらでもそのチャンスを待つことができた。

だがしかし、仕事ができる人であればあるほど、キーボードやマウスを操るスピードは速い。私が、今だ、と思って「それッ」と言ってみたところで、たいていは間に合わない。すでにカーソルは別のところまで行ってしまっているので、何が「それ」なのかが雪実には伝わらない。そもそも、私の言う「それ」がパソコンの画面上の話だとすら思っていない。

そんな空振りが何回も、たぶん十回以上は続いた。ひどいときは紙に《うるさい》と書かれ、退散せざるを得なくなった。《邪魔》と書かれたことも、《いい加減にして》と書かれたこともあった。

でも何かのきっかけで、私が言いたいのはモニター上の何かだ、と雪実は気づいたようだった。あるとき、アイコンを一つひとつ確かめるように、ゆっくりとカーソルを動かしてみせてくれた。

私は【仮置き】の上にカーソルがきたところで「それ」と囁いた。一度通り過ぎ、また戻ってきたところで「それ」。

そして、ようやくだ。ようやく雪実も確信に至ったようで、【仮置き】のアイコンをクリックし、開いてくれた。

あとはもう、さほど難しくなかった。

【仮置き】フォルダー内に並ぶアイコン。その列の上を、ゆっくりとカーソルが移動していく。【minmi】のところにきたら、また「それ」と伝える。通り過ぎて、また【minmi】のところに戻ってきたら、同じように「それ」と発する。

頷いた雪実が、ついに【minmi】フォルダーを開いてくれた。

そこに、ズラズラと並ぶ文書ファイルのアイコンを見た途端、雪実の、マウスを握る手は震え始めた。

どうしたの。

顔を覗き込むと、雪実はすでに、モニター画面を見てはいなかった。振り返らずに背後を見ようとするかのように、黒目を目一杯、右肩の辺りに向けていた。映画で何度も見たことのある、悪霊の存在を背後に感じとった人間の表情、まさにあれだった。

雪実は、マウスを手放した。

ああ、そうだった――。

私は、急に謝りたくなった。

そりゃ、怖いよね。ごめん、そうだよね。私は、あなたのためと思って、今までいろいろ口出ししてきたけど、あなたにしてみたら、気持ち悪いよね。私なんて、ただの幽霊だもんね。ごめん、ごめんなさい――。

雪実は震えながらも、モニター横に置いてあるペン立てに手を伸ばした。いつも使っているボールペンを摘み出し、それを、メモ用紙の上に持っていった。

何を書かれるのか、正直怖かった。去れ、消えろ、二度と喋りかけてくるな。そんなふうに書かれても仕方ないと思った。むしろ、よく今まで私の言葉を聞いてくれていたと思う。気味悪がりもせず、付き合ってくれていたと思う。

雪実はメモ用紙に、なんと書いたのか。

多少、乱れた字ではあったが、その意味を解した瞬間、今度は、私の方が震え出してしまった。

《あなたは寺田さん？》

初めてだった。他界してから初めて、私は「私」として、現世の人に存在を認識された。

「……はい」

雪実はさらに《寺田》のところを丸で囲み、《?》をペン先でつつく。

「そう、私、寺田、真由です」

とっさには漢字が分からなかったのだろう。雪実は改めて《寺田まゆさん?》と書いた。続けて《寺田先輩?》とも書いた。

「そう、私、寺田です。寺田真由です……」

全身が透明な泡になって、そのまま天に昇ってしまうのではないか。そう思うくらい、私の心は打ち震えていた。ここで満足などしてはいけないのだけど、でもやっぱり、この「報われた」感は大きかった。

繋がった、と思った。

私はもう、ただ地表を彷徨うだけの亡霊ではない。

どんよりと、誰かの後ろに立っているだけの背後霊ではない。

私は、現世の人と想いを交わすことができる、言霊になった。

それが、こんなにも嬉しいことだなんて。誇らしいことだなんて。

私は、想像もしていなかった。

第五章

1

いい機会だから、などとはまるで思わないが、偶然とはいえ土堂と伊勢丹で出くわしたのだから、これも何かの因果と諦め、武脇から切り出すことにした。

「あの、実は、中西雪実の件ですが」

「……ああ」

「不起訴、というのは私も納得しているのですが、しかし、マル害の身元がいまだに分からないというのは、どうなんでしょう」

土堂が、ガラスの白鳥を台に戻す。

「……どうなんだよ」

それを尋ねているのだが。

「やはり、身元くらいは、割っておいた方が」

土堂が、両手をコートのポケットに入れる。

「じゃあ……そうしてくれ」

それだけ言い置き、土堂は武脇たちに背を向け、ガラス食器売り場から去っていった。

菊田と二人、その後ろ姿を沈黙のまま見送る。

土堂稔貴は、背中に大日如来を背負っている。


明けて月曜、三月二十七日。

武脇自身は、浜辺友介に関する捜査を継続するつもりでいた。しかし、同様に考えていたのは菊田巡査部長、ただ一人だったようだ。

菊田が、両手を腰にやって刑事部屋を見回す。

「大山チョウと、牧原チョウは当番に入りました。大谷チョウは先週起こった傷害事件の裏取りと調べ、小山チョウは……今日は休みだそうです」

当番、即ち本署当番。今日から明日にかけて、大山巡査部長と牧原巡査部長は泊まりの事件番で、何事もなければ明日の午後辺りから非番、明後日は休みになる。

「じゃなに、今日は俺と菊田さん、二人だけ？」

「今日だけ、ではないかもしれないです」

「なに。はっきり言ってよ」

「浜辺に関する追捜査は今後、私と武脇さんの二人で行うことになると思います」

また、えらくはっきり言いやがったな。

「それは、土堂課長が決めたの」

「いえ、ただの引き算です」

「……と言うと」

「六、引く四で、二です。武脇さんが本部にお戻りになるのであれば、私一人でやることになる、ということです」

そうまで言われちゃったら、戻りたいとは言えないよな、というのも武脇には言いづらい。

「……分かりました。じゃあ、とりあえず所持品から、もう一度洗い直そうか」

「はいっ」

どうも解せない。口では嫌いだの怖いだの言ってはいるが、結局この菊田は土堂とグルだと、そういうことではないのか。そうでなければ、この菊田だってその他の業務を疎かにはできないはずだ。本署当番にだって入らなければならないはずだ。

「では武脇さん、早速よろしくお願いします。ナシはもう、あっちに用意してありますんで」

菊田に案内され、武脇は刑組課の並びにある小さな会議室に移動した。入ると会議テーブルが二台並んでおり、そこに片手で持てるくらいの段ボール箱が二つ載っている。

死亡した、浜辺友介の所持品だ。

「これで全部、だっけ」

「はい。これで全部です」

一つひとつポリ袋に入れられているそれらを、いったん段ボール箱から取り出してみる。

トヨタのマークが入った車のキー、一個。黒色のデジタルカメラ、一台。同じく黒色の、合皮の小銭入れ、一つ。中身は千円札が三枚、五百円玉が一枚、百円玉が三枚、五十円玉はなくて十円玉が四枚、五円玉はなくて一円玉が六枚、合計三千八百四十六円。所持品は以上。運転免許証や会員証など、身元が確認できるものは一切なし。そこまでは、武脇も領置調書を読んだので分かっている。

もう一方の段ボールの中身は、衣類だ。

武脇は、トヨタのキーを人差し指でつついた。

「マル害の身元洗ってたの、大谷さんだっけ」

「はい、大谷チョウです」

「マル害は公共交通機関のプリペイドカードも、定期券も持っていなかった。だが車のキーは持っていた。ということは、マル害は中西宅を訪ねるのに、自動車を利用したと考えるのが妥当だよね」

「はい、仰る通りです」

「ということは、その乗ってきた車は……まあ十中八九、トヨタ車なんだろうけど、今も中西宅から、そう遠くはない場所に駐車されている、と考えられる。乗って帰ってくれる仲間でもいない限り」

「はい、そうだと思います」

問題はそこだ。

「大谷さん、それについては、どこまで調べたんだっけ」

「違法駐車で取り締まった車両と、レッカー移動された車両は当たり終わった、とは言ってました。いずれにも、このキーで解錠できる車両はなかったと」

かなり旧式ではあるが、一応、キーにはドアを開閉するリモコンが付いている。

「コインパーキングとかを、虱潰《しらみつぶ》しに当たったりは」

「してないと思います」

この傷害致死事件は、いわゆる特捜本部事件ではない。よって大谷も、この件の専従捜査員ではない。他にもいろいろ仕事を抱えており、その上でこの件についても調べていたのだろうから、手が回らなかったとしても仕方がない、と、思ってやりたいところではある。

「じゃ、まずそれを当たるとして……このデジカメには、大したものは写ってなかったんだよな」

「はい。メモリーカード自体が装着されてなくて、本体メモリーに、七枚でしたでしょうか、なんか、どうってことない風景が写っているだけでした」

それも一応、あとで調べ直してみよう。

武脇は小銭入れを手に取った。

「これも、このデジカメも、けっこうボロボロだよね」

どちらも黒が剝がれて、地の色が出ている。合皮の小銭入れに至っては、もはや黒が残っている面積の方が少ない。道端に落ちていたら、平べったい石か何かだと思って誰も拾わないかもしれない。

菊田が小さく頷く。

「その、小銭入れは単なる使い古しなんでしょうけど、デジカメはなんか、扱いが雑な感じがしますね」

確かに。普通、こういう精密機器はもっと丁寧に扱うものだろう。

それよりももっと気になる点が、武脇にはある。

「……今どき、携帯電話も持ってないなんて、変だよな」

「ええ。それさえ持っててくれれば、身元くらい簡単に割れたんでしょうけど」

着衣の方も、改めて点検する。

「菊田さんは、この服装について、どう思う」

「どう、というのは」

「中西雪実は、浜辺の服装について『わりと黒っぽかった』と言ったが、この通り、正確には、ジャケットとスラックスは濃紺、実際に黒かったのは中に着ていたニットだけ。ニットの下は、黒のインナーTシャツ。事件発生は三月十七日。あの時刻でも、外気は十度以上あったんだろうが、それにしてもな……ちょっと薄着じゃないかな、これじゃ」

菊田が首を捻る。

「そう、でしょうか。ウチの旦那も、このところはこんな感じですけど。もちろん、ワイシャツにネクタイはしてますけど……ああ、でも、上着はもうちょっとしっかりめですかね、まだ。これ、けっこう薄手ですもんね」

頷いてみせる。

「そうなんだよ。なんか、ちょっと寒々しく見えるんだ、俺には。その上、浜辺は携帯電話も持っていなかった。車のキーはあるのに、免許証は持っていなかった。もう一つ気になるのが、この靴下」

黒色の靴下が入ったポリ袋を指し示す。

菊田は、微かに眉をひそめた。

「これが、何か」

「ここ、よく見てごらん。少しだけ、足首のところが汚れてる。スラックスの裾にそんな汚れはないのに、靴下だけが汚れてる。上着にも靴にも……ね、同様の汚れはない」

それの意味するところまで、菊田に言う必要はなさそうだった。

「つまり、浜辺は車の中で着替えてから、雪実の部屋を訪ねた、ということですか」

「たぶんな。この……」

塗装が剥がれ、ところどころ銀色になっているデジカメを手に取る。

「こういうの、現場仕事してる人が、よく持ってるよ。うっかり落としたり、アスファルトとかコンクリートとか、そういう、ザラザラしたところに無造作に置いたり、しちゃうんだろうな」

菊田が、眉の角度をさらに険しくする。

「現場仕事？」

「工事現場、建築現場の、仕事。だから……これはむろん、憶測の域を出るものではないけれども、浜辺は普段、工事関係の仕事をしてたんじゃないかな。このデジカメは、主に仕事で使ってた。だから、こんなに擦り傷だらけになってる……たぶん、車もそうだろう。お洒落なスポーツカーとかじゃなくて、トラックとか、ワンボックスとか、そんな感じなんじゃないかな」

菊田が眉を戻す。

「でも、なんで靴下だけ……」

「それは、俺にも分からない。靴下だけ、替えを持ってくるのを忘れたのか、それとも面倒臭かったのか。せっかく靴は綺麗なのを用意してきたのに、これじゃ台無しだな」

「じゃあ、携帯電話も車の中、ということですか」

「おそらく」

「それは、忘れてきたんでしょうか。それとも、わざと置いてきたんでしょうか」

「わざと、だと思うな。俺は」

「なんでですか」

「修羅場になることが、分かってたから……というか、それが目的だったんだから、浜辺は」

浜辺は、雪実の部屋に入るや否や態度を豹変させ、背後から抱きついて押し倒している。普通に考えれば、最初から強姦が目的だったということになる。しかし、考慮に加えるべき点が二つある。一つは携帯電話は持っていないのに、デジタルカメラは所持していたという点。もう一つは、雪実の証言だ。浜辺は雪実を襲った際、「こんな真似したくない」とか「本当はこんなことしたくないんだけど、仕方ない」というような意味のことを言った、と雪実は証言している。

「浜辺は、最初から雪実をレイプするつもりだった。だから邪魔になるようなもの、携帯みたいに壊れやすいものは一切持ってこなかった。ただし、車のキーは仕方ない。持って出なければ、帰ってきたときにドアを開けられないんだから。それとは別に、デジカメはどうしても必要だった。行為の途中か、終わったあとか……いずれにしても、雪実との行為を示す場面を撮影し、あとで脅しのネタに使うつもりだった……んじゃないかと、俺は考えてる」

菊田が「じゃあ」と小銭入れを指差す。

「これは、なんのために持ってきたんでしょう」

「さあな。そこまでは、俺にも分からない」

案外、喉が渇いていたから何か買おうとしたとか、そんな理由かもしれない。

車のキーだけ持って出発しようとしたところ、菊田から「待った」がかかった。

「電池が切れてたら意味ないんで、念のため、交換してからいきましょう」

領置品の指紋採取は済んでいるが、一応ということだろう。菊田は白手袋をはめ、キーの先端を摘んでポリ袋から取り出し、精密ドライバーでプラスチックのカバーを取り外し、古い電池を取り出した。その一連の手付きが、非常にいい。女性のわりに手先が器用、などと言ったら失礼かもしれないが、なんでもそつなくこなせる人、という印象はさらに強まった。

「……けっこう、器用なんだね」

「ああ、母が物凄く不器用な人なので、子供の頃から、細かいことは全部、私がやってたんですよ。さらに言ったら、父は物凄く大雑把な人で。単二電池を入れるところに、平気で単三電池を入れたりしてました」

どういうことだ。

「単二のところに単三を入れたって、動かないでしょう」

「いえ、単二と単三は長さが同じなので、上手くはめて通電すれば、機械自体は動きます。あんまり、長持ちはしないでしょうけど」

「ああ、そうなんだ……そういうご両親のもとで、育ったから」

「はい、機械関係はわりと得意です。テレビの配線とかも私がやってましたし、掃除機を分解して中を掃除するのとかも、けっこう好きです」

「へえ。じゃあ、今じゃいい奥さんだ」

そう武脇が言うと、照れもせずにニコリとしてみせる。そんな素直さにも好感が持てる。

「どう、ですかね……旦那も、そう思ってくれてるといいんですけど」

「なに、上手くいってないの」

「上手くいってなくは、ないですけど、どうなのかな……私が小まめに電池交換したりしてるの、気づいてない可能性はあります」

「掃除機を分解して掃除したり」

「まったく気づいてないでしょうね」

「旦那さんは、器用な人？　大雑把な人？」

「んー、まあ、普通ですかね。手先が不器用、ってわけではないですけど、性格は不器用な方かもしれません……はい、できました。いきましょう」

性格が不器用な旦那、か。


ネット地図で調べたところ、中西雪実宅付近には意外なほどコインパーキングがなかった。一番近いところでも三百メートル以上は離れている。

「近いところから、当たっていくしかないね」

「はい」

最初にいった久我山五丁目のそこは、六台で満車という小さな駐車場だった。いや、二十三区内ならこれでも中規模というべきか。

今現在、駐まっているのはスズキのジムニーが一台のみ。精算機で確認すると、料金は四百円。ここは二十分二百円だから、まだ駐めてから一時間も経っていない勘定になる。

「ここはナシ、と」

菊田が「えっ」と武脇を見る。

「でも念のため、リモコンが利くかどうかだけ、試してみませんか。まぐれで開くことも、あるかもしれないですし」

さして面倒な作業でもないので、一応試してはみた。だが、トヨタのキーでスズキ車のドアが開くわけがない。

「……開かない、と」

「はい、じゃあ次にいきましょう」

二ヶ所目も、同じく久我山五丁目。ここも最大で六台。現状、駐まっているのはダイハツの軽ワンボックスと、マツダの赤いスポーツカーだ。

「一応、試すよ」

「はい、お願いします」

むろん、二台とも無反応。ドアは開かない。

「……次はどこかな」

「このまま、この道を真っ直ぐですね」

やはりそこも住所でいえば久我山五丁目だったが、久我山駅の近くだからだろうか、収容台数は二十三と、桁違いに大きかった。

「お、ハイエースがあるよ」

説明するまでもないが、トヨタ・ハイエースといったら、日本の「お仕事系ワゴン車」の代表といっていい車種だ。しかも、よく見ると二台も駐まっている。一台は白色、一台はガンメタリック色だ。

「これは、期待が持てるね」

「はい」

しかし、この二台も結果は空振り。精算機で確認しても、とてもではないが、十日前から駐車されているような金額にはなっていなかった。

菊田が、くるりとこっちを向く。

「ちなみに武脇さん、こういうコインパーキングって、最大で何日くらい駐めておけるんですかね」

確かに、そこは説明しておく必要があるかもしれない。

「最大、っていうのは、たぶん決まってないと思う。駐めておく分には、別に何日でもいいんだと思うよ。料金さえちゃんと払ってもらえるなら、ね。たとえば、ここだったら……」

駐車場入り口にある案内看板を見る。

「朝八時から夜十時までは、三十分二百円。最大が九百円……けっこう安いんだな、ここ。でもまあ、日中は九百円なわけだ。で、夜間が一時間百円、最大四百円。二十四時間きっちり駐めたら千三百円。十日駐めても一万三千円……まあ、目ん玉が飛び出るほどの金額じゃないよな。この程度だったら、管理会社も問題視しないだろう。問題なのは一ヶ月とか、もっとずっと長い場合だよ。自分で廃車にするのが嫌だから、コインパーキングに捨てちゃうってケースも、けっこうあるらしいからね」

交通課の経験がないのか、菊田は素直に驚いてみせた。

「確かに。グリグリやってナンバー外して、駐めて逃げちゃえば、それで終わりですもんね」

「あとは、捨てられた側がどうするか、だよ。もちろん陸運局とかで調べて、持ち主と連絡がとれればいいけど、そうじゃなかったら、自前でレッカーして、諸々の手続きを経た上で、廃車にしなきゃならない。ペットボトルとか吸い殻とか、家庭ゴミくらいだったら、管理業務の一環だと思って掃除もするんだろうけど、放置駐車じゃな……駐車場業者の、共通の悩みらしいよ」

「なるほど。楽して儲かる商売って、なかなかないもんですね」

「そういうこと……さ、次いこうか」

四ヶ所目、「Qパーク・久我山第一」の住所は、久我山三丁目となっている。

地図を確認した菊田が、口を尖らせる。

「ここはもう、さすがに雪実の家から離れ過ぎてませんか」

「そうだな。歩いたら十分……いや、十五分はかかるな」

「ですね。やめて戻ります？」

「いや、せっかくだから、そこまでは見ておこうよ。そこもハズレだったら、その先の……松濤一丁目のこれは、さすがに離れ過ぎてるからナシにして、上の方に戻りつつ……これかな。宮前四丁目の『ドゥ・パーク』。これを目指して、こっち回りでいこう」

「はい」

予感だとか読みだとか、そんなものが武脇にあったわけではない。たまたま、久我山三丁目の「Qパーク」を目指していたら、途中で二台しか駐められない小さなコインパーキングを発見した、というだけのことだ。地域課で調べて、管内のコインパーキングすべてをリストアップしてきたわけではないので、こういう小さなところが捜査対象から外れている可能性は、そもそもあった。

その小さな駐車場に一台、ワゴン車が駐まっていた。

黒色の、トヨタ・ハイエースだ。

「菊田さん、これは……」

「危なかったですね。ノーチェックになるところでした」

二人で車両の正面までいき、中を覗いてみる。

まず、助手席にウエストバッグがあるのが目に入った。奥の方は暗くて分からないが、運転席と助手席の間、後部荷台の手前の辺りに、作業用ツナギのような衣類が放置されているのは見えた。

「武脇さん」

「ああ……」

ポケットから例のキーを取り出し、構える。

これまでにない緊張が、指の動きをぎこちなくさせる。

「武脇さん、早く」

「分かってる」

親指の先に、力を入れる。

同時に「ガショッ」と心地好く、機械音が響いた。

開いた、らしい。

菊田は隣で「やった」と拳を握ったが、武脇は、なぜだか素直には喜べなかった。

なんだろう、この感覚は。

見てはいけないものを、見てしまった。繋がってはいけないものが、繋がってしまった。いや、見落としていた何かに、今さら気がついたとか、そういうことか。

ワゴン車の形をした、黒い、深い穴が今、武脇の目の前に口を開けている。

2

雪実はペンを握ったまま、しばらく考え込んでいた。

やがて意を決したように、またメモ用紙に書く。
《つらいですけど、おたずねします》
それだけでもう、私には質問内容が分かった。
《寺田さんは、もう亡くなっているのですか》
字はしっかりしている。迷いがない。
「はい、他界しました」
これは聞きとりづらかったのか、雪実が眉をひそめたので、もう一度繰り返した。二度目は通じたみたいだった。
《今のところ、寺田さんは休職扱いになっているようです。編集長に亡くなったことは伝えた方がいいですか》
寺田真由は死んでるっぽいです、と。道理だけで言ったら、そうすべきなのだろうが。
「どうやって？　なんて言うの？」
まさか、私には寺田さんの声が聞こえるんです、とは雪実も言えまい。
《確かに、難しいかも》
メモ用紙を斜めにして、端っこの余白に書き込む。
《なぜ亡くなったのですか》
ひと言でいえば「殺された」だが、それでは雪実も納得するまい。だからといって逐一説明する自信はない。そこまでの実力はない。
「読んで。原稿、読んで」

《このフォルダー？》
「そう、読んで」
《どれ？》
筆談なので、ある程度のタメ口は許す。
「全部」
《順番は》
「日付、日付順で」
《分かりました》
最後の回答を読み、私は深く息をついた。
よかった、分かってもらえた――。
肉体を失って、早くも二ヶ月半以上が経っていたが、何かこう、初めて、どっと疲れる感覚を味わった。他界してからここまでの経緯を考えると、正直、長かったなと思う。でもようやく一つ、大きなハードルを超えることができた。雪実という協力者を獲得し、美波の事件について書き溜めた原稿を読んでもらえることになった。その安堵からくる疲労感だから、決して不快ではない。むしろ清々しいとすら感じる。
雪実はいったん、すべてのファイルを自身のタブレットにコピーした。何しろ分量が多いので、おそらく、移動中でも家でも読めるように、ということだろう。
原稿を読む雪実の眼差しは、真剣そのものだった。
小学一年で同じクラスになった、足立美波。あだ名は「みんみ」。彼女は私を「ゆったん」と呼んだ。足が速く、スポーツ全般が得意だった美波は、小学校のクラブ活動でバスケットボールを始めた。その才能は瞬く間に開花し、中学でも高校でも一年時から試合に出場、全国大会も経験した。

しかし高三の春、パートナーともいうべきチームメイトの不調から戦績が振るわなくなり、最後のインターハイ出場を逃すと、美波の人生は見る見る下降線をたどっていった。

高校卒業後は進学も就職もせず、似たような境遇の同窓生とツルみ、髪を金色に染め、あろうことか美人局紛いの恐喝行為にまで手を出し始めた。グループのリーダーは、性行為にまで及ぶことはないと言ったが、それでも刑法犯であることに違いはなかった。

そんなある日、突然、美波は殺された――。

その辺りまで読んだ雪実はタブレットを置き、またボールペンを手にした。

《これ全部、寺田さんが書いたんですか》

箇条書きのメモや、思ったことをそのまま書いただけの、推敲も一切していない原稿がほとんどだ。また事件には直接関係なくても、思い入れの強い部分はつい長くなってしまう傾向がある。なので、ここまで雪実が読んだ分だけでも、原稿用紙にしたら五十枚分くらいはあったのではないか。

「全部、私が、書いた」

《編集長には見せましたか》

「まだ」

《なんで》

それは、犯人の特定にまで至っていなかったから、としか言いようがない。正確に言えば特定はできていたが、残念ながら、それについて書く前に私は殺されてしまった。

「読んで。とにかく、続き、読んで」

読めば分かる、と理解してくれたのだろう。雪実は再びタブレットと向き合い、物凄い集中力で読み始めた。その様子に、逆に私は不安になった。

あの、今日中に片づけなきゃいけない仕事とかって、ないの？

千葉県八千代市を流れる「新川」に沿って造られた、八千代総合運動公園。美波の遺体は、その中にあるテニスコート裏の河川敷で発見された。死因は、首を絞められたことによる窒息。金品が奪われていないことから、警察は顔見知りによる犯行と見て捜査を始めた。しかし、すぐに犯人が逮捕されることはなかった。

事件後、私が独自に話を聞いて回ると、菅谷栄一という建築会社社長の名前が関係者の口から出てきた。美波は、菅谷栄一に疑似美人局恐喝を仕掛けていた。それで恨みを買い、美波は殺されたのかと私は考えたが、のちに行った捜査関係者への取材により、菅谷栄一には事件当夜のアリバイがあることが分かった。

取材は振り出しに戻ったかに思えたが、そんなとき、美波の遺族から興味深い情報がもたらされた。かつて、美波と同じ団地に「ヤマシタカイト」という少年が住んでいた。彼は早くに両親を亡くし、とある人物に養子として引き取られた。その、カイトを引き取った人物というのが、菅谷栄一なのだという――。

ちょっと小休止、ということだろう。雪実は眼鏡を外し、タブレットをベッドの枕元に置いた。雪実は基本、会社ではコンタクト、家では眼鏡を掛ける。でも映画を観るときは、なぜだか裸眼が多い。

涙を拭くのに邪魔だからだろうか。普通、映画を観るときこそ眼鏡は必要だと思うのだが。

そう。いつもならもう、ウイスキーを飲みながら映画でも観ている時間帯なのに、今夜はまだ一滴も飲んでいない。今も、用意しているのはお湯だ。ウイスキーか焼酎のお湯割り、という可能性もなくはないが、たぶんインスタントコーヒーだ。ほらやっぱり。マグカップにお湯を注いでいる。

それだけ私の原稿に、真面目に向き合ってくれているということだ。こんなに遅くまで、ありがとうね、雪実ちゃん――。

マグカップを持ち、だがベッドには戻らず、雪実はテーブル脇にちょこんと腰を下ろし、鉛筆でメモ用紙に書いた。

《いますか》

仕事中、入浴中、トイレ中は遠慮するようにしているが、それ以外はたいてい一緒にいる。

「……います」

《菅谷カイト、重要人物》

「はい、その通り」

《続き読みます》

とはいえ、原稿はもう残り少ない。全部読んでも、誰が美波を殺したのかまでは書いていない。あくまでも私の推測として、菅谷凱斗が犯人なのではないか、こういう動機だったのではないか、と書いてあるだけだ。ましてや、私が誰に殺されたのかなど、まったく書く暇さえなかった。

それでも、雪実は分かってくれたようだった。

《この取材、私が引き継ぎます》

安堵と、達成感。そして期待。

「……ありがとう」

だがそこに、今度は不安も湧き上がってきた。

菅谷凱斗。相手は何しろ、人殺しなのだ。

「でも、気をつけて」

雪実が、頷きながら書く。

《はい》

「凱斗は、人殺し」

これは少々難解だったか。雪実の反応が鈍い。

「気をつけて、凱斗、気をつけて」

《はい、分かりました》

「私を殺したのは、凱斗、菅谷凱斗」

これも通じなかったのか。

雪実は曖昧に頷いただけだった。


雪実が出勤し、編集部で仕事を始めたら、私はできるだけ彼女から離れるようにしていた。邪魔するつもりはなくとも、想ったことがうっかり口から出てしまうことはある。それが一々耳に入るのは、雪実も嫌だろうと思うからだ。

かといって編集部を離れてしまったら、雪実の動きが追えなくなる。一度見失ったら、こっちは携帯電話も何もないから連絡のとりようがない。なので仕方なく、編集長とかデスクとか、他の社員の仕事振りを観察して暇を潰すことになる。

編集長が日頃、ネットテレビでニュースを観たり、国会中継をチェックしたりしているのは知っていた。でもずっと、真面目にニュースとか国会中継ばかりを観ているわけではない、というのは知らなかった。イヤホンを両耳に挿しているのも、周りの迷惑にならないようにという配慮だとばかり思っていた。

いやいやいや、全然違うじゃないですか、編集長。半分以上、いや一日の大半は動画サイトでアイドルのコンサートとか、ミュージックビデオばっかり観てるんじゃないですか。他の社員にはモニターの背面しか見えないし、周りは城壁みたいに書類とか書籍が積み上がってるんで、私、全然知りませんでしたよ。まあ、エッチ系じゃないだけマシだとは思いますけど。

デスクとか、その他の社員が近づいてくると、編集長はカチッとワンクリックし、国会中継などの画面を出す。それから「なに？」みたいにイヤホンを外し、彼らの話を聞く。用件が済んで相手が席に戻っていくと、またイヤホンを耳に挿し、ワンクリック。もとのアイドル動画に戻す。最近は「BABYMETAL」がお気に入りのようで、もうほとんど、一日中それればっかり観ている。まあ、確かに可愛いし、動きを見ているだけでも充分面白いので、私もついついお付き合いしてしまうのだけど。

もちろん、雪実の様子も随時確認している。

電話をとって、少し話して誰かに回したり、逆に誰かから回ってきた電話に出て、話し込んだり謝ったり、ときには眉を左右段違いにして怒ったり。目を血走らせて原稿を書いているかと思ったら、いつのまにかデスクに突っ伏して仮眠していたり。私も似たようなものだったとは思うが、でも仮眠の仕方はもう少し工夫した方がいいと思う。近くを通る人、みんな笑ってるよ。いつも半分白目剝いて、涎垂らしてるから。

それはさて措き。

その日、雪実は近くの日本蕎麦屋で営業部の同期女子と日替わりランチを食べ、だが店から会社には戻らず、そのまま護国寺駅に向かって有楽町線に乗り込んだ。手帳に「14：00新宿」と書いてあったので、いったん池袋駅に出てから、山手線か埼京線で新宿に向かうつもりなのだろう。真っ昼間だから痴漢の心配はないし、私もなんとなく気を抜いていた。

山手線で新宿に着くと、雪実は駅近くの喫茶店に入っていった。座席を赤いベルベットのキルティングソファで統一した、なかなか「昭和レトロ」が徹底されたお店だ。相手とは初対面なのだろう。雪実は協文舎のロゴ入り紙袋をテーブルに出し、ちょっとかしこまった感じで背筋を伸ばし、二時になるのを待っていた。

やがて、ダークスーツを着た男が一人、雪実のいるテーブルに近づいてきた。

その顔を見て、私は喉が詰まるほど、息を呑み込んだ。

なんで、菅谷凱斗――。

二人はにこやかに挨拶を交わし、雪実が名刺を差し出すと、凱斗は照れたように何事か言い、自身は名刺を出さずに済ませた。あいにく今日は切らしているとか、うっかり忘れてきたとか、そんな言い訳でもしたのか。

しかし、なぜだ。なぜ凱斗がいきなり、雪実に会いにくるのだ。まさか、名刺を出さなかったのは本名を知られたくないからか。だとしたら、悔しいがその作戦は非常に有効だ。私は迂闊にも、あのフォルダーに菅谷凱斗の顔写真を入れておかなかった。別名を名乗られてしまったら、雪実には目の前にいるのが凱斗だとは分からない。

ただしそれは、協文舎からきたのが雪実一人だった場合だ。

今の雪実は一人ではない。常に私が張りついている。

お前が殺した寺田真由の言霊が、中西雪実の背後に控えている。

私は早速、バラしにかかった。

「凱斗、その人、菅谷凱斗」

雪実はチクリと眉を動かしたが、それ以上の反応は見せなかった。私もそれで分かってくれたものと思ったので、何度も繰り返すことはしなかった。

今さらながら、音が一切聞こえないというこの状況が恨めしい。口の動きから何か分からないか、一所懸命見てはいるのだけど、摑めるのは大体の雰囲気くらいで、話の内容はさっぱり分からない。

雪実は、真剣な眼差しで凱斗を見ている。凱斗は、何かとても難しいことでも説明しているのか、身振り手振りを交え、必死に訴えかけている。

「凱斗、その人、菅谷凱斗だから……」

もう、雪実からの反応はない。


新宿からの帰り道、私はもうのべつ幕なし、雪実に「あの人、凱斗、菅谷凱斗」と繰り返した。雪実は少し表情を固くしながらも、携帯電話に【分かってる】と入力し、すぐに消した。

分かってるって、どういうことよ。

「危ないから、あいつ、本当に危ないから。私を殺したの、あいつなんだから、菅谷凱斗なんだから」

するとまた【分かってる】と打ち込む。

「雪実ちゃん、全然分かってない。甘く見ちゃ駄目だって。ほんとに危ないんだから、あいつだけは」

次の一文は、少しだけ長かった。

【分かってるから。全部聞こえてるから、少し黙ってて。私には私の考えがあるの。】

だったら、それを私に教えてよ。

3

雪実は凱斗と何を話したのか。そもそも会うきっかけはなんだったのか。どちらから連絡をとったのか。

私にはもう、何がなんだかさっぱり分からなかった。

家に着き、シャワーを浴びてすっきりすると、ようやく雪実も話す気になったようだった。

《浜辺友介って名前で、何日か前に連絡があって、話がしたいと》

「なんの」

《寺田さんの調べていた件で、情報提供がしたいと》

「美波の事件ってこと？」

《それは言わなかった。寺田さん以外にはまだ話せない、もう少し信頼関係を築いてから、だって》

絶対に嘘だ。何が信頼関係だ。

凱斗は最初、「ＳＰＬＡＳＨ」編集部に連絡を入れてきたという。寺田真由に繋いでくれ、と言ったらしいが、むろん私はいないので、後任の雪実が対応することになった。

凱斗は、迂闊に喋ると自分の立場も危ういなどと前置きし、なんとか自身の身分を明かさず、用件の詳細にも触れず、雪実から情報を引き出そうとしたらしい。おそらく、雪実が私の原稿を読んだのかどうか、そのネタは編集部内で共有されているのかどうか、そういうことを確かめたかったのだと思う。

普通なら、雪実もそんな怪しい話には付き合わなかっただろう。一回くらい電話で話を聞くことはあっても、わざわざ会いにいくまではしなかっただろう。仮に会ったとしても、一方的に情報を求められるだけの会話なんて長続きするわけがない。雪実に「つまり何が仰りたいんですか？」と訊かれたら、その時点で会談はお終いだ。「申し訳ありませんが、お話がよく分かりません。失礼いたします」と雪実が席を立ったら、凱斗に引き留める術はなかったはずだ。

だが雪実は、そうはしなかった。根気よく、笑顔を絶やさず、凱斗の魂胆を探ろうとした。傍から見ている私にしてみたら、魂胆ありげなのは雪実も一緒だったが。

「どうするつもり。何をするつもりなの」

雪実は、携帯電話に一々文字を打ち込むのが面倒になったらしく、音声認識機能を使い、自分の回答を画面に表示させた。

《だから　私が取材を引き継ぐの》

それもあって、私たちのやり取りもかなり会話らしくなってきた。

「どうやって」

《まだ分かんない　考えてるんだから　少し静かにしてて》

以後、雪実はその宣言通り、私の原稿に関する裏取り取材のようなことをし始めた。

美波の事件について、新聞の縮刷版で調べたり。あるときは事件現場にいってみたり、スガヤ建工の近くまで足を運んでみたり。

「危ないって、ほんと、見つかったらヤバいって」

《ヤバいのはあっちでしょ　偽名使ってるんだから》

「そういう常識が通用する相手じゃないんだって」

《ちょっと見るだけだから大丈夫》

全然ちょっとじゃなかった。後日、自腹でレンタカーを借りて、スガヤ建工を張込んだりもした。もちろん、私は「危ないからやめて」と何度も頼んだ。でも雪実は聞いてくれなかった。

それどころか、私自身についていろいろ質問してきた。

《寺田さん　どこで殺されたんですか》

つらい質問だったが、思い返すのもおぞましい光景だったが、私はできるだけ平易な言葉を選び、組み合わせ、なんとか雪実に伝えようとした。

聞き終えた雪実は、スガヤ建工の四階を睨みながら、携帯電話に返事を吹き込んだ。場所はかつて私が張込んだのとは反対側、今はスガヤ建工ビルを裏手から見る恰好になっている。

《じゃあ　どこに埋められたか　分からないんですか》

「正確には分からない。あのときは駅を探すのに必死だったから」
《手掛かりは》
「電車に乗ったのは、東葉高速線の、八千代中央駅からだった」
《何線？》
「とうよう、こうそくせん」
《ふにゃふにゃ言わないで　もっとはっきり》
「と、う、よ、う、こ、う、そ、く、線」
《よく聞こえない》
またしても、問題は固有名詞か、私の滑舌か。
会話が成立しなくなると、雪実はすぐに話題を変えた。
《今も　音は全然聞こえないんですか》
「聞こえない」
《見えるだけなんですか》
「見るのと、雪実ちゃんに話すこと、だけ」
《他の人に話しかけることは》
「できない」
《物に触ったり　動かしたりは》
「できない。でも壁はすり抜けられる」
《空を飛んだり　瞬間移動したりは》

「そういう便利なことは、何もできない。移動は徒歩」
張込みの夜は長いので、無駄話もそれなりにする。
《学生時代の部活は》
「中学は文芸部、高校は演劇部、大学はマスコミ研究会」
これは通じたらしく、少し笑われた。
《めちゃめちゃ文化系ですね》
「雪実ちゃんは？」
《演劇部で　どんな役やってたんですか》
二人の会話でペースを握るのは、基本的には雪実だった。興味のない話題や、都合の悪い質問はあからさまに無視される。これは言霊の性質、あるいは立場の問題なのか。それとも互いの性格によるものなのか。現世で普通に友達になっても、雪実はこんなふうに私の質問を無視し、自分の質問を優先的に投げかけてくるのだろうか。
「……イモムシ、とか」
《なんですって》
「初めてやったのは、イモムシの役でした」
《次は》
「……宇宙人」
さらに笑われた。けっこうな大爆笑だ。もはや、張込みも何もあったものではない。
《イモムシと宇宙人だけですか》

「それだけ。雪実ちゃんは、学生時代なにやってたの？」
《当ててください》
「分かんないよ……スポーツ系？　文化系？」
《スポーツ系です》
「テニス」
《違います　まず寺田さんはやらないような種目です》
「なんだろ……女子ラグビーとか」
明らかに雪実はムッとし、あえてなのか、手で携帯に打ち込んだ。
《私、そんなにゴツいですか？》
いや、そういうつもりじゃなかったんだけど——。
その後、雪実から聞いた正解も負けず劣らず「ゴツい系」だっただけに、逆に私は納得がいかなかった。
だったら「女子ラグビー」で、あんなにヘソ曲げなくてもよかったんじゃないの。

菅谷凱斗の顔を確認し、浜辺友介と同一人物であるとの確証が得られた時点で張込みは終了。だがそれを以てして、雪実が何をどうしようとしているのかは、依然分からないままだった。
平日、雪実は普通に仕事。取材、原稿執筆、会議、打ち合わせ、張込み、頼まれ仕事、調べ事。新人記者として、実に多忙な日々を送っていた。会社にいる間はできるだけ距離を置くようにしているので、厳密に言ったら、雪実がなんの仕事をしているのかまでは、私は把握していなかった。それだけに、雪実が電話をし始めると気になって仕方がない。相手は凱斗ではないのか、また何か探りを入れられているのではないか。私の頭の中は、常にそれで一杯だった。

仕事が終わると、私は真っ先に確認した。

「今日、凱斗から電話は？」

《ありませんでした》

だがその返答を、私は心から信じてはいなかった。雪実は一人で考えて、作戦を立てて実行して、見事痴漢を逮捕するような子だ。今も何か、自分一人でどうにかしようとしているのではないか。そんな疑念が拭えなかった。

また雪実は、私の原稿を繰り返し読んでもいた。

他にも使える情報はないか、証拠になるような事柄はないか。見落としていること、書かれていないことはないか。そういう「何か」を探していたのだと思うが、ときには読みながら涙することもあった。

映画を観ているときと、同じだと思った。

繰り返し読むうちに、それまでは気づかなかった一文が急に心に刺さり、揺さぶられる。菅谷凱斗という男を知り、事件に対してより理解が深まったというのもあったと思う。悔しそうに、歯を喰い縛っているのも何回か見た。

ベッドで原稿を読んでいた雪実が、タブレットを枕元に置く。眼鏡を外し、目元を拭ってから携帯電話を構える。何か言いたいことがあるようだ。

私は隣までいき、ディスプレイを覗き込んだ。

《凱斗は　なぜ美波さんを殺したんでしょう》

それについて、私は一つだけ、原稿には書かなかった見解を持っていた。仮説、あるいは推理といってもいい。でもそれは、まだ雪実にも言いたくない。

なので、現時点ではごく表面的な言い方しかできない。

「美人局詐欺から、栄一を守ろうとしたんだと思う」

このレベルのやり取りになると、ちゃんと伝わっているかどうか、若干不安ではある。とはいえ、なんでもかんでも丁寧に、平易な言葉で話すのはまどろっこしいので、最悪、重要なところだけ伝わればいいいか、と割り切って話すようにしている。今のなら「栄一を守ろうとした」だけ伝われば充分だ。

実際、それで雪実との会話は成立していた。

《でも美波さんを殺害することで　栄一の立場は余計に悪くなったわけですよね》

一方、私に対する雪実の伝達能力は、携帯電話というツールを採用したことで、正確さも情報量も格段にアップしていた。やはり、最新の電子機器は侮れない。

「だから、凱斗が美波を殺したのは、計画的犯行じゃなかったんだと思う。何か突発的な理由で、感情的なもので、凱斗は美波を手に掛けてしまったんだと思う」

今のはさすがに長かったし、平易でもなかった。当然のように雪実は眉をひそめ、もう一回、と人差し指を立てた。そういうときは、私も「根気、根気」と改めて自身に言い聞かせ、発言を細切れにし、言い回しを変えて言い直す。

やがて、理解した雪実が頷く。

《こんな言い方はしたくないですけど　美人局の件がある以上　そもそも恨みを買っていたのは美波さん　ってことになりますよね》

「それは、私も認める」

《でも常識で言ったら　たとえ父親が引っ掛けられたからといって　普通はその相手を殺すまではしない　孤児になってしまった自分を引き取ってくれた　恩義のある義父だということを考慮に入れても　やはり美波さんを殺すのはやり過ぎでしょう　ということは　それ以上の理由があったと思うんですが》

その本当の理由を知っているのは、菅谷凱斗だけだ。ひょっとしたら、殺される直前の美波は悟っていたかもしれない。凱斗が自分の犯した罪に苦しんだ末、栄一に告白したという可能性もあるか。いや、それはないか。少なくとも私が知っている凱斗は、そんな人間ではなかった。そもそも美波を殺したことを後悔するような人間だったら、十四年も経って私を殺しにきたりもしなかったはずだ。

だから、私の見解や仮説、推理は、やはり私独自の考えでしかない。誰かに話して聞かせたり、ましてや記事にして発表などしていいものではない。

「何かあったとは思う。でも私には……」

そのときだった。

ふいに雪実が玄関の方に顔を向けた。チャイムでも鳴ったのだろうか。宅配便はコンビニ受け取りにすることが多いので、そういう業者ではないと思う。時計を見ると十一時五分。こんな遅くに人が訪ねてくるなんて、私がこの部屋に居つくようになってから初めてだった。

ベッドから下りた雪実が玄関に歩いていく。部屋着にしている薄紫のジャージ、そのウエスト辺りと上着の裾を直し、ほんの形だけ、髪も撫でて整える。

はーい、と雪実が応えたかどうかは分からない。ドアスコープで相手を確認したかどうかも、私の位置からはよく見えなかった。ただあとから考えると、このときの雪実は少し様子がおかしかった。やけに丁寧にドアチェーンを外し、ロックを解除し、ゆっくりとドアを開けた。

うそ、と思った。

でもすぐに、あり得ないことではないと思い直した。

訪問者は、菅谷凱斗だった。

雪実がここの住所を凱斗に教えた、というのはさすがにあり得ない。だが凱斗は、雪実が協文舎の社員であることを知っている。協文舎の住所は、ネットで調べればすぐに分かる。その協文舎から出てきた雪実を尾行すれば、住居を特定するなど造作もなかったに違いない。何しろ凱斗は、スガヤ建工を張込みしていただけで私の住居を割り出し、近くで待ち伏せて拉致し、千葉まで連れ去って絞め殺した男なのだ。

このままでは、雪実まで同じ目に遭わされる。

二人は、明かりも点けていない玄関で、一分か二分立ち話をしていた。もう、体当たりでもなんでもいいから追い出して、と私は思ったが、どうもそういう空気ではない。凱斗は柔和な表情で何事か語り、雪実はただそれをじっと聞いている。むろん内容は聞こえないが、凱斗の態度に騙されてはならない。凱斗は柔らかく、ゆっくりとした口調で、おぞましいことを平気で語る男なのだ。

どういう結論になったのか。雪実は、まるで凱斗を迎え入れるようにこっちを振り返った。ダメ、なんでその男に背中を向けるの、ダメだってそんなの。そう叫んでみたところで、状況は何も変わらなかった。雪実はこっちに歩いてくる。私はまだ玄関にいる凱斗に目を向けた。

凱斗は少し屈んで、ドアのロックをゆっくりと、音がしないように回していた。マズい。完全に閉じ込められた。私一人ならいつでも出ていけるけど、でも、出ていったところで助けを呼べるわけではない。武器になりそうなものを拾ってこられるわけでもない。

どうしよう、どうしよう。

凱斗が黒い革靴を脱ぐ。廊下に上がり、雪実の背後に迫る。

般若のお面——私を殺しにきたあのときと、凱斗はまったく同じ顔をしていた。

その凱斗が、凱斗の両手が、音もなく、雪実の肩口に伸びていく。

背後から雪実の首を、鷲摑みにしようとする。

「危ないッ」

私は、自分の鼓膜が破れるほど叫んだ。

すると雪実は、まるで背後が見えていたかのように、スッと体勢を低くし、凱斗の魔の手からすり抜けてみせた。

だが凱斗も、それだけでは終わらない。諦めない。

雪実の首を捉え損ねた両手は、次の標的を雪実の胴体、腰の辺りに定めたようだった。骨ばった、でも妙に力のありそうな左右の手が、薄紫のジャージの腰を捉える。

「逃げて、雪実ちゃんッ」

それが、なんの役にも立たない叫びであることは、私が一番よく知っていた。ジャージのウエストを摑まれ、下半身の動きを封じられた雪実は、つんのめるように前に倒れた。ジャージが脱げかかり、パンツが半分見えている。それでもかまわず、雪実は前に出ようとした。匍匐前進のようにしながら、前方に手を伸ばした。

指先の、ほんの二十センチくらい先にはローテーブルがある。一人で食事をするのに使ったり、映画を観るときにグラスやおつまみを置いたりする、いつもの丸テーブルだ。

しかしこれは、なんの偶然だろう。

丸テーブルの上には、例の、ガラスの白鳥が載っていた。昨夜、ミックスナッツを入れるのに使ったのが、そのままになっていた。

凱斗は雪実の腰にしがみつき、さらに首へと手を伸べようとしていた。

「雪実ちゃん、これ、これ、これッ」

私には髪の毛一本動かせない。それは分かっている。分かってはいるけれど、でも手を出さずにはいられなかった。手近に武器になりそうなものは、ガラスの白鳥の他には見当たらない。早く雪実にそれを摑んでほしくて、押すというか、払うというか、扇ぐというか、とにかく一ミリでもいいから動かそうと、私は躍起になった。

これで凱斗を追い払って、雪実ちゃん、大学まで空手やってたんでしょ、これ使ったら勝てるって、ほら、もうちょっと、もうちょっとで届く、雪実ちゃん――。

私の念で動いたなんて、そんな都合のいいことはあるまい。雪実がテーブルに手を掛けたから、それで天板が傾いて白鳥がすべってきたとか、そういうことだったと思う。でも私には、まるで白鳥が自ら、雪実に摑まれにいったように見えた。

すっ、と白鳥の首が、雪実の左手に収まった。

武器を得た雪実が、振り返るように体を捻る。

凱斗の顔を、その視界に捉える。

一見は、仏像のような無表情。しかしそれこそが、心を動かすことなく人を殺すことができる、無慈悲な悪魔の顔なのだ。

お前は、美波を殺したときも、その顔をしていたんだろ――。

もういっそ、私がガラスの白鳥で凱斗を殴りつけたかった。どうなろうとかまわない、こいつは人殺しなんだ、大怪我をしたって、仮に死んだって、同情する必要なんてない。

お前なんて――。

私のその、想いの通りになった。

振り出した左手。弧を描いて宙を舞う、ガラスの白鳥。

透き通った胴体部分が、凱斗の左こめかみを確実に捉える。鈍く、重みのある衝撃が、凱斗の側頭部を襲う。

その反動を受け止めきれず、接合部分は砕け、胴体だけが外れて落下する。しかし、首と翼だけになっても、白鳥はまだ宙を舞い続けた。

思わず、左こめかみに手をやった凱斗。やりやがったな。そんな憎しみのこもった目で雪実を見る。

ああ、やったよ。やってやったよ。でも本当にやったのは雪実じゃない。私だ。お前が殺した、寺田真由だよ。

さあ、白鳥よ、戻っておいで。

その男の喉首を、お前の美しい翼で、思いきり切り裂いておやり。

4

部屋の入り口。そのドア枠に、背中を預けて座り込んだ菅谷凱斗。顔は生前のまま整っており、今は眠るように目を閉じている。だが顎の下は、ヒステリー女に赤ワインを浴びせられたかの如く、びっしょりと濡れている。

いや、そんな洒落た色ではない。

白鳥の翼が切り裂いた喉元の傷口は、今もぶくぶくと黒く血を吐き出している。肌を伝うそれは、確かに赤い。だが濃紺のジャケット、黒いニットに染み込むと、また色は分からなくなる。たっぷりと血を吸ったジャケットは、もはやニットと同じ黒にしか見えない。

凱斗の向こう正面、ローテーブルよりさらに奥。雪実は可能な限り凱斗から距離を取り、窓下の壁に背中を押しつけるようにして座っている。左手はまだ、あの白鳥の首を握り締めている。不思議なくらい、返り血は浴びていない。雪実も、白鳥も。

私は、雪実を抱き締めた。

「雪実ちゃん、これは正当防衛だから。雪実ちゃんが悪いんじゃない、襲ってきたのは凱斗なんだから。仕方ないことだったんだから……ね？　正当防衛だよ、正当防衛。分かる？」

実際に凱斗を殺したのは、私だ。雪実は、私の想いに突き動かされて肉体を操られてしまっただけだ。雪実に殺意はなかった。そもそも雪実には、凱斗を殺す動機がない。

動機――いや、待て。

雪実は私の原稿を読んでいる。菅谷凱斗が、会社の先輩である寺田真由を殺したことは書いてなくても、その幼馴染みである足立美波を殺したであろうことは、原稿に明記してある。雪実は、凱斗が人殺しであることを承知していた。雪実は正義感の強い子だ。私という言霊の存在を抜きにしても、雪実が凱斗に、間接的に嫌悪感を抱いていたという見方は成立する。

警察がこれを知ったら、どうなる。正当防衛の立証が難しくはならないだろうか。雪実に殺意はなかったと、完全に言いきることはできるだろうか。

「雪実ちゃん、雪実ちゃん」

いくら気丈な雪実といえども、人一人の命を奪えば、相応のショックは免れないようだ。表情は泣き顔のまま固まっているのに、涙が出てこない。たぶん声も出ない。動かなくなった凱斗に目を向けては、逸らす、向けては逸らす。そんなことを繰り返している。

「雪実ちゃん、しっかりして。今が大事だから。ここが正念場だから、私の言うことをよく聞いて」

一方、私は極めて冷静だった。すでに他界しているから、死そのものに対する恐怖感が希薄だし、法律に則って処罰される懼《おそ》れもないから、勢い発想も大胆になる。

「ちょっと、雪実ちゃんッ」

ようやく雪実の目が焦点を取り戻す。自身の左手を見て、でもすぐには白鳥の首を手放せなくて、右手で引っこ抜くようにして、なんとか凶器を傍らに捨てる。

「雪実ちゃん、聞こえる？　聞こえてる？」

最初は小さく、でも繰り返し、雪実が頷く。

「そのタブレットにある、私の原稿、削除して」

えっ、という顔で雪実が視線を上げる。私の姿が見えていたら、目を見合わせていただろう。

「【ごみ箱】に捨てて、そこからも削除して完全に消去して。フォルダーごとの方がいい。でも【ごみ箱】は空にしないで。空っぽだと、慌てて何か消したのかって疑われるから。あのフォルダーごと【ごみ箱】に捨てて、あのフォルダーだけ【ごみ箱】からも削除して」

私の説明がよくなかった、とは思えない。確かに「短くて平易」ではなかったが、分かりづらい固有名詞などはなかった。最近の雪実だったら、充分理解できるレベルの単語と長さだったはず。むしろ、よくなかったのは雪実の精神状態の方だろう。

タブレットを手に取り、電源を入れ、でもそこで止まってしまう。

「私の原稿、フォルダー、削除、消去」

一々、手取り足取り指示してやらなければならなかった。でもなんとか、表面的には私の原稿を消去することに成功した。

ただ、相手が警察となったら、これでもまだ完璧に消去したことにはならない。それも私は分かっていた。ハードディスク全体に別のデータを上書きするか、完全に破壊するかしなければ、原稿のデータは復元可能なまま残ってしまう。

しかし逆を言えば、復元作業さえしなければ、このタブレットに原稿があったことは分からない。雪実が私の原稿を読んだという証拠はないも同然になる。少なくとも嫌疑の端緒にはならない。

これは賭けだ。

雪実の正当防衛を警察に認めさせる。

これは私と、現世との戦いだ。

雪実に、凱斗の死亡を確認させるのもひと苦労だった。

とりあえず爪先を触らせ、反応がないことを確かめた上で、脚全体を揺すらせた。それでも反応はなかった。私が見たところ、首からの出血はもうほとんど止まっていた。放っておいて塞がる傷には見えなかったので、たぶん、心臓が止まったから出血も止まったのだろう、と私は判断した。

だが、言霊としては当然、もう一つのことが気になってくる。

凱斗が死亡したのだとしたら、その魂は今どこにある。

そう思って見ていると、

「……ひっ」

いた。見えた。

元の体と、ほぼ完全に重なっているので分かりづらいが、いま確かに、凱斗は瞬きをした。いや、肉体の瞼は力なく閉じたままなのに、そこに重なっている別の瞼が、忙しなくズレるように閉じたり開いたりしたのだ。

振り返ると、雪実は凱斗の足元にへたり込み、呆然とこっちを見ている。むろん、雪実に今の瞬きは見えていなかったに違いない。

「雪実ちゃん、一一〇番、通報、通報ッ」

ハッとはしたものの、すぐには動き出さない。また通じなかったのか。伝わらなかったのか。

凱斗に目を戻すと、頭も少し揺れ始めていた。このまま見ていたら、どうなるのだろう。凱斗も、こっちの世界に抜け出てくるのだろうか。それは、それだけはさせられない。

でも、どうしたらいい。

「早く、雪実ちゃん、一一〇番、一一〇番して」

雪実が、のろのろと携帯電話に手を伸ばす。

「男の人が怪我をした……じゃなくて、男の人に怪我をさせてしまった、って言って。男の人に、怪我を、させてしまった」

雪実がその通り、電話の相手に言えたかどうかは分からない。

こっちは正直、それどころではなかった。

凱斗の体から、つまり死体から、その魂が少しずつ抜け出てきつつあったからだ。

それはまさに「霊」だった。

両目を見開き、自分がどうなったのかを確かめようとしている。もしかしたら、彼には「見る」ことすらできないのかもしれない。だとすると、その目に映るのは無限の闇か。あるいは「無」か。不快そうに頬を歪め、歯を剝き出し、声にならない叫びで自らの首を絞め上げる。死に恐怖し、生に執着する亡者。そのくせ、他人の命には頓着しない、自分さえよければ他の誰が不幸になろうとかまわないという、卑しき悪霊そのものの姿。

「……菅谷凱斗、聞こえる？」

駄目か。「聞く」こともできないのか。だとしたら、私が誰かなど分かろうはずもない。

「あなたに訊きたいことは山ほどある。美波を殺した理由も、私を殺した理由も、雪実を襲った理由も、ちゃんと説明してほしい」

凱斗が、憎しみのこもった目で周囲を見回す。ひょっとして、私の声だけは届いているのか。

「でももう、それは無理そうね。あなたはただ死んで、見る目を失い、聞く耳を失い、言葉すらも失った。あなたの魂が死の闇の中で、どうなっていくのかは知らない。ただ朽ちるように溶けていくのか、焼け落ちるように崩れていくのか。上手いこと成仏する可能性だって、ないわけじゃないんだろうけど……それはもう、私には関係ない。どっちでもいい。あなたの罪は、あなたの命でしか贖《あがな》えない。でもそれさえできれば、私は……」

凱斗への復讐を終えたら、私の魂も、さらなる他界を果たすのかも。そう思ったが、でもなかなか、そうはならなかった。

制服を着た警察官が部屋に入ってきて、まず雪実が外に連れ出された。凱斗の死体は、あとから来た青い作業服の人たちが撮影したり、見取り図を描いたり採寸したり、白衣を着た医師が傷口を確認したりしたのち、運び出されていった。

凱斗は、まるで上手く脱皮できなかった蟬のように、自分の亡骸に下半身を囚われたまま、最後までもがき続けていた。そのうち完全に脱皮するのかもしれないが、それができたところでどうなるものでもあるまい。見ることも聞くことも、触れることも話すこともできない魂にとって、この「他界」は地獄と大差ない。

こんな言い方はしたくないが、私は言霊になれてよかったと、心から思った。

一方、パトカーの後部座席で事情を聴かれていた雪実は、そのまま警察署に連行されることになった。パトカーには【高井戸】と書いてあったので、もし乗り遅れてもあとから高井戸署にいけば問題なく合流できたはずだが、私だって徒歩よりは車移動の方が楽なので、無理やり雪実と警察官の間に重なって、高井戸署に向かった。

夜、車に乗って移動したのは、凱斗に殺されたあの夜以来だったかもしれない。

取調べは翌日から始まったが、その、雪実の担当になった取調官というのがもう、ほんとに最悪だった。

頭が禿げてるのは仕方ない。自然とそうなってしまったのだろうから。でも、眉がまったくないというのは、明らかに不自然だろう。眉も自然になくなったんだ、と当人は言うかもしれないが、女性からしてみたら、眉なんてなければ描け、ということになる。

つるっ禿《ぱ》げで脂ぎった中年太りで、そもそも目つきが悪い上に黒目が小さな三白眼で、喋るときにやたらと唾を飛ばして、挙句の果てに眉毛が一本もないって、完全に、怖がらせて自供させようとしているとしか思えない。

「雪実ちゃん、この人には喋んなくていいよ」

警察関係にはけっこう取材したので、私には分かる。この小山って刑事、絶対に暴力団担当だと思う。こんな人を、雪実みたいな若い女性の取調べに当てるなんてどうかしてる。せめて、その後ろにいる菊田という女性と交代してもらうわけにはいかないのだろうか。彼女だったらもっと優しく、冷静に話を聞いてくれるはずだ。

ほら、私には聞こえないけど、いま絶対怒鳴った。黙ってんじゃねえよ、って言ったでしょ。

「雪実ちゃん、泣いちゃいな。こんな暴力的な取調べ、昭和じゃないんだから、今の時代、絶対に許されるわけないって」

私が言わなくても、遅かれ早かれ雪実は泣き出していたと思う。そもそも、ちょっと押されただけで涙がこぼれるくらい、不安定な精神状態なのだ。

「菊田さんの方は、絶対雪実ちゃんに同情してる。何かあったら、きっと味方してくれるよ。だから我慢しなくていい。嫌だったら泣いちゃいな。泣いて黙っちゃいな。こっちには黙秘権があるんだから。刑事が怖くて喋れませんでしたって、検察でもそう言えばいいんだから」

それとは別に、いつも課長席に座っている土堂って人も、一種異様な雰囲気の持ち主だった。取調室に出入りする雪実を毎回、遠くから微動だにせず、じっと睨んでいる。勘違いだとは思うが、何度かは私とも目が合ったような、そんな気がした。

あの目――。

なんでも見抜いてしまいそうな、寒気がするほど鋭い眼差し。あんな人が取調官じゃなくて、ほんとによかったと思った。小山刑事は、たとえばサイとかイノシシとか、力で突進してくる怖さだが、土堂課長は、ワシとかコンドルといった猛禽類の怖さだ。上空から一直線に仕留めにくる。そういうタイプだ。

ところが、逮捕四日目からは状況ががらりと変わった。

雪実の「泣いて黙秘」という作戦が功を奏したのか、それとも菊田刑事が、小山刑事の横暴さを土堂課長に告げ口してくれたのか。とにかく、取調官が小山刑事から、武脇という別の刑事に交代になった。

武脇刑事は、優しそうな目をした、雰囲気の柔らかい人だった。とはいえ、刑事は刑事。取調べのプロ。私は「迂闊なことは言わないように」と再三再四、雪実に忠告した。

逮捕されて一番困ったのは、雪実から私への、情報伝達手段がなくなったことだ。携帯電話は疎か、紙もペンも持たせてもらえない。最悪、唇の動きで読み取るという方法はあるものの、それも取調べ中は使えない。なのでしばらくは私から、一方的に話しかけるだけにならざるを得なかった。

「とにかく私の原稿のこと、あれに書いてあったことは、まだ喋らない方がいい。だから『菅谷凱斗』って名前も、出さないでおいて。奴はあくまでも『浜辺友介』。そこだけは、絶対に間違わないように……で、正当防衛だからね。悪いのは雪実ちゃんじゃなくて、凱斗、じゃなくて、浜辺友介か……あと、上手く話を持っていけそうになかったら、もう私のことも、話しちゃっていいから。女の声が聞こえるんです、私、頭がおかしくなってるのかも、とかさ、霊に憑りつかれてるんです、でもいいよ。好きに言っちゃっていいから」

どうせ私の存在なんて立証不可能なんだから、雪実の正常な判断力、責任能力が疑われることはあっても、彼女の罪が重くなるようなことにはならないはず。

ただし、そういう病院に強制入院になるのは、避けたい。

警察にどういう事情があるのかは知らないが、雪実はどういうわけか高井戸署ではなく、原宿署の留置場に収容された。

原宿署で寝起きし、高井戸署に連れてこられて取調べを受け、また夕方原宿署に戻される。そこで夕飯を食べたら、就寝まで少しだけ自由時間がある。

そこで雪実は、留置されている人用の新聞を借りて読み始めた。

一文字一文字、人差し指で差しながら——。

雪実、頭いいなって思った。要は印刷物を利用した「コックリさん」だ。これだったら看守にも怪しまれずにやり取りができる。

雪実が【い】と【る】を交互に指差す。

「うん、いるよ」

あ、な、た、の、事、話、た。

「いいよ。雪実ちゃんのためになるなら、そうして」

原、こ、う、の、事、い、つ、話、す。

「それは、正当防衛が成立してからの方が、いいと思う」

分、ら、な、い。

「正当防衛、正当防衛」

せ、い、と、う、ぼ、う、え、い。

「そう。正当防衛、で、釈放、されてから」

し、や、く、ほ、う、され、て、から。

「そう。全然話せるね」

話、せ、る。

「私は、ずっと、雪実ちゃんの、そばにいる」

う、ん。

「絶対、無実、証明、しようね」

無、し、つ、し、よ、う、明。

私はそこで、雪実にまず伝えるべきことを、いまだ伝えていなかったことに初めて気がついた。馬鹿だった。

「違う、違うよ……ごめん。そもそもは、私が雪実ちゃんを巻き込んじゃったんだから。ほんと、ごめんなさい……あなたは何も悪くないのに……凄く嫌なこと、させちゃったね。つらい想い、させちゃってるよね……怖かったよね」

血塗《ちまみ》れの、凱斗の死体。

「あんなの、見たことなかったもんね。ごめんなさい、ほんと、ごめんなさい……責任とるなんて、偉そうなことは言えないけど、でも絶対に、雪実ちゃんの無実は証明してみせるから」

雪実も、ぽろぽろと涙を流し始めた。

それを拭いながらも、新聞の文字を指でなぞる。

ま、ゆ、さ、ん、か、わ、い、そ、う——。

そう読み取った瞬間、私の魂は、震えた。

「……私？　私のこと、真由って、呼んでくれたの？」

わ、た、し、ま、ゆ、さ、ん、す、く、い、た、い。

「私を、救う？　雪実ちゃんが？」

う、め、ら、れ、て、る、場、し、よ、さ、が、す。

「雪実ちゃん……」

涙なんて出てないのに、視界が揺れたように、滲んだように感じた。

「ありがとう……」

し、や、く、ほ、う、さ、れ、た、ら、ま、ゆ、さ、ん、さ、が、す。

嬉しい。嬉しいけど、でもどうやって。

私の死体を埋めた凱斗は、死んだ。

私自身も、あの場所のことはよく覚えていない。


雪実には、本当に申し訳ないと思っていた。

留置場の床は毛足の短いカーペットになっているので、何畳というふうには数えられない。でも、大体八畳くらい。留置された人間はそこに、布団を敷いて寝ることになる。

寝心地は最悪だろう。それでも雪実は、なんとか睡眠をとろうと固く目を瞑り、繰り返し寝返りを打っている。だから、私も話しかけない。壁際で膝を抱え、静かにしている。

今日までは幸い、相部屋にはなっていない。釈放されて出ていった人も、新しく入ってきた人もいない。この部屋で寝泊まりするのは雪実だけ。それだけ事件を起こす女性は少ない、ということなのだと思う。

居室の奥には一つ、洋式便器がある。背の低いパーティションで仕切られているだけなので、どう見ても臭いの漏れを防ぐことはできそうにない。音も絶対に聞こえると思う。プライバシーも何もあったものではないが、でもどうしようもない。それが、日本社会の定めた「容疑者」に対する処遇なのだから。

雪実が寝てしまうと、もう私にはするべきことがない。そうなると、どうしても考えてしまうのは凱斗のことだ。

彼は確かに人を殺した。美波と、私を殺した。常識で言えば、その罪を裁く資格は裁判官にしかない。二人殺しているのだから判決は死刑相当。ところが、問題はそれよりもっと手前にあった。警察も検察も、凱斗に罪を問うことをしなかった。

だから、私が殺した。

物理的に手を下したのは誰か、法的に殺害したと認定されるのは誰かという問題はさて措き、包括的な意味合いとして、凱斗に「死」という罰を与えたのは、私だ。

それで私が地獄に落ちるのだとしたら、それも致し方ない。甘んじてその罰は受けよう。でもその前に、私は凱斗がどうなったのかを確かめたかった。私が凱斗に与えた「死」、あるいは、やがて自分がいくことになるかもしれない「地獄」というものを、少しでも知っておきたかった。

雪実は朝食を済ませたのち、高井戸署の迎えの車に乗り込み、原宿署を出る。私もそれに同乗していく。高井戸署に着いて取調室に入ったら、いつもは私も、最初から最後まで取調べに付き合う。

でも今日だけは、雪実に断わっておいた。

「私、凱斗の様子を見てくる。少し、離れる」

雪実が留置されているのが高井戸署だったら、夜中に、一人で勝手に見にいけばいいだけの話だが、場所が原宿署ではそうもいかなかった。車で高井戸署まできて、取調べが終わるまでの間にしか凱斗を捜すチャンスはなかった。

雪実は小さくだが、それとなく頷いてくれた。ありがとう。心細いだろうけど、急いでいってくるから、少しだけ、一人で頑張って。

私は取調室を出て、高井戸署の中を勝手に探索し始めた。

雪実が取調べを受けている「刑事組織犯罪対策課」以外にも、高井戸署には様々な部署があった。生活安全課、地域課、交通課、警務課、警備課。新聞やニュースで見知った部署名ではあるが、こうなってみると、どこがどんな仕事をしているのかなど、私はほとんど知らなかったのだと気づかされる。雪実がなぜ原宿署に留置されているのか、その理由も、歩き回ってみて初めて分かった。

高井戸署には女性用の留置場がない。単純に、そういうことのようだった。

さて、霊安室はどこにあるのだろう。安直な発想だが、イメージ的にはやはり地下だ。それも、誰もきそうにない暗い廊下の奥の方。だが実際にいってみると、どんなに探しても地下に霊安室はなかった。高井戸署には女性留置場だけでなく、霊安室もないのかと思ったが、そうではなかった。

先入観を捨て、敷地内にあるすべての施設を虱潰しに見ていくと、あった。メインの建物とは別棟の、二階建ての小さな建物の一画が霊安室になっていた。

早速、壁をすり抜けて入ってみる。

凱斗の遺体はすでに、別の施設に移されているかもしれない、という懸念はあった。窓がなかったら真っ暗で何も見えないかもしれない、とも思った。確かに窓はなかったが、でも非常口誘導灯が点いていたので、かろうじて真っ暗闇ではなかった。

そして凱斗の遺体も、まだ移送されずに残っていた。

白い布が掛けられた、ストレッチャーと大差ないベッドの上。その頭の辺りに、片目だけ突っ込んで確かめた。遺体は、菅谷凱斗に間違いなかった。肩口や脇、お腹の上、脚の間に仕込まれた、大量のドライアイスのお陰だろう。腐敗したり、傷んだりはまったくしておらず、喉元の傷口も一直線に開いたまま、縫合すらされていなかった。

これが、そうなのか――。

言霊の私から見ても、それはもう、ただの死体でしかなかった。あのとき、自分の亡骸から抜け出ようともがいていた凱斗の魂は、もうここにはない。亡骸に繋ぎ止められたまま消滅したのか、抜け出てどこかを彷徨っているのか。分からないけれど、それを確かめる術も私にはない。

ただ、五感を失った状態で抜け出ても、どうしようもなかっただろう、とは思う。幽霊になって、この霊安室から這い出して、手探りで警察署の廊下を徘徊するだけなら、まだいい。

私は目が見えているが、凱斗はたぶん見えていなかった。だとしたら、凱斗には床も地面も分からなかったことになる。触れて感じることもできないのだから、どこかに摑まることも、踏み止まることもできなかったはず。

その結果、何が起こっただろうか。

五感を失った凱斗の魂は、ただ地面に吸い込まれていくしかなかったのではないか。霊安室の床をすり抜け、コンクリートの基礎からも抜け落ち、なす術もなく地層に溺れ、やがて地の底まで、もしかしたら地球の中心まで、落ちていったのかもしれない。

人は、死んだら土に還る――。

それはつまり、こういうことなのかもしれない。

第六章

1

久我山四丁目のコインパーキングに駐まっていた、黒色のトヨタ・ハイエース。そのドアが、マル害「浜辺友介」の所持していた車のキーで解錠できたことから、同氏の身元は初めて明らかになった。助手席に置かれていたウエストバッグを検《あらた》めると、運転免許証が出てきた。そこに記載されていた名前は【菅谷凱斗】。顔写真のそれはまさに「浜辺友介」であるにも拘わらず、だ。

つまり「浜辺友介」は偽名だったことになる。年齢は三十六歳。

ウエストバッグには、他にも興味深いものが多数納められていた。

携帯電話、名刺入れ、手帳、長財布、社名の入った領収書、住居のものであろう鍵、タバコとライター、相当使い込んだ五・五メートルのメジャー。

革が伸びきり、分厚く膨らんだ名刺入れからは【現場監督　菅谷凱斗】と入った名刺も出てきた。社名は【スガヤ建工株式会社】。所在地は千葉県船橋市習志野台三丁目。車両の後部荷台にあった作業用ツナギにも、一緒に置かれていたジャンパーにも【スガヤ建工（株）】と刺繍が入っている。

押収品はいったん刑組課の並びにある会議室に運び込み、土堂、菊田、鑑識係員二名と武脇の五人で見分した。

土堂が、ポリ袋に入った社名入りの領収書をテーブルに戻す。

「……じゃあ早速、連絡してみろや」

武脇は領収書同様、ポリ袋に入った名刺の束に手をやった。

「はい。とりあえず、遺体確認に誰か呼びます。『スガヤ建工』の『菅谷凱斗』ですから、十中八九、社長か創業者の親族でしょう」

弟か、息子か孫か、そんなところだと思う。

「菊田さん、いこう」

「はい」

刑組課に戻り、警察電話でスガヤ建工の代表番号に架電すると、すぐに『はい』と女性の声が応えた。

『スガヤ建工です』

印象的には三十代くらい。ただの従業員かもしれないが、菅谷凱斗の妻という可能性もなくはない。

「もしもし、恐れ入ります。私、東京の、警視庁の武脇と申します。そちらに社員の方で、菅谷凱斗さんという方は、おられますでしょうか」

相手女性は、明らかにハッと息を呑んだ。

『あ、あの……少し、お待ちください』

曲名は分からないが、耳馴染みのあるメロディが電子音で流れ始め、だがひと節も終わらないうちにそれは途切れた。

『はい、お電話代わりました、社長の菅谷です』

「恐れ入ります。私、警視庁の武脇と申します」

『はい、あの』

「そちらに、菅谷凱斗さんという方は、おられますでしょうか」

『いえ、今は不在ですが、どういった……その、凱斗が、何か』

おそらく東京で警察に逮捕され、留置でもされている状況を想定したのだろう。

「はい。大変、申し上げにくいのですが……菅谷凱斗さんと見られる男性が先々週、三月の十七日に、とある事件に巻き込まれ、亡くなられました」

すぐには、反応がなかった。

長い沈黙。

武脇が続けた方がよさそうだ。

「失礼ですが、凱斗さんは社長さんと、どのようなご関係ですか。親子、ですか」

『はい……凱斗は、私の、息子です』

思わず漏らした自分の息まで、やけに重たく感じられた。

「心中、お察しいたします……いきなりの電話で、このようなことを申し上げるのは、甚だ心苦しいのですが、ご都合がつくようでしたら、できるだけ早く、ご遺体のご確認に、いらしていただきたいと思っております」

それに対する回答は、なかった。「遺体の確認」という言葉の意味を、まだ受け止めきれていないのかもしれない。

『事件、というのは……つまり、どういう、ことなのでしょう』

「それについては、お会いしたときに、詳しく」

『凱斗は、殺された、ということですか。殺人事件、ということですか』

「いえ、それとは少し、違います」

『でも、でも凱斗は事件に巻き込まれて、ということはつまり……殺されたんじゃ、ないんですか』

「それも、厳密に言ったら違います」

『どう違うんですか』

「事件の形としては、傷害致死になります……あとは、お会いしたときに詳しく。ご遺体は今、東邦大学医学部に保管してもらっています。場所はお分かりですか」

数秒、気を静めようとするような間が空いた。

『……調べて、伺います』

「では、私の携帯番号をお伝えしますので、到着されましたら、ご連絡ください。大学で落ち合えましたら、そこからは私がご案内いたします。大体何時頃、お出でになれますか」

『今すぐ、参ります。大体……一時間半か、それくらいあれば、着くと思います』

「お車でいらっしゃいますか、それとも電車で」

『車で、いきます』

「分かりました。では、夕方五時頃ということで。でも、あまりお急ぎにならないでください。私どもは、いくらでもお待ちいたしますから。時間は気にせず、何卒、安全運転で」

待ち合わせは医学系研究棟の前とし、こちらは男女二人だと言い添えておいた。

現地に着き、凱斗の父親と思しき男性が現われたのは、十七時より十分も前だった。

足早に歩いてくる、少し野暮ったい、グレーのスーツを着た男。上半身がやけに逞しい。顔は、ごつごつと角張った印象だったが、近くまでくると、意外と目が大きいことが分かる。これを怖いと思うか、端整と見るかは評価の分かれるところだろう。

礼儀として、こちらから声をかけた。

「失礼ですが、菅谷さんですか」

大きく息を吐きながら、相手は頷いた。

「はい、菅谷です。ご連絡……ありがとう、ございました」

すぐに名刺入れを出し、一枚差し出してくる。

菅谷栄一。肩書は【代表取締役　社長】となっている。

「ありがとうございます、頂戴いたします……お電話差し上げました、武脇です。このたびは、ご愁傷さまです」

武脇と菊田、こちらもそれぞれ名刺を渡しておく。

「では、ご案内します。どうぞ」

霊安室に着くまでは、あえて何も話さなかった。

斎場などと違い、法医学部の霊安室は非常に簡素だ。内装が薄いグレーで統一された、六畳ないくらいの細長い部屋。片側の壁に簡易ベッドが寄せられていて、そこに遺体が載っている。ベッドから少し離れたところには簡単な祭壇が設けてあり、花と線香が供えられている。

武脇は、一度手を合わせてから彼、菅谷栄一を見た。

「では、ご確認ください」

白布を丁寧に捲る。顎のところで止めても、喉元の傷はある程度見えてしまう。ならばと思い、武脇はあえて、鎖骨の辺りまで捲った。

「……菅谷凱斗さんで、お間違いないですか」

栄一は、数秒じっと見たのち、目を閉じ、ごろりと喉仏を上下させてから、頷いた。

「間違い、ありません。息子の……凱斗です」

涙を浮かべることもなく、取り乱すこともなく、栄一はそこまで、静かに言い終えた。

「ありがとうございます」

だが、冷静だったのはそこまでだ。

「凱斗は、凱斗に、何があったんですか」

「はい、ご説明いたします」

「これ、この……この傷、これで、こんなになって、殺されたんじゃないというのは、どういうことですか」

喉元の傷は、黒い糸でしっかりと縫合されている。

「落ち着いて、お聞きください……菅谷さんにとっては、大変、おつらい事実になると思いますが、検察庁はこの件を、刑事事件としては訴訟を提起しない、つまり、裁判を行わないという結論を出しました。我々も、同意見です」

「裁判、しないって……」

「捜査の結果、本件は加害者側の正当防衛が成立する、つまり、誰にも刑事責任は問わない、という結論です」

もしこの場に菊田がいなかったら、栄一は、武脇の胸座を摑みにきたのではないか。目に、怒りとも苛立ちともつかない、なんとも悔し気な色が宿っている。

「正当防衛、ってそれじゃ……むしろ凱斗が、息子の方が、何かしたっていうんですか」

「そういうことであると、考えております。我々は」

「なんですかそれはッ」

菊田が「菅谷さん」とその肩に手をやる。

一つ頷いてから、武脇は続けた。

「……凱斗さんは、とある女性宅に上がり、その住人である女性を暴行しようとしました。しかし抵抗され、その過程で、女性が手にしたガラス食器の破片が首元をかすめ、頸部動脈を著しく損傷。それがこの傷ですが……大量出血ののち、死亡されました」

栄一の表情が歪む。半笑いのようにすら見える。

「そんな、凱斗に限って……」

ウチの子に限って、そんなことをするはずがない、考えられない、あり得ない。よくある親の言い分ではある。だが、なんだろう。栄一が途中で口を噤んだことに、武脇は微かな違和感を覚えた。

少し待ったが、それに続く言葉は、栄一の口から出てこなかった。

まったく別の話になっていた。

「その……犯人の女性というのは、どんな人なんですか」

「犯人、ではありません。凱斗さんが亡くなったという点においては、間違いなく彼女が加害者ではありますが、しかし、見方を変えれば、彼女も被害者といえます。彼女は、凱斗さんに暴行されそうになったのですから」

「そんなことはあり得ない」

「いえ、あり得るんです。凱斗さんは『浜辺友介』と名乗り、その女性に近づいたようです。免許証や携帯電話といった身元を示すものは、すべてコインパーキングに駐めた車内に残し、女性宅に向かっています。なんらかの違法行為に及び、その犯行現場に証拠を残さないようにしようとした、とも考えられます。刑事責任という意味では……どちらがどうと、白黒はっきりさせるのは、難しいケースです」

菅谷凱斗の携帯電話から、数回にわたって中西雪実の携帯電話に連絡があったことは確認できている。逆に、中西雪実から菅谷凱斗に架電した履歴はなかった。

「菅谷さん、逆にお訊きします。凱斗さんに、東京在住の知人女性はいませんでしたか」

栄一が、押し殺すように息を吐き出す。

「……学生時代の、男友達なら、何人か、東京に出たのがいると思いますが、女性というのは……ちょっと、思い当たらないです」

一聴して嘘、と分かる調子ではなかった。

「凱斗さんが最近交際していた女性には」

「いいえ」

「過去でもけっこうです」

「いいえ」

「東京にはよく来られていたんでしょうか」

栄一はもう、武脇の目を見ようともしない。

「仕事も、忙しかったので……そんな、頻繁に、東京にいくようなことは、ありませんでした」

「でも、たまには来ていた？」

「特に、そういう話は、聞いたことがありません」

「お仕事でも？」

「ウチの現場は、ほとんどが千葉県内ですし。まるでなかったわけではありませんが、でも……二年くらい前に、江戸川区の、小岩の現場をやったくらいしか、今は、思い出せません」

江戸川区小岩と中西雪実宅がある杉並区宮前は、車でも一時間はかかるくらい距離がある。すぐに中西雪実と関連付けられる要素はない。

「分かりました……そんな経緯もあり、凱斗さんの身元を把握するまでに時間がかかってしまいましたが、現状、検死も済んでおりますし、検案書もすでに発行されています。ですので、ご遺体の引き取りはいつでも可能ですが、いかがなさいますか。搬送を依頼する葬儀社等にお心当たりがなければ、こちらでご紹介することもできますが」

亡くなった息子の遺体を見せられ、すぐに引き取れと言われても困るとは思うが、警察にしてみれば、それが死体だろうが拾った財布だろうが、いつまでも預かっているわけにはいかない、という事情がある。持ち主や遺族と連絡がつけば、できるだけ早く引き取ってもらいたいというのが本音だ。

栄一は「はい」と漏らしたきり、また少し黙り込んだ。

夕方の大学は、とても静かだった。


中西雪実にも連絡を入れた。

「浜辺友介の、身元が分かりました」

『……そう、ですか』

「しかし、そう呼ぶのも、実は正確ではなくてですね。『浜辺友介』というのは、つまるところ偽名でして、本名は『菅谷凱斗』であると判明しました」

雪実も絶句していた。

「菅谷凱斗という名前に、お心当たりはありませんか」

『いえ……漢字は、どういう』

「『菅原道真』の『スガ』に『タニ』、『カイ』は、ええと……ああ、戦いに勝って帰ってくるという意味の、『凱旋』の『ガイ』です。分かりますかね」

『はい、分かります』

週刊誌の記者なのだから、それくらいは分かるか。

「それに『北斗七星』の『ト』です」

『菅谷、凱斗……はい、分かりました』

「ご存じは、ない？」

『私はちょっと、心当たりがないですけど……でも調べてみます。少しお時間をください』

すると翌日、二十八日の午後になって、雪実から連絡があった。

『あの、私、今日から会社に、きてるんですけど』

「そうですか。それは、よかったです。お仕事の方も、穴を開けてしまって大変だったんじゃないですか」

『それは、はい……でも、会社も、事情が事情ですんで、理解を示してくれてまして、それについては大丈夫なんですが……ただ』

「はい」

『私まだ、この部署にきて、三ヶ月とちょっとなんです』

「ええ」

『それって、実は前任の女性記者が、去年の十一月から、行方不明になっていまして、その方の後任ということで、急遽、私が配属されてきたんです』

「はい。確か、寺田真由さんという方」

『あ、ご存じでしたか』

協文舎に聞き込みにいったのは、確か牧原巡査部長だったと記憶している。

「ええ、御社に伺った捜査員から、それについての報告は受けています」

『まさにその、寺田真由さんの残した文書を、調べてみたら……寺田さんのっていうか、いま私が使っているパソコンが、その寺田さんのをそのまま引き継いだものなんですけど、その中にある文書に「菅谷凱斗」という名前がないかどうか、調べてみたんです。そうしたら……あったんです。それも、何度も……かなり、重要なというか、危険な書かれ方というか』

菅谷凱斗について、危険な書き方をした、文書。

「それは、どういった内容……いや、それ、こちらに読ませていただくというのは、可能でしょうか」

『はい、大丈夫です。このご連絡も、編集長の許可は得ておりますので。メールアドレスを教えていただければ、そちらにお送りします』

いいや、警察はいまだにアナログ、ということではなく、情報漏洩対策が厳格であるがゆえ、添付ファイル付きのメールなどは受け取りづらい環境になっている。

「すみません、メールではなく、プリントアウトしたものを郵送していただくわけにはいきませんでしょうか」

『郵送だと、また時間がかかってしまいますから、でしたら、今日のうちに私がお届けします。高井戸署の方でよろしければ、会社帰りにお寄りして。ですから……え？　あ……いえ、すみません、今すぐ伺います』

なんとなく、近くで聞いていた編集長辺りが「今すぐいけ」と雪実に命じたような、そんな流れを感じた。

「申し訳ない、お手数おかけします」

『いえ、では一時間ちょっとかかると思いますけど』

「かまいません。お待ちしております」

雪実が刑組課に上がってきたのは、十五時を少し回った頃だった。

「すみません、遅くなりました」

今日の彼女は、少し緑色の入ったベージュのパンツスーツを着用している。逮捕後、毎度原宿署から連れてこられる、ある意味「しょぼくれた」雪実しか見たことがなかった武脇には、なかなか新鮮な眺めではある。

「いえ、こちらこそご足労いただきまして」

雪実は早速、脇に抱えたトートバッグから大きめの茶封筒を抜き出し、武脇に向けて差し出した。

「これが、寺田真由さんが書き残した原稿です。編集長も知らなかったものですから、もちろん記事にはなっていない、未発表の原稿です」

「ありがとうございます……中西さんは、またすぐ会社にお戻りになられますか」

「いえ、そんなに急いではおりませんが、なんでしょう」

「これ、このままお預かりしていいのか、コピーを取った方がいいのか、それとも私が今すぐ読んで、お返しした方がいいのか。お預かりするのであれば、任意提出をしていただいたという書類を作成いたします」

雪実は「ああ」と頷いてみせた。

「私は、どちらでも……ただ、お読みいただいた上で、武脇さんのご意見、ご感想も伺いたいので、すぐに読んでいただけるのであれば、私もその方が」

「分かりました。じゃ、ええと……すみません、ここしか今、空いている部屋がないんですが」

部屋というか、取調室だ。

「……さすがに、もう嫌ですよね」

意外なことに雪実は、明るく笑みを浮かべてみせた。

「いえ、大丈夫です。終わってみれば、あれもいい経験です。事情聴取レベルではなくて、逮捕されて取調べを受けた週刊誌記者というのは、そんなにいないはずなので」

なかなか、商魂逞しい。

「そう言っていただけると……じゃ、すみません、こちらで」

また雪実と菊田、武脇の三人で取調室に入った。ただ、今日はもうドアは閉めない。お茶も出すし、座る位置もあえてシャッフルした。位置だけでいったら、今は武脇が被疑者、菊田が取調官、雪実は立会人ということになる。客人を出入り口近くに座らせるのが礼儀に反するのは百も承知だが、それでも、再び犯人扱いされるよりはマシだろう。

「では、早速……」

菅谷凱斗について、ここに何が書いてあるというのだろう。

2

日曜日の夕方には釈放され、雪実は晴れて自由の身となった。

「よかったね、雪実ちゃん。お疲れさまでした」

雪実は自宅に戻るなり、返却された携帯電話とタブレットを充電器に繋いだ。

《うん　真由さんのお陰　音声認識復活　最高　超楽ちん》

雪実に、漢字で名前を呼ばれたのはこれが初めてだった。

「それは違うよ。逆だって。私が、雪実ちゃんを巻き込んじゃったんだから。本当に申し訳ないと思ってます。ごめんなさい」

釈放後の雪実は、意外なほどケロリとしていた。雨に濡れた小犬の如く、震えながら過ごしたあの日々はなんだったのか。

雪実は、充電器に繋いだままの携帯電話で、関係各所に連絡をとり始めた。家族や友人、知人、もしかしたら大家さんや管理人さん。それと「ＳＰＬＡＳＨ」の編集長。ここは必須だろう。

明けて二十七日、月曜日。

雪実は協文舎の社長、担当取締役、雑誌編集局長、編集長の四人に、逮捕された経緯についての説明をした。雪実自身は申し訳なさそうに頭を下げていたが、オジサマ方はむしろ面白がっている節すらあり、担当取締役なんかは、ニヤニヤしながら雪実に質問を繰り返していた。留置場はどうだったとか、やっぱり飯はクサいのかとか、取調べでは「吐けェ、この野郎ォ」みたいに怒鳴られたのかとか、そんなことを訊いていたのだと思う。

月曜はそれだけで帰宅。そう、暴力団員じゃないんだから、出所祝いの飲み会とかはしないのが正解だと思う。

帰宅するとすぐに、警察から連絡が入ったようだった。

《武脇さんからだった　凱斗の身元　割れたって》

「ほんと。意外と早かったね」

《いよいよ　明日から行動開始かな》

そんなわけで、職場復帰は実質、火曜日からとなった。

雪実は、自分が留守をした間に溜まった仕事を処理したり、誰かに代わってもらった件について謝罪をしたり、説明を受けたり、けっこう忙しくしていた。

そんな合間に自分のパソコンを弄り、まるで今、初めて発見したかのような顔でモニターを見つめ、ちょっとこれ見てくださいい、みたいに編集長を呼び寄せた。

この子、芝居上手いなぁ、というのが私の、正直な感想だ。本当に今、初めて私の原稿を見つけて、驚いているように見える。

編集長が、雪実のパソコンのモニターを覗きにいく。なんだよ、とでも言いたげだった顔が、見る見る真剣なものに変わっていく。なんだこれ、おい、ちょっとマジかよ。雪実はファイルのいくつかをプリントアウトし、編集長に渡した。ざっと目を通した編集長は、明らかに興奮している様子だった。彼としては当然、そのまま記事にして発表することを考えただろう。だが内容が内容なだけに、さすがに思い留まったようだ。雪実と何事か相談し、指示らしきこともし、自分は席に戻った。雪実はさらに原稿を整理し、精査し始めた。あるいは、そのように見える芝居か。

昼過ぎ。雪実はどこかに電話を入れ、数分の通話ののち、出かける用意を始めた。

バッグを肩に掛け、廊下に出たところで携帯電話を構える。

《これから武脇さんに原稿読ませにいく》

なるほど。さっきの電話の相手は武脇刑事だったか。だとすると行き先は高井戸署。なかなか展開が早い。

「大丈夫かな。武脇さん、なんて言うかな」

乗り込んだエレベーター、その扉を、雪実は怖いくらい真っ直ぐに睨んでいた。

《大丈夫　一発で認めさせる》

それを最後に、雪実は携帯電話をポケットにしまった。

高井戸署を訪ね、用意してきた原稿を武脇刑事に手渡す。ふた言三言、相談のようなやり取りのあと、他に適当な場所がなかったからか、三人はまたいつもの取調室に入っていった。わたし的にはかなりギョッとしたが、それでも座る位置が前と違ったので、雰囲気はかなり柔らかめではある。

原稿を熟読する武脇刑事、菊田刑事。徐々に、二人の目つきが険しくなっていく。眉間が硬く、瘤《こぶ》のように盛り上がる。菊田はときおり何か言いたげに武脇を見たが、武脇は一切目を上げず、最後まで一気に原稿を読みきった。少し遅れて、菊田も原稿から視線を上げる。

二人はこの原稿に、どんな感想を持ったのか。何往復も続いた質疑応答。彼らは雪実に何を尋ね、雪実はそれになんと答えたのか。

私にとっては、他界後で最も緊張を強いられた時間だったかもしれない。

雪実の頭の中には、原稿に書いてあること以外に、私と交わした会話の内容も入っている。常識的に言ったら雪実が知るはずのないことまで、雪実は知ってしまっている。それがぽろりと口から出はしないか、私はそれが心配で堪らなかった。

だが一方には、出たら出たでかまわないではないか、という想いもあった。それを信じるか信じないかは受け手の問題であり、その結果、司法が下す結論に差異が生じるとも思えない。

二人が原稿の内容に納得したかどうかは分からない。見た感じはせいぜい、これはこれとしてお預かりします、みたいな対応だった。雪実が渡した原稿は菊田が封筒にしまい、そのまま彼女が抱え込んだ。

帰り際、雪実は「そういえば」みたいな顔で武脇を振り返り、何事か申し伝えた。武脇の反応は半信半疑といったところだったが、それでも最後には頷いていた。

刑事組織犯罪対策課の部屋から出ると、雪実は早速、携帯電話を構えた。音声認識ではなく、指で入力する。

《真由さん　ここに残れますか》
いきなりだったので、ちょっと驚いた。
「残れるけど、どうして？」
《東葉高速線の八千代中央駅というヒントを　武脇さんに出しました　彼は動くと思います》
そのふた言を雪実に伝えるのに、私がどれほどの苦労をしたか。おそらく、誰にも理解はできまい。
「そっか……でも『東葉高速線』と『八千代中央駅』だけで動くかな」
《私　女の声の正体は　行方不明になった寺田真由さんだと思うって　言っちゃいました　あと　その駅の近くに真由さんの遺体は埋められてるはずだって》
なんと大胆な。
「武脇さん、なんて言ってた」
《そうですかって言って黙った》
そこにはいない女の声が聞こえる、というだけでかなり危ない領域に入っているのに、声の主は会社の先輩だとか、彼女は死んでいて駅の近くに埋められてるとか、そこまで言ってしまって大丈夫なのか。
雪実はさらに続けた。
《寺田さんはもう生きてない　だから幽霊になって　私に語りかけてくるんだと思う　殺したのは菅谷凱斗　遺体がどこに埋まってるかは分からないけど　八千代中央　というのは繰り返し聞こえてくるんです　みたいに言ったら　そうですかって言って　黙った》
私には言われたくないかもしれないが、雪実、かなり頭のおかしな人だと思われたのではないだろうか。
「分かった。残ってみる。でも連絡とれなくなったら困るから、編集部のホワイトボードには、ちゃんと予定書いていってね」
《聞こえない》
「予定、ホワイトボード、予定、ホワイト、ボード」
《会社のホワイトボードに予定を書いとけってことですか》
「そう」
《分かった　ちゃんと合流できるように書いとく》
携帯電話をポケットにしまった雪実が、廊下を真っ直ぐに歩いていく。
その後ろ姿を、私は立ち止まったまま、見送った。
言霊だって、一人ぼっちになるのは寂しい。

どうも私には、あの武脇という刑事の行動が理解できない。行動というか、立ち位置というか、この「刑事組織犯罪対策課」におけるポジションというか。

菊田は書類を作ったり電話連絡をしたりするとき、必ず書棚側の、つまり部屋の端っこの、出入口に一番近い机を使う。そこが彼女の席なのだろうことは普通に分かる。だが武脇は違う。課長デスクの近くにある、応接セットの小さなテーブルを使ったり、空いている取調室にこもったり、誰も座っていないデスクの電話を勝手に使ったりしている。要するに定位置がないのだ。

協文舎にもいた、ああいう人。自分のデスクはただの荷物置きにしてしまって、仕事は別の共有スペースでやっていた先輩。さらに、その共有スペースにも私物を持ち込んで広げ、まるで自分の縄張りみたいに実効支配していた。しかも、それを周りも容認していて、何か用事があると共有スペースに彼を訪ねていくのが普通になっていた。磯井《いそい》さん。なんだったんだろう、あの人。

いや、似てるけど違うか。あくまでも武脇は定位置がないだけで、どこかを実効支配しているわけではない。今は、菊田の斜向かいのデスクで電話をしている。

相手は誰だろう。

私の手記を読んで、雪実に、寺田真由は死んでいると思うと聞かされた武脇は、誰と連絡をとっているのだろう。残念ながら、武脇からかけた電話なのか、かかってきたものなのかは見ていなかった。だが受話器を置き、菊田にひと声かけた武脇は、土堂課長に断わりを入れた上で外出の準備を始めた。菊田は雪実から預かった原稿のコピーを取り、それをカバンに押し込んでいる。

誰かに、あの原稿を見せにいくのか。

二人のあとを付いていくと、まさにそうだった。

行き着いたのは城東署。四ヶ月前に編集長と母が、私の行方不明者届を出した江東区内の警察署だ。あの夜応対してくれた人とは違うが、やはり生活安全課の人と、他にも刑事組織犯罪対策課の刑事が二人、武脇の話を聞いた。

まず原稿を読んでもらって、その後に質疑応答という、雪実がしたのと同様のやり取りがなされた。いや、雪実が凱斗を死亡させた経緯まで説明しなければならないのだから、こちらの方が倍以上、話は複雑だったかもしれない。

だがそこは双方ともプロ。事態を把握した城東署の刑事二人は、すぐさま状況をこちらの課長に報告。高井戸署と違って、城東署の課長はなんと女性だった。彼女は武脇と数分話し合い、彼の言い分を全面的に認めるように頷いてみせた。

何かが動き始めたのは、間違いなさそうだった。

翌三月二十九日、水曜日。

武脇と菊田は荻窪駅前で待ち合わせ、中央・総武線に乗り込んだ。

行き先を見ると【東西線経由東葉勝田台行】となっている。

東京メトロ東西線は東葉高速線と直通運転している。まさか、いきなり八千代中央駅までいこうというのか。

いや、そういうことではなかった。

武脇たちが降りたのは北習志野駅。改札を出たところで昨日の、城東署の刑事二人と合流。駅前からタクシーに乗り、降車したのはなんと、あのスガヤ建工の前だった。

そうか。武脇は菅谷凱斗の身元をすでに割り出している。原稿に何度も凱斗の名前が出てくれば、菅谷栄一に話を聞きにいこうとなるのは当然の流れだ。

午前十一時。

四人は、私が何度も張込みをし、だが一度として開けることのなかったスガヤ建工のドアを、然も当たり前のように開けて入っていった。

今日は私も、密かにそれに続く。

事前に連絡してあったのだろう。濃紺のスーツを着た菅谷栄一が受付を兼ねた事務所で待っており、すぐさま、四人は一階奥の応接室へと通された。

事務員らしき女性がお茶を出しにはきたものの、その後はドアを締め切り、四人対菅谷栄一、という図式になった。これが取調べなら、かなりアンフェアな状況といえるだろう。

ここでも、主に話をするのは武脇だった。

まず私の原稿を栄一に読ませるのか、と思ったが、それはなかった。しばらくは武脇が質問し、栄一がそれに頷いたり、かぶりを振ったりする展開が続いた。

やがて話は十五年前の、美波が殺された事件についてになったのではないだろうか。あるいはその前段である、疑似美人局恐喝事件か。

栄一の顔が、許容限度を超える驚きに凍りつく。声は聞こえなくても、栄一が何に驚いたかくらいは想像できる。

まさか、一人の不良少女が殺され、その犯人ではないかと自分が疑われたあの事件と、凱斗の死に、関わりがあったなんて――。

武脇はどこまで説明したのだろう。客観的に言ったら、凱斗が私を殺したとする根拠は、今のところ何もないはず。そもそも警察は、私の生死すら確認できていない。しかし私という存在を飛び越えて、凱斗が雪実に接触を図ったのは事実。その結果、凱斗が返り討ちに遭い、死亡するに至ったのもまた動かし難い事実だ。

武脇は、思考停止状態に陥った栄一を、宥《なだ》めたり賺《すか》したりしながら話を続けている。

事ここに至って私が思うのは、菅谷栄一というのは、実はとても誠実で、かつ忍耐強い人なのではないか、ということだ。

息子が殺され、しかしそれに関する法手続きがどうなるかも分からない状況で、今度は逆に、その息子こそが人殺しだったのではないか、という話を聞かされているのだ。それでも取り乱したり、怒り狂ったりはしない。なんとか相手の話を呑み込み、それに冷静に答えようとしている。

菅谷栄一とは、こういう人物だったのか。

少し話が進展したのか、栄一は近くにあった電話の受話器を取り、だがほんの十秒ほどで切った。どうやら内線通話だったらしく、最初にお茶を持ってきた女性事務員が青いファイルを携えて入ってきた。それを栄一に渡し、彼女は再び退室。栄一は早速ファイルのページを捲り、真ん中辺りで何度か行ったり来たりしたものの、やがて「ここだ」という顔で一点を指差し、それを武脇に向けた。

テーブルに身を乗り出し、武脇がその文字を読む。

千葉県八千代市島田台。

なるほど。まず武脇は、凱斗に八千代中央駅付近の土地勘があったかどうかを尋ねたのだ。栄一はそれに、八千代市内なら島田台の現場を手掛けたことがある、みたいに答えたのだろう。武脇がその正確な住所を求めると、栄一は事務員にファイルを持ってこさせ、ここです、と指し示した。

二人の会話は聞こえなくても、栄一がこの状況に、真摯に対応しようとしているのは見て分かったし、武脇がそれを好意的に受け止めているのであろうことも察せられた。

ふいに、菊田ともう二人の刑事が席を立った。

それは捜査の都合で、たまたまそうなったのか。あるいは武脇が人払いをしたのか。何にせよ、菊田と二人の刑事が出ていき、応接室には武脇と栄一の二人だけ、という状況になった。

歳の頃でいうと、武脇は四十代半ばから五十歳くらい。栄一は六十歳前後だろうか。大雑把にいったら、私よりひと回り上の武脇と、ふた回りくらい上の栄一。そんな二人が、応接テーブルの角で、俯いたまま黙り込んでいる。

何も聞こえない私ですら、その沈黙を重苦しく感じた。

その後、会話を再開させたのは武脇だった。

栄一が、驚いたように顔を上げる。

武脇が、少し長めに語る。表情は優しい。実に穏やかに、栄一に話して聞かせている。栄一も、はい、と頷く。むろん凱斗について話しているのだろう。二人が、菅谷凱斗という人物について、共通の何かを探り当てようとしているのが、伝わってくる。

また武脇が長めに話す。すると栄一は、両手で頭を抱え、半分以上白くなった髪を鷲摑みにして、顔を伏せた。

それでも武脇は続けた。

栄一の、大きく逞しい肩が震え始める。

武脇はまだ続ける。

顔が見えないので、栄一の反応は分からない。武脇の問いかけに答えているのか、黙り込んでいるのかも判別できない。

その栄一が、がくん、と首を折る。頷いたのかもしれない。

私は少し場所を移り、真横から栄一を見てみた。微かにだが口が動いている。栄一が、つらく苦しい心の内を、言葉にしているのだと思った。

聞いている武脇の表情を見れば、それがどれほどの重みを持った告白なのかが分かる。たぶん、武脇は納得していると思う。そしてそれは、私が考えていた仮説と、ほとんど同じなのではないだろうか。

美波が、栄一に疑似美人局を仕掛けた理由。それを知った凱斗の怒り。その怒りは瞬く間に殺意へと形を変え、美波の命を奪った。

美波殺害の真相を暴こうとした私に、凱斗が同じ怒りを覚え、殺意を抱いたのはある意味、当然だったかもしれない。殺される間際、私は、その真相を記したファイルは一つではない、と口走った。その結果、今度は後輩の雪実にまで危険が及んでしまった。

凱斗の犯した罪の重さは、彼が死のうと地獄に堕ちようと変わりはしない。ただ、もし私がいなければ、私が事件について、あとから詳しく知ろうとなどしなければ、凱斗も私を殺そうとはしなかった。雪実を付け狙って、彼自身が返り討ちに遭うこともなかった。

だとすると、美波の死だけで終わるはずだった事件を、連鎖させてしまったのは私、ということになる。むろん、刑法上の有罪無罪、量刑のことを言っているのではない。もっと漠然とした、普遍的な価値観のようなものだ。

人が隠そうとするものを、無理やり暴いて晒す。私たち現代人はそのことを、無自覚のうちに「是」としているけれども、まるで法律上も問題ないように考えているけれども、本当は、もっともっと重い罪として認識すべきなのではないか。

知ろうとすること、それ自体が罪。

そういう考え方も、あるのではないか。

ようやく栄一が顔を上げる。泣いていた。子供のようにぼろぼろと涙を流し、糸を引くほど鼻水を垂らしていた。それを拭うこともせず、栄一は何事か訊いた。武脇はそれに、かぶりを振って答えた。

私が、悪かったんでしょうか。

いいえ、決してそういうことではありません。

そういうやり取りだったのではないかと、私は察した。

3

捜査員として、スガヤ建工を訪ねるのは不自然でもなんでもない。行方不明になった雪実の先輩、寺田真由。彼女が残した原稿に、何度も何度も「菅谷凱斗」と出てくるのだから、その辺りの事情を菅谷栄一に聴くのは至極当然である。

だがしかし、「東葉高速線の八千代中央駅」という言葉を出すのには、武脇は少なからず抵抗を覚えた。これは、これまでの捜査では一度たりとも出てきていない情報だった。

その出所は、高井戸署を訪ねてきた中西雪実だ。

「本当はこんなこと、考えたくないんですけど……私、寺田さんはもう、亡くなってるんじゃないかと思うんです。今まで、自分でもなんで気づかなかったんだろうって、逆に不思議なんですけど……私が聞こえるって言ってた、あの女の人の声、あれって、実は寺田さんだったんじゃないかって、思うんです……」

なるほど。例の声の主は、寺田真由。

だとしたら、なんだ。

「この原稿を読んで……っていうより、寺田さんは最初から、私にこの原稿を読んでほしかったんだと思うんです。そのためにいろいろ、私に、車に気をつけろとか、痴漢に気をつけろとか、言ってくれてたんじゃないかって。あれって全部、実は寺田さんのパソコンを引き継いだ私に、この原稿を読ませるためだったのかもって……で、読み終わって、私が、声の正体は寺田さんなんじゃないかって気づいた辺りから、また聞こえ始めたんです。東葉高速線の、八千代中央駅、東葉高速線の、八千代中央駅って、繰り返し聞こえるんです」

中西雪実とは、こんなにも目力の強い女性だったろうかと、不思議にすら思った。

「……武脇さん。私、寺田さんは八千代中央駅の近くにある、山とか雑木林とか、なんかそういうところに、埋められてるような気がするんです。それだけで調べるのは、難しいとは思うんですけど、でも、そんな気がするんです」

その怪しげな情報を、菅谷栄一に投げてみようとする自分がいる。

「つかぬことをお伺いしますが、東葉高速線の、八千代中央駅付近に、凱斗さんが関わった物件というのは、ありませんか。新築でも改築でも、なんでもいいんですが」

栄一は数秒考え、内線電話に手を伸ばした。受話器を上げ、事務所にいる誰かに去年の請求書一覧を持ってこいと命ずる。

やがて女性事務員が持ってきたファイルの中ほどを開き、「これですかね」と栄一は指差した。

「池内学《いけうちまなぶ》さん宅、の改築……ガレージの屋根の、腐って落ちた個所の補修ですね。住所がこれ、八千代市島田台、八※※の……」

とりあえず、そのまま書き取る。

「この現場を、凱斗さんが担当されていた」

「ええ。基本的に凱斗は、現場監督ですから、いくつもの現場を、掛け持ちで担当していますが……ここはまあ、簡単な補修仕事だったので、確か凱斗が一人でいって、直してきたんだと思います」

「凱斗さんご自身が、工事作業を手掛けることも？」

「もちろんあります。ベニヤを貼ったり、材木を切ったり。現場監督といっても、要するに『なんでも屋』ですから」

「そうですか……では、この池内さん宅以外に、八千代中央駅近くの現場というのは、ありませんでしたか」

「さあ。すぐには、心当たりがないです。すみません」

「この池内さん宅の補修は、正確にはいつ行われたのでしょう」

請求書ではそこまで分からないというので、事務所の方で、明細書を確認させてもらった。

すると、凱斗が池内宅で作業をしたのは、昨年の十月七日、八日、十日の計三回。寺田真由が行方不明になる、約一ヶ月前だ。凱斗がこの仕事で八千代市島田台付近に土地勘を得、死体遺棄に利用しようと思いついた可能性は、ある。

いや、果たしてそうだろうか。

スガヤ建工を出たところで土堂に一報を入れ、これから八千代市島田台に回ると伝えた。その際、決して「ついで」というわけではないが、一つ頼み事もしておいた。

八千代市島田台は、スガヤ建工から車で二十分くらいの距離。栄一は「ウチの車でお送りします」

と言ってくれたが、さすがにそれは遠慮し、タクシーで移動してきた。

運転手には池内宅の住所を伝えてあった。

「あのぉ、この一帯が島田台、八百番台になるんですが、ちょっとその、細かい番地までは私も分からないんで、どの辺のお宅かを言ってもらえれば、近くまで行きますけども」

「いえ、けっこうです。もう、この辺で」

城東署の捜査員が支払いをし、四人でタクシーを降りた。

予想はしていたが、島田台はごく普通の、田舎の田園地帯だった。

そもそも千葉には高い山がない。それはここ島田台も同じで、平らな地面が遠くまで続いており、その大半は田畑と雑木林で占められている。まだ三月末なので、田畑には何も植わっていない。ビニールハウスの中も、ほとんど空っぽのように見える。

強いて他に特徴を挙げるとすれば、鉄塔だろうか。雑木林の向こう上空に、細長い送電鉄塔が、案山子《かかし》のように両手を広げてそびえ立っている。民家は、あるところにはあるが、ないところにはない。そんな感じだ。

さて、勢いでこんなところまで来てはみたが、この先はどうしたものだろう。

二十分ほど番地を確かめながら歩くと、池内宅を見つけることはできた。敷地を覗くと、確かにガレージがある。凱斗がその屋根をどう直したのかは知らないが、今現在のそれは、台風でも来ようものならあっというまに倒壊しそうな危うい状態にある。入り口の柱の根元は腐りかけ、奥にある物入れも棚板が斜めに傾き、外壁として貼ってあるトタン板に至っては、真っ茶色に錆びきった挙句に穴だらけだ。

タクシー代を払ってくれた城東署刑組課強行犯捜査係の増本《ますもと》巡査部長は、コートのポケットに手を入れたまま辺りを見回した。

「……武脇主任。ちょっとあの、さっきの説明ではよく分からなかったんですが、なぜ、八千代中央駅周辺の現場、なんでしょうか。寺田真由さんの原稿に、菅谷凱斗の名前が出てくる、だからスガヤ建工を訪ねる。そこまでは分かるんですが、その、なぜここなのか、島田台なのか、というのが……」

そんなのは、武脇にだって分からない。だが彼らには、何かしらの説明をしておく必要はあるだろう。

「はっきり言って、私にも確証はありません。とある筋から情報提供があった、という以上のことも、今のところは申し上げられない。なので、この周辺を捜査して、寺田真由さんの遺体が発見できたら、まあ、めっけもんと……それくらいに思っていただくしか」

もう一人の城東署員、幸阪《こうさか》巡査部長が首を傾げる。

「そうは言っても、ここで何から、どうやって捜索するんですか」

武脇もそれを、さっきからずっと思案している。

寺田真由が四ヶ月以上行方不明になっている、というのは動かしようのない事実だが、実際は殺されているのか否か、その犯人が菅谷凱斗なのかどうかは、まったく以て分からない。仮に凱斗が殺したのだとしても、八千代市島田台に埋めたと考え得る理由はない。ないけれども、あえてここに凱斗が埋めたと仮定して、だとしたら、それはどこだろう。凱斗だったら、どこに寺田真由の死体を埋めるだろう。

そんな頃になって救いの手か、武脇の携帯電話が震え始めた。

ポケットから取り出し、ディスプレイを確認すると、高井戸署の代表番号が表示されている。

「はいもしもし、武脇です」

『ああ、俺だ』

やはり土堂だ。

「お疲れさまです」

『さっきのアレ、ヒットしたぞ』

寺田真由が失踪した頃、具体的には去年の十一月上旬に、凱斗が使用していた車両がこの付近を訪れていなかったか、というのをNシステムで検索してもらった結果、の報告だ。

「いつ、ですか」

『去年の十一月五日、午前二時二十七分……国道十六号、八千代市村上の読取機だ』

タイミングも場所も、ドンピシャリではないか。

土堂が続ける。

『同ナンバーはその一時間ちょっと前、午前一時十六分、国道十四号、東京都江東区亀戸一丁目付近を通り』

寺田真由の自宅アパートは亀戸五丁目だから、これも近い。

『その後は首都高速と湾岸道路を通り、千葉北インターチェンジで降り、国道十六号を通って八千代市村上までいった、ということになる』

十一月五日深夜、亀戸で寺田真由を拉致、殺害し、その夜のうちに八千代市まで埋めにきたと考えて、まず間違いない。

「ありがとうございました。もう少し、こっちで当たってみます」

すると、土堂にしては珍しく、ひどく慌てた様子で『おい武脇』とかぶせてきた。

「……はい、なんでしょう」

『お前、大丈夫か』

今の情報で、捜査は飛躍的に前進した、と思っているが。

「はい、大丈夫です」

『そうか……あまり、無理はするなよ』

そもそも、寺田真由失踪の件は城東署の扱い。本来、高井戸署や捜査一課の出る幕ではない。しかもここは千葉なので、もしここから遺体が出てきたら、千葉県警とも連携を図らなければならなくなる。あまり単独で突っ走っていい性質の案件ではない、というのは武脇も承知している。

「はい。諸々、慎重に進めます。また連絡します」

電話を切り、今の話をすぐ、他の三人にも伝えた。

車両の使用状況から、菅谷凱斗が寺田真由を拉致、殺害し、この近くに遺棄したと考えることに、無理はない。

とはいえ、次なる一手が具体的に決まっているかというと、それはまた別問題だった。

増本巡査部長が小さく溜め息をつく。

「そうは言っても、実際、どの辺に埋まってるかっていうのは、なんにも、分からないわけですよね？」

「まあ……ね」

見渡す限り、目に映るのは何も植わっていない田んぼ、畑、平屋中心の民家、あとは雑木林だ。風景を占める割合で一番多いのは、雑木林。生えているのはなんだ。タケ、スギ、あとはどうせクヌギか何かだろう。とにかく雑木林だ。人間が住居と農地に利用している地面以外は、全部、雑木林だ。

その中に女性の死体が隠されている、と分かったところで、じゃあそれを捜し出せるかというと、その可能性は限りなくゼロに近い。

菊田が、一歩こっちに踏み出してくる。

「武脇さん、ちょっと……」

武脇の肘を引っ張り、増本、幸阪から距離をとろうとする。何か内緒話がしたいようだ。

用水路に落ちないよう、注意しながら道の端に寄る。

「……なに」

「Nヒットがあったからって、いくらなんでも、この状況から遺体を捜し当てるのは、無理だと思うんですよ」

「確かに、難しくはあるけども、でも、無理とか言っちゃ駄目でしょう。なんとしてでも捜し出すんだよ。それが警察ってもんでしょう」

菊田が眉を段違いにひそめる。

「どうやって？」

「それは、いろいろ試しながら、やっていくしかないよ。警察犬呼んだり、もっと応援呼んで、人海戦術でさ、検土杖《けんどじょう》で隈なく調べていくとか」

「基本的には、他力本願と」

おい。

「ちょっと、そういう言い方しないでよ。何がなんでもこの四人でって、その方が、無理な話でしょう」

するると、なんだろう。菊田は「ニッ」と音がするくらい、口角を笑いの形に上げてみせた。

「だったら、私にいい考えがあります」

「なに……そういうの、あるんだったら早く教えてよ」

「ただ、これもキホン他力本願なんで、反対されるかな、と思って」

「それは、聞いてみなけりゃ分かんないよ。なに」

「あと、あっちの二人には説明しづらい、というのも」

城東署の増本と幸阪か。

「……何それ。全然分かんないよ。早く言ってよ」

「まあ、中西雪実を呼びましょう、ってだけですけど」

マズい。一瞬「なるほど」と思ってしまった。

菊田が続ける。

「そもそも、八千代中央駅周辺っていうのは、雪実が言い出したことじゃないですか。それを菅谷栄一に確認したら、この島田台の現場をやった、って話が出てきた。それで検索したら、まんまとNヒットが出たと。だったらもう、いっそのこと雪実をここに呼んじゃえばいいんじゃないですかね。あれでしょ、彼女には寺田真由の幽霊が憑いてるんでしょ。つまり雪実を呼んだら、漏れなくご本人様も一緒に付いてくるわけですよ。そしたらもう、あとは簡単じゃないですか。雪実を介してご本人様に確認をとれば、どこに埋まっているかはたちどころに分かると」

言っていることは、分かる。分かるけれども、個人的に「分かる」とは言いたくない。

というより、一人の警察官として、どうしても認めたくない。

中西雪実が八千代中央駅に到着したのが、十五時二十分頃だった。

「すみません、こんなところまでご足労いただいて」

菊田と一緒に、武脇も頭を下げた。

今日の雪実は、薄いグレーのトレンチコート、中は白いパーカ、下はジーパンに、白いスニーカー。昨日とはまた違ったカジュアルな雰囲気だ。

「いえ、それはいいんですが……武脇さん、逆に、なんかすみません……さっき、ちょっと笑っちゃって」

そう。武脇が雪実に電話し、事情というか経緯を説明し、ついては捜査協力をお願いしたい、できれば八千代中央駅まできてほしいと頼むと、雪実は「ここ掘れワンワン、みたいな」と言って笑った。本音を言ったら「笑いやがった」となるが、致し方ないとも思っている。何しろ武脇自身、この捜査手法にはまったく納得していないのだから。

「そこはまあ、お気になさらずに……じゃあ、現場まではちょっと、距離がありますんで、タクシーで」

後ろに雪実と武脇、菊田は助手席。島田台までは約十分の道程だ。

雪実は、窓に翳りつくようにして景色を眺めている。

「こういう感じ、なんですね」

そんな、呑気なことを言っている場合か。

「こちらは、初めてですか」

「はい、初めてです。もっと田舎なのかな、と思ってたんですけど、駅の周りは意外と賑やかで……でもやっぱり、ちょっと走ると田舎なんですね。空が広い」

確かに、駅から離れたら、あとはずっと田舎道をいくだけだ。それだけに、武脇は疑問も覚える。

女の遺体一つを埋める場所として、島田台は本当に相応《ふさわ》しい場所なのだろうかと。

駅から島田台の道沿いにも、雑木林はいくらだってあるし、荒れ放題の空地も数えきれないほどある。そういう場所にもし埋められていたら、遺体発見までの過程は相当な困難を極めるだろう。だが一方で、犯罪者の心理からすると、それはないとも思う。

犯罪者は、とにかく死体を発見されたくない。自分がその場所を離れたのちも、誰にも近づいてほしくないし、ましてや徒《いたずら》に穿り返すなど絶対にさせたくない。だから逆に、ある程度事情の分かっている場所を選ぶ。すぐに宅地造成されたり、区画整理されたりしない土地、所有者はいるけれど、ただ所有しているというだけで特に利用計画などがない地所が望ましい。

凱斗も、そうだったのではないだろうか。池内宅に都合三日通ってみて、地域住民の様子や、土地の利用状況などを見知っていたからこそ、島田台を死体遺棄場所と定めたのではないだろうか。

菊田が運転手にひと声かける。

「はい……はい、この辺でけっこうです」

武脇、雪実の順番で降り、改めて島田台の景色を見渡す。

とりあえず、雪実に訊いてみる。

「どう、ですか」

「いや……どう、でしょう」

タクシーはそのまま、道なりに走っていった。

少し先で待っていた増本と幸阪も、会釈をしながらこっちに小走りしてくる。一応、説明しておいた方がいいか。

「あの二人は、寺田さんの行方不明者届を受理した、城東署の係員です」

「なるほど」

「こんな言い方は、どうかと思いますが……とりあえず、あの二人のことは気にせず、何か聞こえたり、分かったり、閃いたことがあれば、私か菊田に、それとなく教えてください」

雪実が小さく頷く。

「……分かりました。そのようにいたします」

いま五人がいるこの道は、右も左も乾いた田んぼ。その境界にはパイプ式のガードレールが設けられている。一見、田んぼに架かる橋のようでもある。この近辺では、まあまあ立派な道路だ。

タクシーの行方を目で追っていた雪実が、ふいに口を開く。

「少し……歩いてみても、いいですか」

「ええ、もちろんです」

その先には、やはり雑木林がある。左右から、道に覆いかぶさるように枝葉が伸びてきている。

菊田が、雪実の隣に並んで歩く。武脇は逆に、増本と幸阪を二人から遠ざける役に回った。

幸阪が、先をいく二人を指差す。

「武脇さん、あれって」

「シッ、黙って」

「いやいや、あれじゃ、まるで霊媒師じゃないですか」

警察官と、そうではない一般人女性が、斜め上を見上げながら何やら捜し歩いている。捜すというよりは、雰囲気や空気を「読んでいる」と表現した方が近いかもしれない。そういった意味では、雪実の雰囲気はまさに霊媒師そのものだ。

「静かにしろよ。聞こえるだろ、向こうに」

「え、本当にそうなんですか？　いや、マズいですって、さすがにそれは」

「いいんだよ。ホトケさえ出りゃ、方法なんかなんだって」

「しかし」

胸座を摑むまではしないが、でもそれに近い力で、武脇は幸阪の肩を摑んだ。

「じゃあ君、帰るか。ここで何が起こるか見届けもしないで、城東署に帰るか。それならそれでもいいぞ。君らは、最初からいなかったことにしておくよ。その方が、報告書も短く済むしな」

幸阪は「いいえ」と答えたきり、あとは黙った。増本も首は捻っていたが、特に何を言うわけでもなかった。

雪実は、雑木林沿いの道を歩いては、しばし立ち止まり、辺りを見回し、菊田に「あっちかも」みたいに指差してみせ、また歩き始める。そんなことを繰り返していた。だがそれは、テレビに出てくる霊媒師のそれとは、若干違うようにも見えた。

立ち止まっている間、雪実は菊田と、何やら雑談していたりもするのだ。今日着ている洋服について、持っているバッグについて。そんな無駄話をしているうちに、何か聞こえたのか、雪実は急に真顔になり、辺りを見回し、ときには遠くを指差し、次の行き先を定め、歩き始める。武脇たちは、少し離れたところからその様子を眺めているしかない。移動が始まったら、ついていくしかない。

要するに、埋められた場所を捜しているのは、あくまでも寺田真由の霊であり、雪実ではないということか。そう思って見ると、なおさらそのように見えてくる。

立ち止まり、雑談しながらしばらく待って、移動。動いた先でまた待って、寺田真由から指示が出たのか、また移動――。

一定時間立ち止まった場所、という数え方でいえば、七ヶ所目か八ヶ所目だったろうか。雪実が、また涸れた田んぼに背を向けて、雑木林の方を見ている。少し傾斜があるので、余計に見上げる恰好になる。

そこを、指差す。

指先が、右にふわり、左にふわり。それに合わせて、立ち位置も微妙に調整する。いや待て。ここまで、立ち位置の微調整などはしていただろうか。そこまでするのは、今が初めてのような気がする。

腕時計を見ると十七時三分前。かれこれ一時間半もこんな作業を続けていたことになる。いや、捜査の現場における一時間半なんてのはまるで長いうちには入らないが、しかし、こうも慣れない状況が続くと、やはり多少は長く感じる面も、ないではない。

すると、いきなりだった。

菊田が右手を真っ直ぐに挙げ、手招きをする。

「武脇さん、ここ、ここだそうです」

増本と幸阪が「えっ」と漏らす。

武脇も、似たような声をあげてしまった。

ここって、どういうことだ。

三人で、彼女らの近くまで駆けていく。雪実は貧血でも起こしたのか、半ば崩れるようによろめき、菊田がその背中を支える。

二人の前までいき、武脇は雪実の顔を覗き込んだ。

「ここって……どういうこと」

雪実は、何やら苦し気に眉をひそめ、目を閉じている。

代わって菊田が答える。

「なんか、ここを真っ直ぐいった辺りに、青いプラスチックが落ちてるところがあって。その先には、腰くらいの高さでふた股に分かれてる樹があって、その二ヶ所の、中間辺りだって」

菊田に支えられながら、雪実が頷く。

「青い、プラスチックは……なんか、バケツの、取っ手だって」

武脇は、増本と幸阪を振り返った。

「聞いたか。青いバケツの取っ手が落ちてるところと、腰の高さでふた股に分かれてる樹、その中間辺りだそうだ。そこに、寺田真由の遺体は埋まってる……」

今一度、雪実を見る。

「そうだよな？　そういうことなんだよな？」

しかし、雪実は曖昧にしか頷かない。

「なんだよ、そういうことなんだろ？　なあ」

「……たぶん」

「なんだよ、たぶんって。たぶんじゃ困るんだよ。そうならそうって、違うなら違うって、はっきり言ってくれよ」

雪実が、小さくかぶりを振る。手には携帯電話が握られている。

「……分かりません」

「なんだよ、君が分かんないって、そりゃ困るよ。じゃあ、もう一度確かめてくれよ。いるんだろ？　なあ、寺田真由が、寺田真由の霊が、近くにいるんだろ。君には彼女の声が聞こえるんだろ。だったら確かめてくれよ、なあ」

またた。雪実がかぶりを振る。

「なに、違うの？　何が、どう違うの」

雪実が、携帯電話ごと、両手で口元を覆う。

「……もう、行くって……」

「え、どこに。誰が」

「真由さん、もう、時間がないから、行くって……」

「だからどこに」

「……分からない」

待ってくれ。

「困るよそんな、バケツの取っ手だのふた股の樹だの、そんなんで、もし、見つからなかったらどうすんの。ちゃんと、見つかるまでいてくれよ。いてくれって、寺田真由に言ってくれよ」

それにも、雪実はかぶりを振る。

「なんでだよ、なんで今なんだよ。いるんだろ？　まだ近くにいるんだろ、寺田真由は」

「……分かりません」

「どうして、なんで分かんないの」

雪実が、ズッ、と洟《はな》を啜る。

「……聞こえ、ないんです」

「え？」

「さっきから、メッセージ、送ってるんですけど……」

雪実が、涙に濡れた携帯電話のディスプレイを、武脇に向ける。

【真由さん　応えて　いるなら　いるって言って】

【真由さん　いるんでしょ　行かないで　真由さん】

【お願い　応えて　いるって言って】

【行かないで　行かないで　真由さん】

その、携帯電話を持つ手が、震えている。

「……もう、聞こえないんです……さっきから、真由さんの声が、聞こえない……応えて、くれないんです」

冗談じゃないぞ、おい。

4

私が、武脇らとタクシーを降りて最初に思ったのは、あの夜、私が埋められたのはこんな場所だったかな、ということだ。

決して悪い意味ではなく、風景の大半を農地が占める、普通の田舎。特別なものは何もない。人の死を連想させる要素も、犯罪を誘発するような雰囲気も、何一つ。だからこそ、凱斗はこの場所を選んだのかもしれないが。

しばらく一人で辺りを歩いてみた。どこの雑木林もそれっぽく見えるし、違うようにも思える。どうしよう。手掛かりになるものがない。埋められた場所が私自身に分からないんじゃ、もう誰にも分かるわけがない。分からなかったら、私はこのまま、言霊として現世を彷徨い続けなければならないのか。

そんなことを考えつつ雑木林から出てきたら、いつのまにか、武脇と菊田がいなくなっていた。城東署の刑事二人はいるのに、肝心の武脇と菊田の姿が見えない。

ちょっと、私を置いてどこいっちゃったのよ。

不安に思いながら、仕方なく城東署ペアの近くで待っていたら、なんと、奇跡のようなことが起こった。

すぐ近くに停まったタクシーから、武脇に続き、雪実が降りてきたのだ。

あまりにも嬉しくて、私は何度も彼女の名前を呼び、なんでなんでと、馬鹿みたいにはしゃいでしまった。でも、雪実はそれに応えなかった。聞こえなかったから、ではあるまい。聞こえていたけれど、あえて無視していたのだと思う。

それでもよかった。私は、雪実がそばにいてくれるというだけで、何万もの援軍を得たように心強かった。

よし、これで戦える。私はとにかく捜せばいいんだ。がむしゃらに、あの夜見た風景を、あるいは明け方に見た光景を捜せばいい。そう、自転車に跨って出かけていった女子中学生、あの娘の家が見つかればいいヒントになるに違いない。

私は雪実に「捜してくる、待ってて」と断わり、周辺を見て回った。その近くではないと分かったら、「少し動こう。あのビニールハウスの先まで」「あの赤い屋根の家のところまで」と次の地点を指示する。行った先で歩き回って、そこも違うとなったら、また次の地点を指示する。

そんなことを繰り返していたら、ようやくだ。

少し傾斜になっているところを上って、雑木林に入っていって、十五メートルか、二十メートルくらい行ったところ。

そこで振り返って見た光景が、まさに、あの夜のそれと同じだった。

あのとき私は、それを「森の終わり」だと思った。森が終われば、その先には「いつもの世界」が広がっていると信じた。本当は、私にとっての「いつもの世界」なんて、もうとっくに、永遠に閉じてしまっていたのだけど。

地面をよく見る。雑木林の中なのに、少し広く、平たくなっている奇妙な場所。間違いない。私が埋められたのはこの場所だ。頭上には、樹々の枝で塞がれた細切れの空。水平は三六〇度、どっちを向いても樹の幹ばかりだけど、でもある方角だけ、私が埋められた向きでいえば足の方だけ、ちょっと樹々の重なりが薄い。私はそのことに気づき、あのとき歩き始めたのだろう。そして、アスファルトの道に出た。

やはり、ここで間違いなさそうだ。

しかし、ここを雪実に、どう伝えたらいいだろう。

目印になりそうなものなんて何もない。強いて言えば、この青いプラスチックの破片は、使えるかもしれない。これは、なんだろう。元はバケツの取っ手か何かだろうか。

でも、目印が一つだけでは心許ない。

あとはなんだ。何をどう言えば伝わる。

雑木林から出て、雪実に伝えた。

「ここから入って、真っ直ぐ進んでいくと」

雪実がその方向を指差す。

「もうちょっと左……行き過ぎ……それくらい。その方向に、十五メートルか、二十メートルくらい、入ったところ。地面に、青いプラスチックの破片が、たぶんポリバケツの取っ手みたいのが、一つ、落ちてる。そこと、腰くらいの高さで、ふた股に幹が分かれてる樹があって、その二つの地点を結んだ辺り。そこが、私の埋められてる場所……分かる？　通じた？」

一回では通じなかった。でも細切れにして伝えたら、なんとか分かってくれたみたいだった。雪実は携帯電話に打ち込んで、ちゃんと私に確認してくれた。

「うん、それでいい」

隣から、菊田が怪訝そうに覗き込んでいたけど、彼女にはなんて説明するんだろう。

それは雪実に任せるとして。

「雪実ちゃん、ちょっと聞いて……この場所から、私の遺体が掘り起こされたら、たぶん私……もう、この状態では、いられなくなると思うの。成仏できるかどうかは、分かんないけど、とにかくもう、あんまり時間はないと思うんだ……本当は、最後まで雪実ちゃんと、一緒にいたいけど、私には、まだ確かめなきゃいけないことがあるし、会っておきたい人もいるから……だから、ごめんね。私、もう行くね……雪実ちゃん、いっぱい、迷惑かけて、ごめんね。いろいろ、ありがとうね……寂しいけど、さよなら」

雪実の返答は、あえて見なかった。

もう、後ろは振り返らなかった。


いつか、もう一度行こうと思っていたから、場所はちゃんと頭に入っていた。新川沿いに出て、南に下っていけばいずれたどり着ける。そう信じて、私は歩き続けた。

十五年前に美波が殺された、八千代総合運動公園。そこの、テニスコート裏の河川敷。

野球場やグラウンドといった施設は閉まってるけど、公園自体は夜も出入りが自由らしく、河川敷を散歩したり、ジョギングを楽しんだりする人たちがけっこういた。ちょうど桜が満開なので、割合としては歩いている人の方が多いかもしれない。

でも、なぜだろう。テニスコート裏の河川敷には、あまり人がいなかった。ちょうど夜桜用のライティングが途切れていて、暗く寂しい雰囲気だからか。その手前で、歩いてきた人たちの大半が折り返し、来た道を戻っていく。

私は、もう少し進んだ。桜並木の遊歩道から河岸に下りていく、コンクリートの階段。そこに女の子が一人、ちょこんと座っているのが、見えていたから。

私はその子の真後ろまでいって、五段くらい階段を下りて、いきなり、隣に腰掛けた。

「……よう、みんみ、お待たせ。久し振り」

天辺《てっぺん》が少し黒く戻った金髪、スカジャンにジーパン。化粧はあまりしていない。イメージ的には、私が最後に会った美波に近い。

「みんみは、私の言葉、聞こえる？　意味、分かる？」

頷いてはくれなかったけど、でも、私の大好きだったサクランボの唇が、笑みを返してくれた。

「みんみには、今の私が、どう見えてるのかな……やっぱり、大学一年生の、最後に会った頃のイメージかな。それとも、きっちり三十過ぎのオバサンに見えてるのかな。だとしたら、ちょっと悔しい。みんみだけ十九歳って、なんかズルい」

またサクランボの唇が笑った。少しは通じているのか。

「ごめんね、十五年もかかっちゃって。でも、いろいろあったんだ、あのあと……私たちからみんみを奪ったのは、誰だったんだろう、どうしてだったんだろうって、一所懸命考えたし、調べた。私も、今はこんな感じだけど、でも一応、ケジメは付けてきたつもり。その仕上げとして、みんみにいくつか、聞いてほしいことがあるんだ」

美波が、抱えた膝に、丸いほっぺたを載せる。

「みんみは、菅谷栄一さんに、美人局紛いの恐喝をした。交際してる風の写真を撮って、何かを要求した……最初、私は普通に、お金を要求したんだと思ってた。仲間と遊ぶお金欲しさに、ちょっと自《や》棄《け》っぱちなノリで、そういうことに手を出したんだと思ってた。でもあるとき、それは違うんじゃないかって、気づいた。それは、菅谷凱斗の顔を、最初に見たとき」

栄一がベランダでの一服を終え、その後ろから凱斗が現われた、あのときだ。正確に言ったら、それ以前にも顔は何度か見て知っていたが、「菅谷凱斗」という名前と一致したのは、あのときが初めてだった。

「みんみは、凱斗のことが好きだったんじゃないかって、直感したの。なぜって……中学んときの、美術部の古川くん。みんみ、好きだって言ってたじゃない。なんか、古川くんと凱斗、通じるところがあるなって、思ったんだよね。ちょっと草食系の顔立ちっていうか……いや、むしろ順番でいったら、逆か。みんみは小さな頃から、凱斗のことが好きだったのか。幼馴染みだったんだもんね。もともと、同じ団地に住んでたわけだし。いわゆる、初恋、みたいな……その凱斗に似てたから、みんみは古川くんのこと、ちょっと気になる、みたいに言ったんじゃないの……違う？」

美波からの応えはない。でも、いい。

「高校卒業して、地元でブラブラするようになって、何があったの。たまたま凱斗のこと見かけたりした？　それで思い出して、焼け棒杭《ぼっくい》に火が点いた、みたいな……分かんないか。みんみには、ちょっと難しいか」

案の定、美波はきょとんとしている。

「……で、たぶん思いきって、告白したんだよね、凱斗に。でもフラレちゃったんだよね。その直後、だったんでしょ……私と会ったのって。それなのに、私が無神経に、失恋でもした？　なんて訊いたもんだから……ごめんね。気づかないうちに、私がみんみのこと、どんどん傷つけてた」

微かに、美波がかぶりを振ったような。気のせいかもしれないけど、そんなふうに見えた。

「凱斗は、なんて言って交際を断わったんだろう。みんみはそれを、すぐに受け入れられたのかな……あんまり、受け入れられなかったんじゃないかな。だから、凱斗のことを……ストーカーっていうほど、病的にしつこくはしなかったと思うけど、でもやっぱり、少し付きまとうようなことは、してしまった。夜、スガヤ建工の近くまでいってみたり、明かりのある窓を遠くから眺めてみたり……それでたぶん、気づいたんだよね……凱斗はそもそも、女性には興味を持たないタイプの男性なんだ、って」

閉じ籠もるように、美波が両膝に顔を伏せる。

「私が見たのと、同じような場面を、見ちゃったんじゃないかと、思うんだ。私のときは、菅谷栄一がタバコを吸いに、ベランダに出てきてて。あとから凱斗も、そこに出てきて。それでなんか、栄一の背中に、凱斗が抱きつくみたいにしてさ……なにそれ、息子じゃないじゃん、って思った。親子じゃないじゃん、完全に恋人同士じゃん、って思った……みんみは、どう思ったのかな。赦せない、って思っちゃった？　できることなら、菅谷栄一の弱みを握って、凱斗と別れてよ、みたいに言おうとした？　彼を自由にしてあげて、みたいな。それとも、あの写真を利用して、栄一と関係があるかのように、凱斗にほのめかしたりしたの……だとしたら、逆効果だったでしょ。むしろ、凱斗は栄一との生活を守ろうと必死になった。あの写真を渡せとか、もう二度と俺たちに近づくなとか、凱斗に言われたんじゃないのかな。でもみんみも、そう簡単には引き下がらなかった。その結果……事件が起こった。そういうことだと、私は解釈してるんだけど」

美波は顔を上げ、自ら両肩を抱くように腕を交差した。

その重なった肘に、小さな顎を載っける。

「この件に関して……凱斗が美波にしたことについては、もちろん私は、一切同情してない。絶対に赦さない、って思ったし、なんとかして凱斗の罪を暴いて、罰を受けさせたいとも思ってた。だからこそ、私も執拗に、菅谷凱斗を追い詰めてしまった……ただ一点だけ、たった一つだけ思うのは、凱斗が栄一を愛していたことだけは、嘘じゃないと思うし、否定したくないなって、思う。むしろ、そういう関係を否定的に見る、なんていうんだろ……常識とか、既成概念とか、社会通念……難しいかな。まあ、偏見みたいなものが、私たちの側にもあるんだとしたら、それはまた、別個の『悪』だと思うんだよね」

もはや美波は、私の話を聞いているのやら、いないのやら。

「だからって、私自身、殺されても仕方ないことをした、なんて思ってはいないよ……あ、みんみが知ってるかどうか分かんないけど、私もね、凱斗に殺されたんだ。で、その凱斗は、次に私の会社の後輩を襲って、でも返り討ちに遭って、死んだ。つまり、美波を殺し、私を殺した凱斗も、もう殺されていて、この世にはいないってこと。私が仇を討ったわけじゃないけど、でも結果的に、そうなった。凱斗は死んだ。だからもう、みんみも……安心していいよ、ってこと」

何が正しいのかなんて、私には分からない。

まず、この「他界」には何が存在し、何が存在していないのか、そこからしてあやふやで、曖昧だ。

私が見ている女の子は、果たして本当に足立美波なのか。大前提として、そこに何かしら存在はしているのか、いないのか。それすらも定かではない。

美波の魂は、この河川敷を彷徨っている。実はそれは、私がそう思いたいというだけの、単なる私の願望なのかもしれない。でも実際に、美波の魂はこの場所に十五年もの間、留まり続けていたのかもしれないし、それは美波の死に決着がつかなければ、この先も永久に、続くことだったのかもしれない。

それも、私には分からない。

結局、私が見て、私が感じることが、私にとっての事実であり、真実。そうとしか言いようがない。

美波が両腕を前に伸ばし、上唇を尖らせ、「よっこらしょ」みたいに反動をつけ、コンクリートの段から腰を浮かせる。張り詰めたジーンズの下にあるのは、日々の部活で鍛え上げられた太腿だ。縦横無尽、自由自在にコートを駆け回った、あの、美波の両脚だ。

私も立ち上がった。目線の高さが違うのも、あの頃のままだ。

美波の、愛しいサクランボの唇が、動く。

「……なに？」

私に何か、伝えたいことがあるみたいだ。

「なに、みんみ。ゆっくり、簡単な言葉で、素直な気持ちで、言ってみて。みんみの言葉なら、きっと、私の耳には届くから」

美波が十五年、この場所で溜め込んだ、想い。

それを今、言葉にしてごらん。

「ゆっくりでいい。落ち着いて、言ってごらん」

言霊なんて、本当はそんなに、大そうなものではなくて。特別な何かではなくて。単に言葉と、それに宿る想いの問題なのだろうと、改めて思う。

美波にだって、ほら。

「……たん……ね……」

言葉が、結ばれつつある。

「うん、なに？」

「……ゆったん……」

聞こえた。

「うん、分かるよ、聞こえるよ、みんみ」

「……ゆったん……ね」

「落ち着いて、ゆっくりだよ」

小さく、美波が頷く。

「……ゆったん……ごめん」

そんな。

「なに、いいよ、そんなの」

「ゆったん、ごめんなさい」

「そんなこと、言わないでいいよ、みんみ」

「私、ゆったんに、謝り、たかった」

「なに言ってんの。親友でしょ、私たち」

「ゆったんに、謝り、たかったの……」

「やめてってば、もう、みんみ……」

互いに伸ばした手と手は、無情にもすれ違い、行き違う。でも触れ合えなくても、重ねることはできるから。お互いの手を、同じ高さに差し出して、合わせれば、ほら。

身長からしたら、私の手の方が高い位置にくるはずなんだけど、いつのまにか、美波の方が上にきていて。美波ばかりが、どんどん、高いところにいってしまって。

これってもしかして、美波の魂が、次の他界をするために、高く高く昇っていっている、ということなのか。それとも、私の魂がついに裁きを受けるときを迎え、地面に呑み込まれていっているのか。分からないけれど、私たちが、何か一つ、区切りを迎えていることだけは、確かなようだった。

このまま私は、地獄行きになるのかな。だとしたら、やだな。やだけど、しょうがないかな。

お母さんにも会いにいきたかったけど、もう無理か。

まあ、普通は現世を彷徨ったりしないで、ただ土に還るだけなんだから。自分の死体を捜してもらって、最後に親友に会えただけ、よかったって思わないと、いけないんだろうな。

そういえば、どうなったんだろ。

私の死体、ちゃんと掘り起こしてもらえたのかな。

終章

信じ難いことに、千葉県八千代市島田台の、中西雪実が「ここ」と示した雑木林の土中から、三十代と見られる女性の死体が発掘された。血液型や歯型、部分的に残っていた指紋・掌紋から、死体は去年の十一月から行方不明になっていた寺田真由であると判明。家族から提供されたＤＮＡを用いての鑑定でも、同様の結果が得られた。

土中に埋められていた死体を発見できたのは、いい。警察にとっては大きな成果だ。武脇個人としても、寺田真由の冥福を心から祈っている。

一方、寺田真由を殺害、その死体を遺棄したのは菅谷凱斗と見られているが、同人はすでに死亡しているので、最終的には不起訴とせざるを得ない。つまり、どんなに一所懸命調書を書いても「骨折り損のくたびれ儲け」にしかならないわけだが、それはそれで致し方ない。凱斗が死亡する前に真相を解明できなかったという点においては、警察にもまったく責任がないとは言いきれないからだ。

しかし、そんなことよりもっと大変な問題がある。

中西雪実は、寺田真由の死体が遺棄されていた場所を、なぜあそこまで正確に示すことができたのか。これを合理的に説明するのは、非常に難しい。通常の事件であれば、理由として考えられるのは、せいぜい二つだ。

一つは、中西雪実が遺棄した場所を菅谷凱斗から聞いていた、という可能性。もう一つは、中西雪実自身が遺棄に直接関わっていた可能性だ。しかし、武脇たちが認識している「事実」は、そのどちらでもない。

それについて、武脇は土堂に、正直に話すべきだと思った。

用意した場所は、久我山五丁目にある和風居酒屋だ。菊田がネットで調べて、個室を予約してくれた。

「じゃ、とりあえず……お疲れさん」

生ビールではなく、あえて瓶ビールをオーダーし、コップで乾杯する。昔から変わらない、土堂の「こだわり」の一つだ。

「お疲れさまです」

「お疲れさまでした」

掘り座卓の奥に土堂、その真向かいに武脇。菊田は「オーダーとか、いろいろあるんで」と断りつつ、出入り口に近い武脇の隣に腰を下ろした。まあ、体よく土堂の隣を回避したわけだ。

まずは、事件についてといっても、各人の雑感的な、当たり障りのない話題から――と武脇は思っていたのだが、土堂はいきなり切り込んできた。

「そりゃそうと、島田台の現場に、中西雪実を呼んだのは誰だ」

武脇の立場上、この人です、と菊田を指差すわけにもいかない。

「……自分です」

しかし、すぐに「いえ」と菊田が割り込んできた。

「中西雪実を呼ぼうと提案したのは、私です。武脇さんは私の意見を汲んで、中西雪実に連絡してくださっただけです」

土堂が、うんうんと面倒臭そうに頷く。

「それはよ、どっちでもいいよ。お前ら二人が考えて、雪実を呼んだと、そういうことだよな……でもよ、そもそも中西雪実を現場に呼んで、寺田真由の死体が遺棄されてる場所を教えてもらうってのは、どういうこったよ。空振りならいいさ。半日分、お前らの給料として税金が無駄になるだけだ。だがしかし、死体が出ちまったらそうはいかねえだろ。お前これ、どう説明するつもりなんだよ。なあ、武脇よ」

まったく、土堂の言う通りだ。

「まさに、それについてご相談申し上げたく、今日はお時間を頂戴いたしました。事の起こりは……課長もご存じでしょうが、中西雪実が『聞こえる』としていた、女の声です。車に気をつけろとか、痴漢がいるとか、いろいろ彼女に忠告してきたという、あの声です」

聞いているのやらいないのやら、土堂は一切の反応を示さない。ただじっと、半分ほどコップに残ったビールに視線を注いでいる。

「そして……雪実が例の原稿を持ってきた日ですから、三月の二十八日です。彼女は、例の声の主は、寺田真由なのではないかと、私たちに言いました」

原稿そのものは土堂も読んでいる。なので、菅谷凱斗が寺田真由を殺害したのではないか、という嫌疑については、彼も理解している。またそれについて調べるため、武脇たちがスガヤ建工を訪ねたことも、土堂は承知している。しかし、そこから島田台に向かった理由を、土堂は知らない。当然だ。武脇が説明していないのだから、分かるはずがない。

「その寺田真由の声が、雪実に言ったんだそうです。自分は、八千代中央駅の近くに埋められている、と……私自身、半信半疑ではありましたが、それについて菅谷栄一に訊いてみたわけです。八千代中央駅付近に、凱斗は土地勘があったのかと。それで栄一が、もしかしたらと挙げたのが、島田台だったわけです」

土堂が、浅く頷く。

「……つまり、すべては雪実が聞いた声、寺田真由の言葉に導かれ、その通りにした結果、というわけだな？」

まるで納得はいかないが、そういうことにならざるを得ない。

「仰る通りです。ご納得はいただけないかもしれません。私自身、調書、報告書にどう書こうか、いまだ思案中です。しかし、ありのままを言えば、そういうことになります。大変、申し訳ありませんが……」

土堂はやや強めに鼻息を漏らし、苦笑いを浮かべた。

「なんで、お前が俺に謝るんだよ」

「いや、謝るというか……その」

「なんで、俺が納得しないと、お前は思うんだよ」

じゃあ納得するのか。できるのか。

「それは……もちろんその、私たちが声、声と言っているそれは、つまり寺田真由の、要するに……死者の声と、いうことに、なるわけでして……」

「そんなこたぁ分かってるよ。丁寧に言ってみたところで、要は幽霊の声だろ。お前はその幽霊の言葉を頼りにして、言わば真に受けて、まんまと死体を掘り起こしたってこった。それが事実、真実なのだとしたら、それ以外の報告は、逆に『虚偽報告』ってことになっちまうな」

よく、分からなくなってきた。

「課長、あの……」

「だからよ、なんでお前は、俺が納得しねえって、決めつけるんだよ」

「いや、それは、ですから……」

「今まで、黙ってて悪かったけどよ、見えるんだよ、俺。見えてんだよ、俺には」

夜八時の居酒屋が、しんと静まり返ることなどあり得ない。

でも、そうなった。

武脇は数秒、何も聞こえなくなった。

次に聞こえたのは、菊田の、変に上ずった声だった。

「課長、それって……何が、見え……見えるん、ですか」

「だぁから、幽霊だよ。俺には、昔から見えるんだ、幽霊が」

ええーっ、という菊田の声が、ひどく遠くに感じられた。武脇自身も同じ声を発し、鼓膜が圧迫されていたからかもしれない。

土堂は、普段といささかも変わらない調子で続けた。

「だからよ、最初から見えてたんだよ、俺には、中西雪実に、女の霊が憑いてんのが。でも、あそこまでピッタリっていうか、二人三脚みたいにガッチリ憑いてんのも、珍しいよな……って言っても、見えねえ奴には分かんねえか」

もちろん、武脇には分からない。

土堂が、コップのビールを飲み干す。

「……ところが、だ。その中西雪実が、女の声が聞こえると言い始めた。そりゃそうだろ、あんだけベッタリ憑いてんだから。鼻息まで、よく聞こえたろうよ……だから、行方不明の先輩が寺田真由って名前で、未発表原稿が出てきて、初めてそのお顔を拝見したときも、俺はちっとも驚かなかった。ああ、やっぱりな、あの娘は、自分の死体を見つけてほしくて、中西雪実に憑いてたんだなって、むしろ納得したよ」

菊田が、ぎこちない手付きではあるが、なんとか土堂のグラスにビールを注ごうとする。

「か、課長にも……てら……寺田真由の、ここ、声は……聞こえるん、ですか」

酌をするのはいいが、慎重過ぎて、全然泡が立ってない。

だが土堂が、それを気にする様子はない。

「それなんだよな。俺は見えるだけで、全然、声は聞こえねえんだ。だからよ、新宿の伊勢丹まで行ってみて、雪実と同じように、ガラスの白鳥を手に持ったら、ちっとは聞こえるんじゃねえかって、あの白鳥が、たとえば、受信機みてえな役割をするんじゃねえかと思って、やってはみたんだが……駄目だったな。なんも聞こえなかった」

あのときの土堂が、そんなことを試していたとは。

「あとよ、だからその、雪実が原稿を持ってきたときだよ。あんときだって、寺田真由は一緒に憑いてきてたんだ。ところが、だ。雪実は帰っていったのに、寺田真由は残ってたんだ、あんとき」

武脇は、思わず「えっ」と漏らしてしまった。

「残ってた、って……どちらに」

「だから、ウチだよ。高井戸署のデカ部屋に、寺田真由の霊が、居残っちまったんだよ」

　貧血を起こす直前のように、全身の血が冷たくなり、血管を逆流するような、そんな不快感を覚えた。あるいは、菅谷凱斗の乗っていた黒色のトヨタ・ハイエース、あれのドアが開いたときの感覚。見てはいけないものを見てしまった、繋がってはいけないものが繋がってしまった、あの感覚とも通ずるものがある。

「それは……今も、ですか」

「まあまあ、落ち着いてよく聞けよ……居残った寺田真由はよ、お前の仕事振りを、じぃーっと見てたよ。お前の真後ろに突っ立ってさ、お前のやることなすこと、じぃーっとな……ありゃりゃ、寺田真由は中西雪実から、武脇に乗り換えちまったなと、何が気に入ったんだか、すっかり憑いちまったなと、思って見てたんだ、俺は」

　マズい。本格的に気分が悪い。気持ち悪い。吐きそうだ。

「そのあと、お前らは城東署に向かったよな。寺田はそのまま、お前に憑いて出ていったように見えた。俺も気になったんでな、署内を捜してはみたんだが、いなかった。だからさ、お前が島田台にいるとき、電話で訊いたろ……大丈夫か、って。幽霊に憑かれたらどうなるのかなんて、俺にも分かんねえからよ。だから、無理すんなよって、忠告したんだよ」

　あの「大丈夫か」が、「無理はするな」が、そういう意味だったとは――。

「ええと……あの、それは、ちなみに」

　土堂は、ニッと片頬を上げてみせた。

「心配すんな。島田台から戻ってきたお前に、寺田真由は憑いてなかった。向こうで、雪実と合流したんだろ？　そんときに、また雪実に戻ったんじゃねえかなと、俺は、思ってるんだが」

もしそうなら、それがいい。最も望ましい。

泡のないビールを、土堂がひと口舐める。

「ただまあ、不思議なもんだよな……死者の声が聞こえる、って現象自体は、中西雪実がそう言ってるっていう、つまり中西雪実の『言葉』に過ぎねえんだから。それだけじゃ、霊がいる証拠にも、科学的根拠にもなりゃしない。三十路女の戯言《たわごと》と言われたらそれまでだ……その一方で、俺には確かに、寺田真由の姿が見えていた。幽霊ってのは、薄らぼんやりしたのが多いんだが、寺田真由は、そういったのと比べたら、けっこうはっきり、くっきりしててよ……なんていうのも、お前らにとっては、俺の言葉に過ぎないわけだよ。土堂稔貴という男には霊が見えるという、単なる『言葉』……定義とか、想像とか説明とか、せいぜいその程度のもんなんだよ」

また、よく分からなくなってきた。

まだ、土堂は続ける。

「でもよ、それ言ったら、俺たちが職務の根拠としている法律だって、『言葉』の集合体だよな。自動車だって高層ビルだってよ、その設計図は『言葉』だらけだ。なんたって数字が『言葉』なんだから、当たり前だよな。じゃあ、空はどうだ。あの青くて広い……そう頭ん中で思ったのだって『言葉』だろ。ここにあるビール、枝豆、塗り箸、醤油に七味唐辛子に爪楊枝……全部『言葉』だ。俺たちが生きてる世界は『言葉』で埋め尽くされてる。すべては『言葉』でできてると言ってもいい」

この「出汁巻き玉子」も、言葉か。

「そればかりか、人間は死んだあとのことまで『言葉』で作り上げちまう。キリスト教にユダヤ教、ヒンズー教にイスラム教、仏教に神道……それぞれが好き勝手に『あの世』を作り上げてやがる。それも全部『言葉』の上の話だ。なんたって、あの世に逝って還ってきた奴はいねえんだから……ま、キリストは復活したって言うかもしれねえが、聖書もまた『言葉』の集合体だからな。別に、宗教を冒瀆するつもりは毛頭ねえが、だったら『言葉』には一切頼らず、『あの世』を示してほしいね。名前はなくても、空はあり、空気はあり、海はあり、地面はそこにある……確実にな。言葉にできなくても、それを指差して示すことはできる。そうやってさ、あの世を指差して見せてくれよ。『言葉』で作り上げられた絵空事ではない、そう主張するんだったらよ……別に、お前に言ってんじゃねえよ。そういうことを信じてる連中に、俺は言いたいってだけだぜ」

少し、気分がよくなってきた。持ち直した。

武脇は座り直し、姿勢を正した。

「つまり、今のお話を踏まえますと……寺田真由の死体を発見した経緯については、どのように書くのが、よいのでしょう」

土堂が、コップのビールを一気に呷《あお》る。

「そんなこたぁ……俺にも分かんねえよ」

課長。いくらなんでも、それはないでしょう。

＊　＊　＊

正当防衛とはいえ、人一人の命を奪ったわりにはすんなりと日常に戻れたな、というのが、中西雪実の正直な気持ちだった。

今も先輩記者の交代要員として、車内から芸能人の住むマンションを見張っている。ちなみに先輩は、トイレと入浴と着替えと食事と食料の買い溜めと公共料金の支払いと仮眠を、この六時間の間に済ませると言って出ていった。

携帯電話の時刻表示を見ると、十五時三十四分。先輩が出ていってから、すでに五時間と十分が経過している。

しかし、今現在の取材対象、綾瀬陵《あやせりょう》という俳優は、プライベートを隠すのが驚異的に上手い。忍者級と言ってもいい。

誰もが認めるイケメンで、背も高くてスタイルもよくて、もちろん「抱かれたいタレント」ランキングではここ何年も上位に入っていて、今年は主演映画の公開が二本も決定しているという、これ以上はないというくらいの注目株。そんな状況にありながら、まったくマスコミに尻尾を掴ませないのだから恐れ入る。

綾瀬の住まいは世田谷区三軒茶屋、十一階建て超高級マンションの七階にある。セキュリティが非常に厳重なので、外から見ているだけではその暮らしぶりはまったく分からない。なんとかして内部に、合法的に入り込むことはできないかと先輩も手を尽くしているようだが、今のところ、これという手立ては思いついていないらしい。

雪実は、強ミントのタブレット菓子を七粒、いっぺんに口に入れた。普段は三粒だが、張込みのときは七粒と決めている。口に入れたら、ボリボリと噛み砕く。

ああ、ちくしょう――。

こんなふうに一人で車内にいると、つい、あのスガヤ建工のことを思い出してしまう。菅谷凱斗の顔や、武脇刑事、菊田刑事と交わした会話なんかも蘇ってくる。

菅谷凱斗を殺害した瞬間のことは、今もはっきりと覚えている。

後ろから抱きつかれて、前につんのめって、たまたま左手が例のガラスの白鳥に届いたから、それで殴りつけて――。

あの、ガラス部分が割れ、というか折れ、首と翼だけになった白鳥を自分の方に引き寄せたのは、とっさの流れというか、特に意識してやったことではなかった。

しかし、あれが凱斗の首に当たった、まさにその瞬間は、少し違ったかもしれない。

アッ、という想いがあった。このまま手を止めず、真っ直ぐ引き寄せたら大変なことになる、そういう、予感ともまた違うけれど、でもそれに似た感覚があったのは否めない。しかし自分は、手を止めようとはしなかった。まるで気づかなかったかのように、左手を自分の胸元に引き寄せてしまった。

その結果、凱斗の喉元はスパッと切れ、大量の出血が起こった。一応、救急車も来たが間に合わず、凱斗は死亡した。

あの、百分の一秒くらいの「アッ」を「殺意」と呼ぶならば、自分はまさに人殺しということになる。しかし「過失」に近い、あまりにも短く避けがたい、突発的事故のような、判断する余地もない瞬間的な出来事だったと考えれば、あれは殺人ではなかったとすることができる。

取調室で黙り込んだり、泣き出したりしてしまったのは、もちろん取調官が怖かったから、というのはある。真由が隣で「泣いて黙っちゃいな」と言ってくれたから、というのもある。でも半分くらいは、いや三分の二以上は、自分で自分が分からなくなってしまったから、だから涙が溢れて止まらなくなった、喋れなくなった、というのが本当のところだ。

今も、それについてはよく分からない。割りきれているとは言い難い。

凱斗は、所持品の多くをコインパーキングに駐めた車の中に残していた。そのことから警察は、凱斗があの部屋を訪ねた目的を「強姦」と考えるようになったようだが、必ずしもそうとは言いきれない側面もある。

実をいうと、雪実は凱斗と、電話でこんな話もしていた。

『中西さんは、付き合ってる人とか、いるんですか』

雪実はそれに「いません」と答え、あえて「現在募集中です」と付け加えもした。

食事に誘われたこともあった。

『神楽坂に、美味しいフレンチの店があるんです。今度ご一緒に、いかがですか』

どうせネットで調べて言ってるだけだろ、と思ったが、それには「外食は苦手で、家で自炊する方が好きなんです」と答えておいた。

『けっこう家庭的なんですね。素敵だな』

いわゆる男の「下心」とは違う、まったく別種の「魂胆」が凱斗にはある。それは雪実にも分かっていた。

だから、言ってやった。

「今度、ご馳走しましょうか」

『え、いいんですか』

「はい、もちろん」

『お住まい、どちらでしたっけ』

「杉並区、宮前です。宮前、四丁目……」

こんなやり取りがあったことまで供述したら、こちらの計画的犯行を疑われる恐れがあった。だからあえて、雪実はこれについては取調べで触れなかった。

凱斗の正体を暴いてやろう、その罪を白日の下に晒してやろう、という気持ちはあった。そのために、なんとかして「ハメ」てやろうとも考えていた。だがしかし、殺してやろうなんて、さすがにそこまでは、これっぽっちも考えていなかった。

だから、突然凱斗が部屋を訪ねてきた瞬間は、むろん驚きはしたけれど、まったくの想定外ではなかった。むしろ想定外だったのは、凱斗と自分の腕力の差だ。細身ではあるけれど肉体労働をしている男性と、大学卒業後は碌にトレーニングもしていなかった自分。いくら空手の有段者といっても、日々の鍛錬を怠ってきたツケは大きかった。あっというまに雪実は倒され、抵抗するのが精一杯になってしまった。そして、自分でも卑怯だとは思いつつ凶器に手を伸ばし、結果、あのようなことになってしまった。

この本心を、あるいは「真実」を、雪実は真由に明かさなかった。真由は、人間の心を勝手に読んだりはできない。自分が言葉にさえしなければ、二人はこれからもいい関係でいられる。そう思ったから、そうありたいと思ったからこそ、あえて真由には伝えなかった。

そう。真由は今も、雪実の頼もしいパートナーだ。

綾瀬のマンションから、戻ってきたみたいだ。

《あいつ、綾瀬陵……女、連れ込んでる……女、連れ込んでる……めっちゃ、エッチしてる》

嘘だろ、と思った。

早速、返答を携帯に吹き込む。

「だって、昼過ぎに帰ってきたときは一人だったし、その後に女の出入りなんてなかったよ」

《大きな、スーツケース……旅行用の、キャリーケース》

あ、確かに。

「そういえば持ってた。ガラガラ引きずりながらマンションに入ってった。まさか、あれ？」

《あれに、カノジョを押し込んで、連れ込んだ……空っぽのキャリーケースが、床に、開けてあった》

若いのに、意外と古典的な手を使うんだな、などと感心している場合ではない。

「相手、どんな娘。有名人？」

《モデルっぽい、スタイルのいい子……美人っていうより、可愛い系》

「めっちゃ、エッチしてるんだ」

《してる。めっちゃしてる》

その様子を、幽霊がすぐ近くで見ているというのも、なかなか怖い絵面ではある。

「そっか。めっちゃ、してるんだ……」

真由には、一連の事件が解決したあとで、いろいろ話を聞いた。

殺されて埋められて、土中から抜け出てきたときのことや、電車で福澤諭吉の霊と出会ったこと、彼に、自分たちは「幽霊」ではなく「言霊」なのだと教えられたことも、話してくれた。

福澤諭吉はさすがにネタでしょう、と思ったが、真由の存在自体がそもそも現実離れしているのだから、その一点だけ疑うのも変かと思い、あえて雪実は指摘しなかった。

すると真由は、涙で声を詰まらせながら、こう伝えてきた。

《他はともかく、諭吉先生のことは、絶対信じてもらえないって思ってたから……嬉しい。信じてもらえて、すごく嬉しい。やっぱり、雪実ちゃんでよかった》

これで逆に、雪実も確信した。

幽霊だからといって——いや、言霊だからといって、真由は勝手に人間の心を読んだりはできないのだ、と。だったらこっちも、それを前提としたお付き合いをさせてもらおう、と考えた。

とりあえずは、できる限り取材に協力してもらう。

「その女、誰だか特定できない？　名前とか特徴とか、なんかヒントになるようなもの、ない？　なんかのコマーシャルに出てたとか、顔の目立つところにホクロがあるとか」

《分かんないけど……分かった。もう一度、見てくる》

「うん、よろしくお願いします」

しかし、綾瀬陵め。キャリーケースに女を詰め込むとは、やってくれるじゃないの。

よし。このネタ、絶対スクープで抜いてやる。

覚悟しろよ、色男。

この作品は、「小説幻冬」の連載(二〇一九年十一月号~二〇二〇年七月号)を加筆修正したものです。

〈著者紹介〉
誉田哲也　一九六九年東京都生まれ。二〇〇二年に『妖の華』で、第二回ムー伝奇ノベル大賞優秀賞を受賞しデビュー。二〇〇三年に『アクセス』で第四回ホラーサスペンス大賞特別賞を受賞。著書に『ストロベリーナイト』『ジウ』『武士道シックスティーン』『ケモノの城』『背中の蜘蛛』『妖の掟』など多数。

もう、聞こえない
2020年8月25日　第1刷発行

著　者　誉田哲也
発行人　見城 徹
編集人　森下康樹
編集者　君和田麻子

発行所　株式会社 幻冬舎
〒151-0051 東京都渋谷区千駄ヶ谷4-9-7

電話：03(5411)6211(編集)
03(5411)6222(営業)
振替：00120-8-767643
印刷・製本所：中央精版印刷株式会社

検印廃止

ISBN978-4-344-03651-2　C0093
幻冬舎ホームページアドレス　https://www.gentosha.co.jp/

この本に関するご意見・ご感想をメールでお寄せいただく場合は、
comment@gentosha.co.jpまで。